"姑妄言之妄听之
豆棚瓜架雨如丝
料应厌作人间语
爱听秋坟鬼唱诗"

李[illegible]青

引清王士禛.

2024.9.23.

夜莺

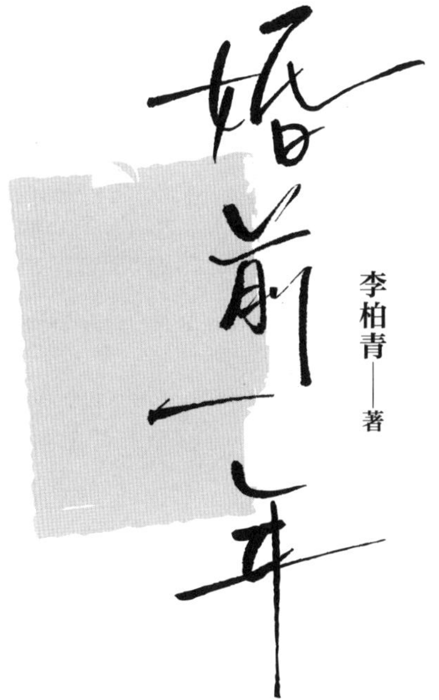

婚前一年

李柏青——著

廣東旅游出版社
GUANGDONG TRAVEL & TOURISM PRESS
悦读书 · 悦旅行 · 悦享人生
中国 · 广州

图书在版编目（CIP）数据

婚前一年 / 李柏青著. -- 广州 : 广东旅游出版社，2024. 12. -- ISBN 978-7-5570-3377-4

Ⅰ. I247.5

中国国家版本馆 CIP 数据核字第 2024SQ9646 号

广东省版权局著作权合同登记号 图字：19-2024-130 号

原书名：《婚前一年》

作者：李柏青

婚前一年

HUNQIAN YINIAN

出 版 人：刘志松

责任编辑：陈　吉

责任技编：冼志良

责任校对：李瑞苑

广东旅游出版社出版发行

地址：广州市荔湾区沙面北街 71 号首、二层

邮编：510130

电话：020-87347732（总编室） 020-87348887（销售热线）

投稿邮箱：2026542779@qq.com

印刷：北京盛通印刷股份有限公司

（地址：北京市北京经济技术开发区经海三路 18 号）

开本：880 毫米 × 1230 毫米　1/32

字数：217 千

印张：10.875

版次：2024 年 12 月第 1 版

印次：2024 年 12 月第 1 次印刷

定价：59.00 元

如发现图书质量问题，可联系调换。质量投诉电话：010-82069336

目录

自序 人生中的那么一小段时间

你会怎么定义结婚前一年的时间？临刑前的最后狂欢？球赛的垃圾时间？对幸福的热切向往？无止境筹备婚礼的繁文缛节？

《婚前一年》讲的是一个在台北的男性律师从求婚到完婚之间一年的故事，我写他的日常生活，写他在婚约、女性、工作、家庭之间的周游与挣扎。我尽可能在写实与娱乐间保持平衡，让故事乐而不淫、和而不同，并且平衡两性观点，避免这本小说被归类为“后宫文学”——只能尽量。

有些认识我的读者可能会问这是不是一本推理小说，此诚大哉问，因为我也没有答案。依我对推理小说的定义，答案是否定的，因为这故事并不需要解谜与推理；但我相信有些人读完本书后会得到不同的结论，毕竟我是写推理小说的，字里行间不自觉地便会带上相关的基因。

“婚前一年”这个故事构思在二〇一三年便有了，此有微软的文件存盘日期为证，当时我写了一个小小的故事开头。现在回头去看，二〇一三年未婚的我，对于“婚前一年”的看法，与现时历经婚姻与小孩磨难 / 淬炼的我相比，诚有天壤之别。我现在已经无法想象二〇一三年故事版本的结局，就像二维的圆形无法想象三维的球体一样。

《婚前一年》一书真正开始写作的时间是二〇二〇年年初，也是我们全家从瑞士搬回来定居的时候。本来以为故事取材自生活经验，应该可以写得很快（我每次动笔前都这样以为），但写作期间遇上换工作、疫情、小孩上学等事，写写停停，一度断稿，最终撑着一口气写完，发现竟是将近十五万字的大长篇，诚然是“满纸荒唐言，一把辛酸泪”。

本书付梓首先感谢尖端出版社的吕尚烨总编辑与相关同仁。我交定稿的时间比我最初向吕总编辑承诺的期限晚了二十四个月，已经达到应谢罪的程度，我只能一直请吃饭以表歉意。另外我要感谢许多朋友在《婚前一年》成书过程中提供的协助，包括（随机排序）：林家禾先生、谢易哲律师、周依洁律师、吕聿双律师、熊全迪律师、黄若羚律师、苏瀚民律师、李颋翰检察官、李宣汉医生、江佩珊小姐等。他们或是提供专业信息，或是对故事内容做出指点，在此特别致谢。

当然最要感谢的是我的老婆，她是我的缪斯女神兼私人编辑，从故事构思、故事逐章写作与调整到完稿审定，我的老婆都是最大帮手，也让漫长的写作过程没那么孤单。我必须说，这故事中所有女性角色好的部分都是取自我老婆，坏的部分都是我虚构的。

最后我要说，《婚前一年》虽取材自日常生活，但绝对不是什么作者的类自传或忏情录。本故事纯属虚构，当然如果读者想对号入座，笔者也不反对。

最后祝盼疫情平息，世界和平。Love and Peace。

二〇二二年四月十三日

李柏青

1

需要承诺的爱情就不是真爱

“需要承诺的爱情就不是真爱……所以你不要说，我不想听。”

“这是什么推论？”

“你妈会说‘儿子，我发誓会爱你一辈子’吗？不会吧？因为她就是爱你，不用承诺你也知道她爱你，所以，反过来说，需要承诺去维护的爱就不是真爱了。”

“你这是逻辑谬误，‘若 p 则 q’并不能推得‘若非 p 则非 q’，所以就算你这个‘不承诺等于真爱’的命题为真，也不能推出‘承诺就不等于真爱’的结论。不承诺可以是真爱，承诺也可以是真爱，不是吗？”

“所以你同意承诺与爱情是两回事？”

“我同意。”

“结婚是一种承诺。”

我笑了出来，我知道她要说什么。

“你不要现在告诉我你要结婚。”她说。

“一年后你回来，我们结婚。”我说，“我会把事情都处理好，然后我们结婚。”

“这算求婚吗？”

“大概算是‘要约邀请’吧。”

小静没有笑，她看着我，从腹部悠长地呼吸着。我伸手拥住她，并且在她哭出声时抱得更紧一点。

我没想过送机是这般光景，小静大概也没想过。

小静搭的是上午八点的航班，为此我们周密计划：登机前三个小时办手续，回推两个小时从台北出发赶去机场，再之前一个小时得起床做最后收拾，而为了睡满六个小时、面对这重大的一天，我们前一晚必须八点就寝，早睡补充睡眠。

事实证明，再保险的万全之策也会造成不必要的焦虑与浪费：我们晚上八点上床后完全合不了眼，磨蹭到两点半，拖着要睡不睡的身体起床，沐浴更衣，发现没有需要再整理的东西，只好对坐玩起手机。凌晨三点半，我们搭上她父母的车，国道车流趋近于零，四十多分钟后便抵达机场。航空公司柜台没开，四人只好坐在便利店里，盯着完全吃不下的早餐发呆。

五点半我陪小静成为该航班第一位办理登机手续的乘客，我们并肩站在输送带尾端，等行李箱通过安检，她突然说了承不承诺、结不结婚的那段话，我明白她的意思。

我曾在心中模拟过无数次机场送行的场面。理论上，情人负笈远行，我应表现出不舍与伤感；但我无法说服自己的是，如今已是网络时代，无论天涯海角，听声见影不过手机上一触。小静去的是美国纽约，不是什么不毛之地，又只去一年，在机场上演十八相送、跑步追逐飞机的戏码，只会让我看不起自己。

小静应该也是这样想的，因此她自始便表现得像场短期出差一般。她突如其来的一哭，不只是我，连她自己都吓了一跳；我下意识地想说些消遣的话缓和气氛（“没睡眼睛都肿成这样了，还哭。”），但转念一想，这是我第一次看见小静哭泣，交往三年多，历经风风雨雨，她曾愤怒、紧张与沮丧，但从未在我面前掉泪，今天她的眼泪是为了我的承诺，我应该真挚地回应，于是我什么都没说，只是抱紧了她。

奇妙的是，如此拥抱与哭泣一阵后，好像完成了什么仪式般，原先因离别而产生的迟滞与尴尬都消失了，我们恢复正常。她交代琐碎的事务，间杂着笑话，例如找人打扫公寓（“但别趁机调戏家政妇啊！”），或是去找路雨晴拿回那双高跟鞋（“但别趁机调戏我学妹啊！”），我笑着说好。

六点半，小静的身影隐没在安检区的分隔板之后。

送别的最后一刻，她指间夹着护照与登机牌，向我们挥了挥手。她身上驼色的羊毛针织罩衫是我给她的礼物，搭着她修长的身形相当好看。她回头时晃动扎起的头发，一绺发丝粘在颊边，她微笑，脸颊凹陷，发丝跟着陷进去，她用护照拨开发丝，拖着行李箱往前走。

之后有很长一段时间，小静道别的画面不断地在我脑海中以电影海报的方式重现，是王家卫的电影，我不太看的那种电影。

回台北的路上，小静的妈妈在哭，她爸刚开始还劝几句，后来就不说话了。直到下交流道，苏妈妈才收拾情绪，递给我一本档案夹说：“我和苏爸爸想了很久，还是觉得你们住在内湖好，新房子多，离你们工作的地方也近。这些你拿回去看看，不用着急，反正还有时间，钱的事情也不用烦恼。”

那是某房屋中介公司的文件夹，里头是成沓的房屋信息，每一份都做了标记与评语。

回到济南路的公寓时还不到早上七点半，原本想眯一下再去上班，但熬了大半夜，脑袋亢奋得反而睡不着。我索性换衣服出门，这时间的地铁上只有零星几名穿制服的学生（暑期辅导吗？），我听着一旁高中女生叽叽喳喳地讨论下周的垦丁之旅，彼此调侃敢不敢在男生面前穿比基尼，突然觉得偶尔早出门也不错。

办公室里空无一人，我打开灯和空调，坐定后开始做事。我回复电子邮件、翻查数据、修改文件，效率绝佳，从没那么有效率过。九点刚过，我已经将泰伦案的草稿修正过一版，刚进办公室的秘书们惊讶地问我怎么那么早，我说我洗心革面了。

十点零七分，蒋恩一手拎着包，一手拿着咖啡闯进我的房间，神秘兮兮地说：“喂，听说你今天特别早来的？是因为‘伪单身’所以要认真工作了吗？”

我抢过她的咖啡，灌下一口说：“我很认真工作好吗？不像有些人，上班就准备吃午餐。”

“敢说我……”她将咖啡抢回去，压低嗓音说，“你小心点，不要乱搞，我答应要看紧你的。”

“有男朋友了吗？”

“要你管！”

“没男朋友帮人家看什么看啊？看你妈吧。”

“干吗骂我妈啊？没水平，跟你妈说哦。”

“我是说有空回去看看你妈妈……少无聊，泰伦的草稿我改好了，你再看看，下午……”

不过大概是太早做完了工作，肾上腺素快速消退，午餐过后，我开始感到头昏脑涨，洗完脸，喝了咖啡，意识依旧是一团糨糊。下午两点的会议结束后，我向布兰达口头请假，承诺明天一定将泰伦的定稿生出来，布兰达有点不高兴地说：“昨天晚上搞什么了，下午就阵亡了？”

我没开口，蒋恩便抢着说：“他现在是伪单身啊，当然要把握这个难得的机会夜夜笙歌。”

我依旧没能说话，布兰达又说：“哎，我告诉你，我看过太多你们这种年轻律师了，前途很好，结果栽在这些男男女女的问题上。要自爱啊，杨艾伦，滚回去休息吧。”

回家的路上我一直想着布兰达的话。她是这家事务所第二资深的员工，仅次于所长艾瑞克。她吃亏在没律师牌，但三十多年的实务经验让她可以站稳现在的位置，因此她的话很有说服力，我忍不住去猜她所说的“年轻律师”是谁。

回到家，沾着枕头就睡了，我以为在这个时间入睡会做个充满意象的梦，梦到蝴蝶、船、流星之类的，然而并没有。这一觉极沉，像平时只休眠的计算机终于关机了一般。再度睁眼时房内一片昏暗，空气沉静，不知年月时分，我感觉像嵌在床褥中一般，几番挣扎才得以起身。

手机上没有什么要紧的邮件或信息，我感到一阵饥饿，于是踩着拖鞋出门，在转角的便当店买了两个排骨便当，又去便利店买了啤酒与柠檬气泡水，回家打开灯，将便当、饮料和餐具摆放妥当，这才发现多买了一份。

现在我是一个人了。

我与小静是大学同学，但我们认识是在毕业许久之后。

那年的那段日子过得很煎熬，家中与职场压力接踵而至，每天睁开眼睛便感觉窒息，恰巧端午节有三天连假，于是我抛开一切，一个人跑去澎湖“寻找遗失的自我”。那时阿翰在澎湖地检署试署，住司法官宿舍，我便向他商量借张沙发过夜。他回信息说澎湖宿舍旧归旧，空间倒是蛮大的，单身的他分配到一间两室两厅的公寓，因此我大可不用睡沙发；只可惜端午连假他要回老家，不能带我去玩，他会把大门钥匙藏在脚踏垫下，摩托车钥匙则在五斗柜上方，冰箱里有啤酒与海胆，其余一切自便。

“哦，差点儿忘了，我有另外一个朋友要来住，反正有两个房间，你们就自己协调一下吧。”阿翰的信息最后这样写道。

我没多问，他也没提那个朋友是个女的。

我飞到马公机场，坐出租车来到阿翰给我的地址，那是栋四层楼的公寓，很旧，但空间确实不小，前院能停下七八辆车，后院还种有花卉植蔬。阿翰住的是顶楼，我成功找到钥匙开门，屋内不乱也不能说整齐，是间如果我住在这儿也会是这个样子的单身男士公寓。两间卧室倒是都整理过，至少被子是叠放整齐的。我将行李丢在面海的那间房的床上，算是文明地宣告房间主权。

我骑着摩托车出去，不进马公直驱北环，开开停停，在讲美海边吃了三颗现剥的海胆（傻瓜才去吃冰箱里的冷冻海胆），在二坎买了块填满花枝与狗虾的炸粿，停留最久的是西屿的内垵沙滩，这里人少，沙滩空旷，海像修过图一般碧蓝。我脱去上衣，踩着海水，在一块凸出的礁石上坐下，看着水中晒得发红的双脚，心想不知道头脸被晒成什么样子了。

回到宿舍时已经接近晚上六点，一开门便见到穿着短裤与背心的苏心静正拿着毛巾擦头发。

我和苏心静同系不同组，朋友圈也大不相同，我知道她这个人，在校园中错身而过时也会交换片刻的眼神，但我不记得我们打过招呼，更不要说交谈了。这种一分熟的关系在偶然相遇之时会格外尴尬，我甚至不知道该不该做自我介绍。

"嗨，你好，我是财法的杨艾伦……我们好像一起上过……"

"我知道，我是苏心静，你认识赖小瑜吧？"

"哦，对，认识啊。李承翰没说你要来……不是啦，他说有人要来住，但没说是你。”

“对啊，他没告诉我你是个男的。”

事后我们经常拿这段相遇开玩笑，她说那时我晒得像只红皮猪一样，还故意要帅摘太阳镜，两个白圈圈印在脸上，害得她差点儿笑场。我抗议说我才没有故意要帅，那时太阳都下山了，戴太阳镜才不正常……而且，她那时候真的笑场了。

我忘记是怎么结束这段“尬聊”的，只记得之后我抱着浴巾与换洗衣物冲进浴室时，满脑子都是那双修长紧实、巧克力牛奶般滑嫩的大腿。我拉上浴帘开冷水，提醒自己这趟是“寻找遗失的自我”之旅，要识自本心，见自本性，见诸相非相即见如来，色即是空空即是色，受想行识六大皆空，万生皆苦，菩提萨婆诃！然后我睁开眼，看见一套水蓝色的比基尼吊在我面前。

你一定会以为我会变态到用指头去戳那不知道塞了什么的泳衣胸罩吧？我承认当时是有那么一点冲动，但我忍住了，我小心地将比基尼挂到外头的毛巾架上，认真思考我是不是做错了什么。

洗完澡，我在房间的衣柜中找到吹风机。我将吹风机拿给苏心静，并且为占据主卧室一事道歉，表示可以把房间换过来。她笑着说没关系，眼睛眯成新月的形状；我的心脏用力跳了几下，条件反射地问她要不要一起吃晚饭，她犹疑了几秒，我赶紧弯腰找插座。

之后我们在吹风机的白噪声与晚间新闻中有一搭没一搭地聊着，讲的是澎湖的事。她说她四点才到马公，一到就先去浮潜，游了两个小时。

“其实本来没什么期待，以前在老家的浮潜都看不到什么东西。但澎湖真的不一样，珊瑚礁超美，鱼很多，阳光照下来，真的是五彩缤纷。你知道乌贼是透明的吗？像塑料袋一样，在海里面你只看某一小块海水的光线有点变化，很妙，天晓得那是只动物……”

她的话多了起来，语调随着长发飞扬，散发出温暖的香气。我告诉她我的北环行程，她说她也想找个没人的沙滩静一静，好好想一些事情。

“什么事情？”

“就一些事。”她回答，看了看手机。

我迟疑了几秒钟，决定再试一次。我说我明天要搭船去望安，那边的网垵口沙滩也是个无人秘境，搞不好还会遇到绿蠵龟。她关掉吹风机，微笑着感谢我的邀请，但她已经报名潜水课程了，她想潜水想很久了，一定不能错过。“而且潜水才会遇到绿蠵龟吧，海龟又不会在白天爬到沙滩上。”

我堆着笑应和，要她替我向海龟问好。她将长发扎成马尾，然后说：“好了，走吧！”

“去哪里？”

“吃晚餐啊，你不是要带我去吃好吃的吗？”

我们循着网络地图找到阿翰推荐的餐厅，庙口榕树下的小店，借庙埕摆了十来张桌子，看上去像是阳春面摊，红灯笼上写的却是日本料理。虽然环境简陋，但食物令人惊艳，刺身新鲜厚实，手卷海胆满溢，墨鱼炒饭粒粒分明，最特别的是将醋饭包裹于小卷中的“寿司”，醋饭酸甜加上小卷鲜脆的口感，令人想起身跳一段扇子舞。我们先点了啤酒，她喝完说不过瘾，又叫了瓶五十八度的金门高粱。

我们的话也变多了。我们聊共同认识的人，聊谁当法官律师教授，谁又大彻大悟脱离法律圈轮回隐居后山耕读过日。我们聊谁在台北做什么样的事、拿怎样的薪资，跳槽到香港又做什么样的事、拿怎么样的薪资；聊谁结婚、离婚、出轨；聊哪些班对[1]和系对[2]分手、复合、反目成仇、修成正果。

“你还是和徐千帆在一起吗？”她问。

“分手很久了……我不知道她跟你熟。”

“不熟，不过你们这对很有名啊。”她说着，灌下一口高粱酒。

我很想问她有名在哪儿，但又觉得不自在，于是改扯冯二马，说他那套把麻将与女生配对的玩法，例如张婉琪是“七万”（把名字倒过来念），打牌时就可以说很多诸如“我摸到张婉琪啰”“来给婉琪碰一碰”“张婉琪到了”的垃圾话。

本书脚注如无特别标注，均为原书注。

1　班对：指同一班级里谈恋爱的两个人。——编注

2　系对：指同一系里谈恋爱的两个人。——编注

“那赖小瑜是什么牌？”

“二饼。”

“为什么？”

我在胸前比了个姿势，她笑弯了腰，说：“我要去跟小瑜说，叫她小心点，你们真的够脏的。”

“只有冯新元这样，我很正派的。”

“是吗？”她斜睨着我说，“那我呢，我是哪张牌？”

“你不在里面，没有很熟啦。”

不知道从什么时候开始，苏心静的手机隔一阵子就会传来连续的消息提示音，她不会中断与我的对话（像是“对不起，我先回一下信息”），而是一边听话说话，同时回复消息。我注意到她回消息时，颈子会陷入肩膀中，噘着嘴，露出小女孩般无奈又带点畏缩的表情；每次回复不过十几秒，应该就几个字吧。

吃饱喝足后，我问她要不要去透透气，去没人的沙滩。我做好被拒绝的准备，没想到她爽快地答应了。我们骑着摩托车沿南环走，走错几次路才找到阿翰的私房夜游沙滩，在一个小小区的背面，得穿过人家的院落才能抵达，沙滩上没有人工设施却整理得相当干净。我们在靠近海水但又不会被波浪溅及的地方坐下，涛声平缓，黑暗的洋面上映照着夜钓船炽白的集鱼灯火。

我躺下来，随手拍照，沙子留有白日的余温，干燥而暖和，我突然感到无比疲倦，觉得当初拼命考公考简直蠢透，我根本不适合当律师，我也不是个有担当的男人，学不会人情世故，面对责任只想逃避。或许我早应该躲到这样一座小岛上，粗茶淡饭，终老一生。

有个女人更好。

我侧身看向苏心静，她抱着膝盖望向大海，神情迷惘。这时她的手机又传来简讯音，她叹了口气，低头回复消息。

“你觉得那些灯怎么样？”我问。

“什么？不就夜钓小管吗？”她说。

“你不觉得很烦吗？晚上的海应该是暗的、安静的、孤独的，偏偏那些船在那里，还点那种白亮亮的集鱼灯，我坐在这里都可以听见船上在吵。”

“人家要工作啊。而且，没有那些灯，沙滩会很暗吧？”她左右张望，手机提示音又响起，她一边回复一边说，“一盏灯都没有，搞不好我们就不敢来了。”

“所以你觉得应该要有那些渔船的灯吗？”

“那些灯本来就在那里，只是我们刚好在这里而已。”

“我是说，如果能选择的话，你会选一片黑漆漆的海，还是一片挂了灯光的海？”

她笑了笑，手机提示音响起，她回消息的同时说：“你一定要在我喝醉的时候问我这种哲学问题吗？我不知道耶，没喝醉的话我一定会选有灯光的，但醉的时候，我选黑漆漆的海，因为我喝醉很丑。”

“才怪，你喝醉的样子美翻了，你只是想利用酒醉暂时逃出去而已。”

“逃出去？我被关起来了吗？”她抬起头，手机提示音连续。

“你读过《围城》吗？人生就像一座围城，里面的人想出去，外面的人想进来。”

“我一点都不想当什么孙小姐啊！”

在她手指触及手机屏幕前，我将她手机抢了过来，她扑上来，大声说：“喂！干吗，还我！”

我说：“既然要逃，干吗还被绑着呢？”我振臂一挥，手机在空中划出一道弧线，落入海中。

苏心静奔入海水中，在浪花中反复寻找，折腾半晌，才喘着气，全身湿淋淋地走回来。她先给了我一巴掌，然后跳到我身上吻我。

“然后你们就在司法官宿舍中干违法的事？”二马说。

“没有。”

“是没有干，还是没有违法？”

“这个冷笑话你要讲几次啊？”我说。

“你讲几次你跟苏心静的事，我就讲几次。”冯二马吞下一口威士忌，说，“我想到就气，明明就你在喇妹[1]，硬要扯到我，结果你自己上车，赖小瑜不跟我出去了。”

“我说的是实话啊。”

“没道义。”

说话的是冯新元，我上大学后结交的死党。像许多姓“冯”的人一样，他的外号是“二马”，久而久之就变成“冯二马”这种不知所云的称呼。他爱喇妹是真的，麻将配对游戏也是真的。当年他自称“法学院喇神”，我们说“喇牙”[2]还差不多。

“但我一直不懂，”阿本说，“那时候你怎么敢把人家的手机丢到海里？要是她在工作怎么办？”

“不会有律师用那种方式回工作消息的，至少我不会。”我说，“只可能是在回复男人。”

“但你怎么知道他们的关系出了问题？”

“有男朋友的女人，连假期间一个人跑到澎湖浮潜、潜水，还喝了一整瓶的金门高粱酒，你觉得是为什么？”我耸耸肩，说，“而且我刚好能体会吧。”

“但你当时没想到会闹那么大吧？”

“闹得很大吗？我们很低调啊。”

“听说某法务部门专员贪污案的判决，就是被你们的事情影

1　喇妹：指男性对女性的追求行为，相当于“泡妞”。——编注

2　喇牙：正字写作“蟧蜈”，长脚蜘蛛。

响的。”

“胡说八道……我们很低调好吗？”

说话的人是张本正，我另一个大学死党。人如其名，方脸宽额，正气凛然，是全世界少数可以靠正气“把妹”的男人。

阿本的话或许使人疑惑，有必要加以说明。

当时在澎湖不断给小静发信息的是一位法官，高等法院的法官，是大我们好几届的学长。他是小静的男朋友，论及婚嫁的那种。

从澎湖回来后，小静便和法官学长分手了。听说这事在司法圈掀起一阵风波，涉及几名法官的人事异动。我不上法院，也不想去探究细节，但说我和小静的事情影响个别案件的判决未免太夸张，司法公正如皇后之贞操，不可怀疑，如果因为一场旅行就让皇后失了贞操，叫皇上情何以堪。

我花了一段时间才拼凑出小静与法官学长的过去。是公考牵的线，小静准备考试的过程中，学长帮了很多忙：带读书会、提供独家收集的期刊文献、协助解题，等等。学长是超级优秀的法律人，大学时就在期刊上发表论文，研究所与公考都是前几名考上的，法条判例释字信手拈来，解题如庖丁解牛。对于身陷公考泥沼的大四学生来说，学长是个仰之弥高、钻之弥坚的偶像，他愿意施以援手，你很难不因崇拜而爱上他。

在学长的协助下，小静顺利考上律师，然后他们便在一起了。小静说，她一直努力成为一个配得上学长的伴侣，学长不只优秀，而且充满理想，他不求富贵，不慕虚荣，但求将毕生所学贡献给冷冰冰的社会正义。他克己复礼，勤奋工作，精研学问，并且希望他的伴侣能共同追求这样的人生目标。

于是小静放弃了潜水与冲浪，因为太危险了；她不再去酒吧小酌，因为太放纵了；她改掉夜猫子的习惯，早睡早起，因为“一被之不治，何以天下国家为”[1]。她勤奋工作，业余时间进修语言，看书写文章参加研讨会，成为人人夸赞的新进律师、“你们好匹配”的法官伴侣。她走进了“围城”。

小静说：“喘不过气的时候，我告诉自己——你不够努力，你可以更好；还是不行，我就把背给打直、站挺一点，想说这样会吸到更多新鲜空气；到后来才发现，我其实是陷在流沙里面，沙子已经淹过鼻子，要窒息了。”

她翻身面向我，说：“其实跟刘浩然在一起真的可以学会很多东西，LSAT 也是他逼我去考的，跟他走下去，我的人生应该会很有意义吧……可是，就是不对劲，那时我照镜子都会想说：这个假装上进的人到底是谁？她脸上是打了多少东西，连笑都不会笑，那不是苏心静。”

“所以真实的苏心静是什么样子？”

“像现在这个样子。”

1　出自清代刘蓉《习惯说》：“一室之不治，何以天下家国为？”此处为作者的改编。——编注冯二马为公杯加入冰块，说：“苏心静不错啦，腿长，性格也很好……跟她在一起这几年也算是你卯着[1]了……也差不多了，现在她出国，刚刚好，安全下庄，值得干一杯！来！”

冯二马举起酒杯，张阿本跟着举杯，我拿起酒杯与他们相碰，将酒水喝干，然后说：“我跟她求婚了。”

“谁？”

“苏心静啊，还有谁？”

“求婚！你跟苏心静求婚？我拜托你……！”冯二马呛到酒，咳得满脸涨红。

“而且我们还要买房子……在内湖。”

“你跟一个出国念书的女人求婚还要买房子给她？杨艾伦，你是起痟[2]咧！”

“是一起买啦，不是买给她。”

“随便啦！反正你脑袋坏掉了，这么多年都一样。”二马说，“跟以前你和徐千帆在一起的时候一样，白痴。”

我忍住出拳的冲动，我明白是好朋友才会说这种话，普通人听到求婚只会说“恭喜”，谁管你娶谁。

阿本说：“什么时候的事？”

“今天早上送机的时候，我说她一年后回来我会娶她。”

---

1 卯着：指赚到。

2 起痟：发疯。

“认真说的？”

“这次是认真的。”

阿本喝口酒，说：“你真的确定苏心静爱你？”

我迟疑片刻，阿本立刻说：“你看，你不确定吧？这样你还求婚？”

“你是警察讯问吗？”我笑着说，“小静当然爱我，要不然她也不会跟刘浩然分手了……我们在一起三年了，我当然知道她爱我。我今天跟她说结婚的时候她还哭了，我从来没有看过她哭，这是第一次。”

“如果她爱你，为什么要在这个时候出国？”

“去念 LL.M 怎么了吗？我也想出去，就一年而已，没什么大不了的吧？”

“那她为什么不等你一起出去呢？”

我答不上话。

LL.M 全称是 Latin Legum Magister，也就是“法学硕士”，这是美国特有的一年制学程。美国法学院不像其他国家有四年制的法律学士学位，他们正规的法律学位是学士后三年制的 J.D.（Juris Doctor），LL.M 则是供 J.D. 毕业生再进修。

对于我们这些已经拿过法律学位的外国律师来说，除非真要去美国当律师，否则念 J.D. 竞争太激烈、时间太长，费用也太高（一年至少两百万新台币）。相反，LL.M 只要一年，不用写论文，自由选课，又有硕士学位可以拿，不管是洗学历、学语言、精进专业、交朋友或是单纯玩耍都很适合，于是去美国读 LL.M 成为一个颇受律师欢迎的生涯选项。在我们同行中，每年都有人出去以及回来的消息。

我和小静确实讨论过一起出去的可能性，但我短时间内走不开，而小静准备出国已经有一阵子，不想再拖。我们于是达成结论："谁要出去就快点去吧，如果这样瞻前顾后，那大家都不要出去了。"

阿本说："分开一年的确没什么，但她去一年，你又去一年，那就是分开两年了。难道你期待你出去的时候，她会去陪读吗？更何况……你怎么保证她一定会回来？"

又是一记重拳。

去美国大型律师事务所工作是很多人的梦想，薪水比这里高，眼界比这里广，当然竞争也激烈许多。

对一个没有美国护照、非英文母语、只念一年的 LL.M 的外国律师来说，想在美国找到一份理想工作并不容易，但也不是全无可能。每年总听说谁谁谁在纽约或硅谷留了下来，或是至少在美国律所的亚洲地区分所找到工作。这些人至少会工作个三五年，很多人便长期留在国外。

小静的英文很好（同样拜学长所赐），她申请过 J.D.，参加过号称比 GRE、GMAT 都难的 LSAT 考试，成绩是全部考生的前百分之十。

我们讨论过在国外找工作的事，她的回答是：会试试，但不可能找得到啦！

可是如果找到的话呢？

我整理情绪与思绪，回答道："你讲的这些我和小静都讨论过，我们都觉得，现在就是该出去闯闯的年纪，再过几年，压力只会越来越大，越走不开……我们又不是幼稚的小孩了，没必要绑得死死的，该做什么就做什么。成年人谈恋爱不是应该这样吗？没必要因为爱情而妨碍生涯规划。"

阿本摇头说："二十岁的时候可能是这样，但过三十以后，爱情就是生涯规划的一部分，没有生涯规划的恋爱，你就承认只是玩玩而已吧。"

"我们不一样，我们就是：可以在一起，又可以做自己。"

阿本笑了笑，不再说话，他的表情显示他没有被说服，我也没打算说服他。

"算啦，阿本。"冯二马说，"她太单纯了，都不知道远距离有多难搞，赖小瑜就是啊，一出国就跟外国人在一起，给我戴绿帽。"

"说得好像你们在一起过一样。"

"苏心静也是啦，像她们这种乖了一辈子的女生，出国都会想要放纵一下，尤其是纽约……"

"闭嘴！冯二马。"

在我出拳之际，包厢的门被推开，四个女孩鱼贯而入，向二马打招呼。不，不是传播妹[1]，她们的气质打扮明显是上班族，顶多稍微整理妆发而已。

二马站起身，浮夸地招呼道："嗨！安娜……没有……没有，我们也才刚到而已，还没点歌呢……来，这边坐，要不要先点东西吃？这是艾伦大律师、阿本大律师……男士们，你们一定猜不到这几位美女是做什么的，艾伦猜一猜，猜对脱一件哦，我说我脱啦！"

回到家时已过午夜，我打了个连自己都嫌臭的酒嗝，脱光衣服，钻进被窝。蚕丝被单光滑冰凉，像女人的肌肤，又比女人轻盈。我挣扎一下便放弃洗澡的念头，双腿夹紧被子，沉沉入睡。

手机传来连续的简讯音。

我没理会它，但"噔噔噔"的音效却在脑海中挥之不去。我起身，滑开手机屏幕，是小静的信息。

心静：Hi ~ ~

心静：安全抵达。

心静：飞太久了，飞得我全身都要散了。

心静：花了一点时间总算到宿舍了。

1　传播妹：台湾地区说法，指在娱乐场所陪客人进行娱乐性活动的人。——编注心静：天气很棒！

心静：我的室友好像是俄罗斯人。还没到，先把厨房布置成在台湾的样子。大同电饭煲放起来。

心静：睡了吗？要不要视频一下？

我在对话框中敲入："已经睡了，明天再聊。"正要点发送键，手指却被某个力量拉住。

你在干什么？有个声音说。

十几个小时前你才说要娶她，现在就想敷衍？喂，她是你的女人，刚抵达一个陌生的城市，不是应该给她安慰与支持吗？看看你现在这个样子，人家一飞出去就跑去鬼混，喝个烂醉，还跟陌生的女人……你这样不是渣男是什么？

拜托，别太夸张，现在本来就是睡觉时间，我头痛得要命，硬聊天只会破坏气氛。她又不是遇上了麻烦，开视频一点帮助都没有。而且，我哪有去鬼混，我只是跟朋友出去喝酒，顺便认识新朋友而已，有女生又怎样，男未婚女未嫁……

会说"男未婚女未嫁"的就是渣男中的渣男！

什么跟什么……

阿本的问题不对，不该问小静是否爱你，应该问：你是否爱她。

你爱她吗？

我爱她吗？

或者，就像二马说的，我不知道自己要什么，像以前那样。

手机开始振动，屏幕显示通信软件的来电画面，是小静打来的。

我的手指浮在红色与绿色的触控按钮间，犹豫不定。

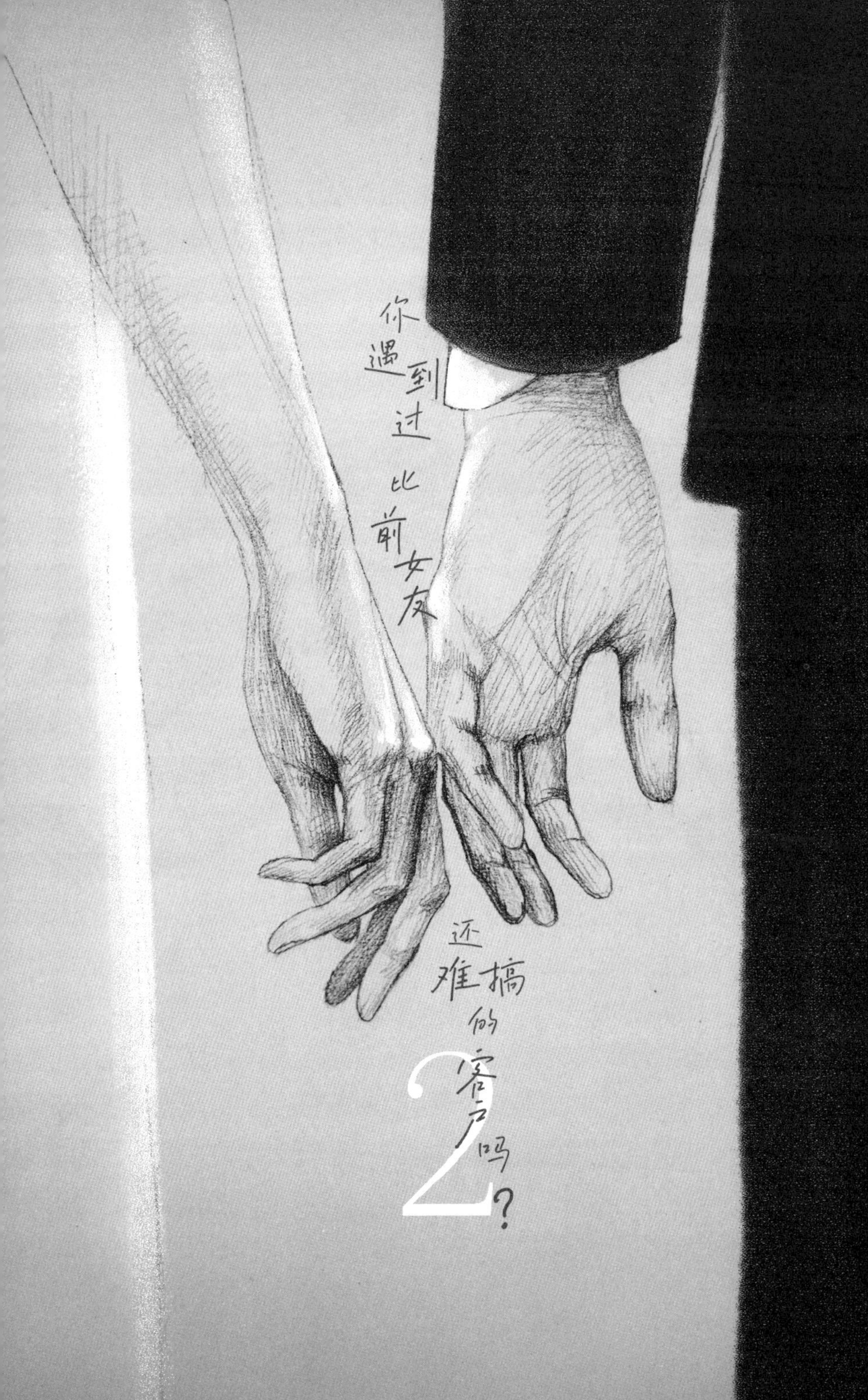
你遇到过比前女友还难搞的客户吗？
2

“你遇到过比前女友还难搞的客户吗？”

“谢律师，我没打算接家事案件。”

“这家百亿就是。要数据永远没有，问案情一定说谎，给的法律意见总是不听，改过十次的证词还给我临场发挥，然后又一直问案子会不会赢！我每次做完他们家的案子，都发誓一定跟他们断干净，老死不相往来……”

“谢律师，我没打算接家事案件！”

“可是他们又很爱找我嘛，那个王总出了事就‘谢律师、谢律师’地叫，好像我是他看护一样，付钱又大方。每次到最后，我还是把自己的鼻梁打断，和着血把案子接了。”

“谢律师，我是做非讼的，我不会做家事案。”

“我不知道他们为什么一定要找你，王总说是他们一个董事个人的案子，指名要杨艾伦律师，我说你不做家事案，他说无论如何要你接，要不然……”

“要不然什么？”

“艾伦啊，我知道艾瑞克那边的事很忙，但你还年轻，多做些不同类型的案子，对你的将来是有好处的。”

“不是很忙，是超级忙……而且我对家事真的没兴趣。”

“你在这边也有一阵子了，”汤玛士玩弄着圆珠笔，说，“有没有考虑升上去？”

律师不像医生有严谨的分科制度，然而随着现代社会分工复杂，律师分工也越来越精细。最粗略的就是区分“诉讼”与“非讼”两大类。诉讼律师打官司、写诉状、上法庭辩论；“非讼”则泛指所有诉讼以外的法律工作，在台北律师的圈子中，这个词汇通常会联想到公司法务、并购、金融交易等。

我们是中等规模的事务所，律师、法务、顾问等加一加有三十多人，合伙人数名，主要老板就两个：艾瑞克·张与汤玛士·谢。艾瑞克的专长是做并购、投资等非讼业务，汤玛士则是诉讼组的头头。我们这些底下的小朋友也依此分工，像我自入所以来几乎只跟着艾瑞克做非讼案，汤玛士底下也有他的人马。

今天一早，汤玛士把我叫进办公室，说有件离婚案要分给我做。我一则毫无头绪，二则最近开始了台磁的新案，忙不过来，因此直言拒绝，汤玛士试图用油腻的语言劝服我，但我坚拒不从。

在我们这种中型所中，“分组”只是个概念（老板名言：“管理层级扁平、分工弹性是我们的竞争优势！”）。理论上任何一位老板可以叫任何一位小朋友做任何事，但叫我这个六七年资历的非讼律师去办家事诉讼，未免太离谱了。

那天下午中元普度[1]，难得事务所全员到齐，我拿了香一如既往地站在艾瑞克身后，汤玛士原本和蒋恩聊天，突然拉着蒋恩从我面前挤过去。汤玛士站在艾瑞克旁，回头递香给蒋恩，蒋恩便卡在我的前头了。汤玛士还对我挤眉弄眼一番，怕我不了解他的暗示。

欸，真够幼稚。

我带着一肚子闷气回到办公室，打开“台磁—J.J.”案的档案却无法工作。内心纠结半天，心想这样下去不是办法，便跑去廖培西的办公室，他跟着汤玛士多年，算是我们这一辈中的诉讼一哥。

“你说百亿？比前女友还难搞的客户？”廖培西说，“就真的难搞啊，要资料没有，给法律意见不听，教证词教不会，又一直爱问会不会赢，而且是全公司上下都这样哦！我做两次他们家的案子就受不了啦。”

“可是他们为什么要做离婚案？”

“可能是董事长和总经理要离婚吧。”

“原来是这样……”

“不是啦，我乱说的！我帮他们家做的都是法人诉讼，没做过个人的案子。”

“汤玛士说是他们董事的案子。”

---

1 中元普度：在每年农历七月十五中元节举行的超渡鬼魂的祭典，是一种民俗活动。

“我看看啊……”廖培西面向计算机屏幕，点击鼠标，“百亿的董事名单……九个人，董事长郑水和，郑水平、郑水清、郑水宁、王嘉、赖平生……算了我不想念，你自己看，看谁认识。”

我看了名单，还读了每位董事的简历，完全没有印象。

“我最搞不懂的就是：为什么一定要找我？我又不是什么王牌大律师，而且我根本没上过法院，怎么会有人指名我去办离婚案？”

廖培西手扶下巴，说：“你最近是不是有在什么公共版面曝光？报纸投书之类的？”

“没有……嗯，我上个月去工商合作会做了个讲座，如果这算是曝光的话。”

“多少人参加？”

“不知道，七八十个吧。”

“那就对了！”廖培西一拍桌子，说，“一定是有百亿的董事去听那场演讲，对你印象深刻，所以指名你去办他个人的案子。”

“可是我那场讲的是公司分割。”

“合理啊！公司分割和离婚不是很类似吗？都是把一个东西切开来。”

“也差太远了吧。”

“从法人案衍生出来的个人案啊……汤玛士一定很想接。”廖培西自顾自地说，“你知道，公司的钱是公司的，有钱人的钱才是自己的。”

廖培西这种诉讼律师的强项就是把事情说得天花乱坠，但你回头想想，又好像真有那么一回事。我回到办公室后犹豫一阵，拿起电话打给工商合作会的秘书，谎称因为事务所管理需要，请她提供给我那场讲座的出席者名单。没过多久她就把签到簿扫描寄给我了，我兴冲冲地拿百亿董事名单两相对照，发现没有名字重叠，事实上，百亿根本没派人参加那场讲座。我当下感到羞愧不已，想说自己怎么会蠢到去相信律师的鬼话。

我决定不去理百亿的事，回头看“台磁— J.J.”案。

这是近期我手上的主要案件，台磁光电是台湾前三、全球前十的太阳能电池生产商，交易对造 J.J. Solar 则是美国第二大太阳能系统商。两家公司长期以来是上下游关系（台磁的电池安装到 J.J. 的系统中），近年来因为太阳能市场不景气，双方打算尝试某种程度的垂直整合。我们代理台磁这端，现阶段的工作便是为双方整合设计一套法律架构，以便后续谈判。

艾瑞克的初步构想是成立合资公司，台磁与 J.J. 各移转部分产能与技术给新公司，以实现整合目标。合资的优点在于对双方既有业务影响最小，进可攻退可守，若合作一阵子后感觉不错，可以再谈更深入的合作。

这个构想经过之前几次问卷往返、会议讨论后总算定了下来，但也只是个初步构想，要设立几家公司、设立在哪里、资本从哪里来、台磁与 J.J. 的经营权如何安排等诸多细节仍是空白。我与蒋恩的工作便是去研究中国台湾、中国香港，以及美国、萨摩亚等各法域的公司、投资、资本市场、税务、竞争、能源等法规政策，将构想转化成一个可执行的方案，先向台磁做出建议，然后代表台磁与J.J.谈判。

这是个大工程，很有挑战的案子。

我在计算机上点开萨摩亚一九八八年国际公司法，事务所的行事历系统突然跳出会议通知："5分钟；百亿家事案；第三会议室"。我骂了声脏话，点开系统，发现是汤玛士的秘书帮我建的行程；我直接跑去找她抗议，说这样是霸王硬上弓，她一脸不高兴地说："那是你跟汤玛士的事，你现在是说我做错了吗？"

我立刻堆笑脸说："月华姐怎么会错呢，只是通知太突然，吓了我一跳。"她说："人都来了，在会议室里，你不去的话，我就请她离开。"

我垂头丧气地回房间，拿上法典，拖着脚步往会议室走去，心里盘算着要怎么把这事挡回去；把案子说得非常麻烦让他知难而退？或是说得非常简单根本用不着花钱请律师？我深吸一口气，要自己别慌，就算家事案我不在行，这几年当律师也不是白混的，基本话术还是有的，一定可以全身而退。

我推开会议室的门，一个女人站起身，面带微笑。

"好久不见，杨艾伦。"徐千帆说，"真的好久不见。"

徐千帆是我的大学同班同学，我们是班对，从大一下学期开始交往。

现在回想，小帆当时的外形并不出色，鹅蛋脸、眉毛稀疏、单眼皮，看上去眼睛总睁不开；她的打扮朴素，除了一条细细的银链外没有其他首饰。比较特别的是她留了个大波浪卷的发型，看上去比其他女生成熟，她说纯粹是巷口的阿姨烫坏了。

那时同学们对小帆的评价就是"成熟"。大一刚开学，大家都还不熟的时候，小帆便主动与大家搭话，不是那种刻意的、徒具形式的招呼，你能感觉到她是诚恳地想要和大家做朋友。

更了不起的是，小帆的谈资极广，大众如影视娱乐校园八卦，精英如国际政治现代艺术，现实如援交低级笑话，就连蒋恩养虫子这种小众话题，她都能聊上一点，遇上不懂的话题她也总是耐心聆听，然后做出中肯的回应。于是有人会说，跟徐千帆聊天好像不是在跟一个十八岁的女孩说话，而是在跟一个二十八岁、充满人生历练的姐姐谈心一般。

不只一对一能聊，在团体中，小帆也经常扮演招呼者的角色，她会主动向那些边缘人搭话，让所有人参与话题。例如有一次，一群台北人聊高中补习班聊得兴高采烈，我一个台中人被晾在一旁，小帆便突然问我："艾伦，我听说台中的补习班也竞争得很激烈，你有没有接过补习班的电话，都是在说另一间补习班坏话的？"

就这样一个问题，我打开了话匣子，也融入了那个小团体。

交往之后，我提到这件事，说当时我很感激，小帆只是笑着说：“有这回事吗？我忘了，我还以为你天生就那么多话嘞！”

张阿本说小帆像《红楼梦》里的薛宝钗，蒋恩说比较像白先勇笔下的尹雪艳。

我不记得是什么时候喜欢上徐千帆的，只记得那感觉十分强烈，明明每天见面，但从某一刻开始，她显得格外明艳动人。她撩动头发、调整肩带的动作使我心跳加速，若有较亲昵的互动——例如说冷笑话引她笑着一巴掌打在我手臂上——便令人开心得仿佛全身毛孔都笑出声一般。

当时的我对于“追求”完全没有概念，只能采取“默默守护，相信有一天她会感动”的愚蠢策略。例如在选课人数爆满的选修课，七点半到教室为她占一个位置；顶着中午艳阳去学校鸡排摊排队，买完后跟她说是阿姨搞错多送我一块鸡排；晚上骑着摩托车在社团办公大楼附近徘徊，希望制造“巧遇”送她回家；无论当天是否见面，睡前发信息给她道晚安。

这样的策略大多是失败的。选修课占的位置老是被蒋恩坐走，多买的鸡排也总是被蒋恩不知羞耻地吃掉；晚上骑车绕着学校几十回，从来没遇到徐千帆，反而被警察抓红灯右转，被罚了好几千块。

只有睡前发信息略有些进展，小帆的响应从不敷衍，她会多提一两句今天的趣事，我再回复她，两人便聊开了。我们通常聊到半夜两三点，话题由浅而深，涉及家庭、价值观与人生哲学。我也会旁敲侧击地问她一些关于感情的事，有回我们聊到冯二马爱喇妹的事，她回复说："我觉得二马好笑是好笑，但太油了，不喜欢。"

我问："那你觉得他要如何改进？"

她说："我就觉得你很好笑，又很诚恳啊。"

当天晚上我开心得睡不着觉。

然而隔天校园见面，小帆依旧没坐我为她占的位置，中午吃饭时又和冯二马打情骂俏。

网络与现实的差异令我困惑。有个声音告诉我：别傻了，人家根本对你没有感觉，网络上的亲密感只是她很会聊而已，要是硬冲，连朋友都做不成！

但又有另一个声音说：她只是不想变成话题啦！网络上偷来暗去不是很浪漫吗？其实她也在试探你的心意，坚持下去，有一天她会主动约你去学校的池塘边，告诉你其实她也喜欢你，然后你就可以抱着她转圈圈，载她上阳明山，之后就可以……嘿嘿嘿……

原先那个声音说：算了，还是赶紧睡觉吧！

这种"薛定谔的猫"的单恋状态持续了好一阵子，那段时间我心神不宁，睡不好觉吃不下饭，带球上篮老走步，连冯二马说要传他的宝贝新片给我，我也说没兴趣。结果逼我打开那装猫的盒子的还是那部片子。总之某天冯二马说徐千帆某个角度蛮像片子里那个人的，值得喇一下，我于是失了方寸，当晚便约徐千帆在学校的池塘边见面。我拿昨天选修课的笔记给她，她困惑地说她上过课，不用借我的笔记。我叫她打开看看，里面写满了她的名字，代表我无时无刻不念着她。

事后小帆告诉我，她翻开笔记本当下脸都歪了，想说是什么南洋邪降术；她保持冷静，说了些老师像豆豆龙的笑话，然后从容道别，等确定脱离我的视线后，立马像飞一样地逃走了。

我说一番纯情被当成邪降术也太过分了，她说哪有人用这种方法告白的，不如送纸莲花算了。

那个晚上我开了瓶六百毫升的啤酒，在忠孝东路上边走边喝，喝完随机转进一间商店买酒继续喝。那是我人生第一次感到“心灰意冷”。喧闹的西门町、人来人往的台北车站、霓虹闪烁的东区街头，一切与我无关，脑海里反复播放着徐千帆离去时尴尬又厌恶的表情，让我想死。如果不死我不知道以后怎么面对她。

回到宿舍，我直接钻进被窝，突然间酒意上脑，什么委屈、挫折、愤怒、哀伤的情绪全涌了上来，蒙在被子里便开始哭。我告诉自己，“男人哭吧哭吧不是罪，再强的人也有权利去疲惫”，哭完明天又是一条好汉，女人又算什么。想到女人心里又不禁一阵痛，便不小心哭出了声。

“学弟，有心事吗？”

我掀开棉被，看见菜头学长站在那儿，一脸忧心忡忡的样子。

菜头学长是我的室友，大我两届。他的身材肥短，一颗头大得不可思议，头发总剪到只剩头顶一撮，像棵菜头。

虽然我们同寝室有一阵子了，但因为不同届，我和学长并不是很熟，我翻身背对他说："谢谢学长，我没事，我一个人静一静就好。"

菜头学长在我床边坐下，说："如果是感情的问题可以跟学长说哦，学长经验很丰富。"

我心想：你？经验丰富？是跟红萝卜谈恋爱的经验吗？不过当时我确实需要说话的对象，于是我坐起身，把徐千帆的事全部告诉了他。

学长一边听一边摇晃着巨大的脑袋，幽幽地叹口气，说："学弟，我觉得你要更勇敢一点。"

"什么意思？"

"直接告诉她你喜欢她，想跟她在一起。"

"她都拒绝我了。"

"你没告诉她你喜欢她啊。"

"可是……"我想了一下，说，"可是如果我直接告白，但她不喜欢我，那不就连朋友都当不成了吗？"

"不会的。"学长说，"只要你是真诚的，她不会讨厌你的。我们讨厌的是惺惺作态的人，是那种不敢面对、装模作样、连自己都骗的人。你不是这种人，学弟，你不像我，她不会讨厌你的。"

菜头学长的话像一阵温暖的风，从耳膜暖进心里，我试探地说："学长，你好像有很多故事？"

"所以我说我经验丰富啊！"他笑着说，"如果说我的人生到现在有什么领悟，就是要做自己、真诚地面对自己，大声说出来，不要害怕，我们都觉得自己不够好，但其实……面对自己，一切都会变好的。"

我们聊了一整晚，多数时间是他讲他的成长故事。"妈妈""自我否定""勇气""认同"等是他的故事中经常出现的词，于是我了解了那人生体悟的由来，我也知道该怎么做了。

第二天上课，我告诉所有人我要追徐千帆，冯二马当我在开玩笑，我严肃地说："没有，我是认真的，我又不是你。"

说也奇怪，把话说出来以后，所有的事情都变顺利了。无论选修课再怎么拥挤，大家总是把我身旁的座位"礼让"给徐千帆；她社团的同学会主动告诉我她何时要离开，要是我赶不及，还会帮我拖住她；连学校里鸡排摊的阿姨都帮我打折，直说："少年仔逐某[1]不简单啦！"

小帆本人呢？我首先为那天晚上愚蠢的举动道歉。我说，你或许现在对我没有感觉，可能以后也不会有，但请留一点空间，让我能表达对你的情感，我会保持安全距离，不会造成你的困扰。

她鼓着腮帮子、眼球上下左右转（说有多可爱就有多可爱），说："我又没有那么好，你干吗要这样？"

1　逐某：指追老婆。

我说："不，你真的很好，你是我见过最漂亮、最聪明、最善良的女生，跟你一比，其他人都不算什么。"

她一面跨上摩托车后座，一面说："讲成这样，你很好笑啦！"

"哪里好笑。"

"快点走啦，我要回家。"

这样的追求持续了几个月。我没有再露骨地告白，她也没有表示什么，生活一切如旧；选修课出席人数随学期进行而减少，若有空位，她不一定会坐在我的旁边，但多半坐在我附近；她叫我不要一直买鸡排，怕胖，我便去买刈包[1]，她笑说还不是一样胖。晚上她会主动告诉我离开的时间，车子骑一骑，她还会问我会不会饿，要不要去吃夜宵。

之后我祖父过世，我回台中待了两个星期。回台北后某天晚上，小帆发信息约我去校园的池塘边见面，我当时没意会过来，还问她有什么事，她说出来就是。

我记得那天她穿了件连身的碎花洋装，长发与裙摆随夜风飘动。她先向我祖父致哀，又问我台中的天气怎么样，我如实回答，然后她问："那你想我了吗？"

我说："想啊，我不是一直在给你发信息吗？"

1　刈包：亦写作"割包"，台湾知名小吃，是将发酵的面饼蒸熟后夹入炕肉、酸菜及其他馅料的面食。——编注

“阿公丧事还在想女生，你这个不孝孙。”

“那没有好了，我发给你的消息都是虚情假意。”

“你这个渣男！”

我笑出声来：“想你也不行，不想你也不行，你是要怎么样嘛。”

她迟疑一阵，才说：“喂，你知道吗？本来我觉得……我一定不会答应你的追求的，因为你不是我喜欢的型，我喜欢金城武那种。”

“人家都说我是台中金城武。”

“你不要吵啦，听我说。”她说，“所以你说要追我，其实我……其实我有一点为难，你表现得大方，我也不想扭扭捏捏，要追就让你追啊！可是……可是我又一直提醒自己，不能接受太多你对我的好，因为我们不会在一起，我不想被人家说我在利用你，把你当工具人。”

“所以你请我吃夜宵。”

她继续说：“你这两个星期不在，我才发现……才发现……好像有点习惯你在身边了。我去上课的时候……竟然不知道要坐哪里，中午不知道要吃什么，最好笑的是，晚上社团结束，我会一个人站在马路旁边生气，想说那个呆瓜怎么还不来接我……这就是人家说的‘制约’吗？一旦习惯，好像没有你就怪怪的……所以……所以，我是想跟你说……”

她停了一下，白皙的脸庞浮起红晕。

“所以，我要跟你说的是，如果……如果你还是喜欢我，像之前说的那么喜欢的话，那么……我们可以在一起吗？”

我开心得跳起来，大笑大叫，害她连连比出“嘘”的手势。我看着她羞红的脸、飞扬的长发、单薄的肩膀，忍不住上前一步说：“那……那我们现在要做什么呢？我可以抱你吗？”

她做出一个防卫的动作，说：“我会害羞啦。”

“那我们去阳明山看夜景。”

她说好。

于是我们开始了班对的生活。

当班对其实比我想象中的平凡许多，依旧是上课、吃饭、出游的大学日常，只是多了一个喜欢的女生在身边。同学刚开始会调侃一下（“班对了不起哦？”），后来也习以为常，所有关于我们的事务都是以两人计，聚餐位置、出游车票、选课人数，等等。

我也将小帆带回宿舍介绍给菜头学长认识，学长相当激动，一直叮嘱我要对小帆好，要我们一直幸福地在一起，说着说着还掉了眼泪。我跟小帆说学长是性情中人，学长说他哭是因为感受到那种爸爸嫁女儿的感动。我问他是把小帆当成女儿吗？他说不是，是你。

不过我越来越少回宿舍了。小帆她家为她在法学院附近购置了一间小公寓，屋龄三年大楼的第七层，二房格局，对一个大学女生来说无论如何是太大了些。

我们经常戏称这是她未来的嫁妆，想象将小房间漆成粉蓝色，当成小孩房，另一间主卧室得想办法再做一套卫浴。我们喜欢拉条毛毯，相依偎在那张靠窗的长沙发上，俯瞰法学院中移动的小小人物，猜说是谁谁谁。夜幕低垂后，法学院净空，我们会一起看书，看电影，然后在那张长沙发上做爱。

但别误会我们是那种只二人世界的大学情侣，相反，小帆的“御姐”性格让我们成为坚实的团体核心，她的公寓后来跟麻将屋差不多，冯二马、张阿本、蒋恩都是常客（蒋恩：“我就说小帆是尹雪艳吧，薛宝钗才不会让你去她家打麻将嘞！”）；我们会一群人窝在那里看棒球，咒骂某支球队；一起看选举开票，咒骂某个政党。

回想起来，大学生活是我生命中最快乐的一段日子，有自由，有饱满的爱情与友情，心灵总是满足的，鲜少有空虚的片刻。现在很难想象那种满足感，未来似乎更难。

大四的那年情人节，我和小帆在东区闲逛，一个钢笔品牌举办“有爱大声说”的活动，小帆不顾我的阻拦跑去报名，她在台上拿着大声公对整条忠孝东路的人喊道：“我要跟我的男朋友杨艾伦先生说，我当初其实没有很喜欢你，是因为你死缠烂打我才跟你在一起的！”

所有人爆笑，她接着又说：“不过我真的很高兴答应了你的告白，跟你在一起很快乐，很开心，谢谢你给我美好的大学四年。我现在可以大声跟你说：情人节快乐！我爱你！我们一定要一直在一起，因为如果我们分手，我们的青春——就——结——束——了！”

台下响起如雷掌声，我上前抱住我心爱的小女友，不知不觉间已是泪流满面。我们因此赢得新款的对笔，她请厂商在笔上刻上“Ｌ＆Ｆ”字样，代表我们的名字“伦”与“帆”。我说我不会用钢笔，她说：“我辛辛苦苦赢回来的礼物，你不收，你是要你的青春提早结束吗？”

那时真的很开心，乃至我们都没有意识到一件事。

青春总有一天会结束的。

“那时候我整个人傻住，倒退出去，又走进去，才确定不是做梦。她说我太夸张，又不是见鬼，我说今天是中元节，我还真以为见鬼了。”

“然后她就被逗笑了？”

“她说我很好笑，像以前一样。”

“然后你就动心了。”

“没有！”

“你一定动心了。”二马说，“你一定觉得她那一笑像什么遗失的钥匙，打开什么古老的枷锁，回忆喷得你满脸都是……”

我无语，因为我不想承认他猜得有点准。

“所以徐千帆跟你那个客户到底是什么关系？”阿本问。

“她妈就是郑家的大姐，那家公司那几个姓郑的董事都是她的舅舅阿姨。”我说，“我以前跟她爸妈吃过饭，只知道她爸爸是一家科技公司的主管，不知道真正有钱的其实是她妈。”

“她什么时候从美国回来的？”

“她说回来几个月了……你们不是都在网上加她好友了吗？我是被她屏蔽了。”

“她好几年没更新动态了吧。”阿本拿出手机，点开徐千帆的社群网站页面，最近一次的动态更新在两年前，一张不知名山峰的照片，没有文字，不知所云。

我的注意力落在页面的档案照片上，照片里头她一手压住被风吹乱的长发，身后是马祖芹壁村层层叠叠的石屋。

那是我拍的照片，是最后一张我为她拍的照片。

“所以她还好吗？看起来怎么样？”阿本问。

“没怎么变。”我想了一下，又说，“只是……怎么说呢……变精致了？头发啊，眉毛啊，指甲啊，衣服啊，有点一样又不一样，一点一点的不一样累积起来，又没有让她变太多，还是那个徐千帆，你们懂我的意思吗？”

二马说：“就一句话，漂亮吗？”

“超漂亮。”

“你还爱她。”

“没有，开什么玩笑，早都过去了。”我说。隔了几秒，我又说：“就……就有点难过吧，她脸颊都削下去了，手背青筋也浮出来了，只是觉得……她不是当年那个青春无敌的徐千帆了……她过得不好，她不快乐，所以她回来找我……唉，如果当初……”

“又开始了，人家就是流失了一点胶原蛋白，被你说得好像多苦命一样。”

“我说真的……我会帮她。”

“那你应该帮她好好补一补嘛！”二马说，“刚好你现在……是不是？后宫空虚，约她喝点东西，她脆弱想哭的时候，就把胸膛靠过去，然后就可以带回家，是不是？”

“她不是那种人。”

“俗话说得好：‘好马不吃回头草，马若回头随你搞’，她都回来找你了，心里有数啦！你也是这样想的吧？”

“没有。”

“星期六晚上约一下啊。”

“你知道我星期六不行的。”我喝了口酒，说，“约明天好了。”

“婧[1]啦！”二马说，我们干了一杯。

“说正经的，杨艾伦。”张阿本说，“你不应该接徐千帆的案件。”

“为什么？”

“这还用问吗？你和她根本没断干净吧？”

“律师伦理又没规定说‘不得接没断干净的前女友的案子’。”我说，“而且我有修过亲属，也有修过民诉，离婚是可以的……

1　婧：漂亮的。

可以的。”

“这不是会不会法律的问题。你感情掺和太多，会失去专业判断的。”张阿本表情严肃地说，“办离婚跟我们聊八卦不一样，不是瞎扯淡就好，离婚案一定会碰到钱，你情迷意乱、随便乱做下去，到时候吊牌事小，弄不好还要赔钱。”

“哪有那么严重？”我说，“我没办过离婚案，但我干律师这么多年，该注意的我都会注意……不要耽误期间[1]，不要代替当事人自认，办诉讼不就这些，怎么可能吊牌赔钱？”

“好，那我问你……徐千帆有小孩吗？”

一阵晴天霹雳。我支吾说：“应……应该没有吧……”

“所以你不知道？”

“她看起来不像生过小孩啊。”

“有没有小孩对离婚影响有多大，你应该知道吧，菜鸟？”阿本说，“你今天不是跟徐千帆‘开会’吗？你们到底是开什么啊？”

“我们当然也讨论了啊。”我试着为自己辩护，“只是今天太……太仓促了，有些细节没覆盖到，我就是要再约她讨论细节嘛。”

阿本叹了口气，说：“那你知道你喝了两瓶威士忌吗？”

“什么？”我没意会过来。

1　期间：法律术语，指在诉讼中司法机关和诉讼参与人完成某些诉讼行为应当遵守的法定期限。

阿本用筷子敲了敲桌上的两个空酒瓶。

怎么可能两瓶？我知道我自己的酒量，半瓶就倒了吧，还两瓶。

如果真的喝了两瓶，我现在早就……嗯？所以两个空瓶是……

我眼前一黑，失去了知觉。

我做了一个梦，关于大学最后一年的梦，噩梦。

法律系学生无法逃避的宿命就是公考。打从大学入学第一天起，老师、学长学姐们便照三餐灌输我们公考的恐怖："一本书要读五遍""要提早两年开始准备""每天要看十六个小时的书"，附带某某优秀学长学姐考十年考不上变疯子之类的"温馨"小故事。

我印象最深的是菜头学长搬离宿舍前的那段话："艾伦，你一定要考上，公考恐怖的不是没考上，是比较。你会恨自己，恨身旁的人，所以要一次就考上。"

菜头学长应届毕业便双榜题名，他话说得语重心长，大概也是来自他过人的感性。

鉴于如此耳提面命，大三结束后，即便最不用功的人也会收起玩心，像头待宰的肥鹅，认份地弯曲颈项，将自己塞进狭小的铁笼中。

详细说来，法律系要面临的大考有三项：研究所、律师、司法官。

研究所考试多半落在三到四月间，有人考研究所确实是基于学术兴趣，但多数人是将它当成公考的“练笔”，毕竟公考出题老师就那几位，从研究所考题或可一窥老师们出题的“重点”。

对男生来说，考研究所的另一个目的就是延后当兵。那是仍要服一年多兵役的年代，大家会担心公考一次没过，当兵之后会“变笨”，因此希望有个学籍，给自己第二次乃至第三次的机会。

律师考试则在八月举行，那时考的是旧制，十二门法律分成八科三天考完，全部是申论题，固定录取率百分之八。这是一年考试的重头戏，如果没有特别指明，多数人说的“公考”其实就是指律师考试。

司法官考试时间则在十月，科目与律师考试差不多，但录取率通常只有百分之二左右，考过等于打死大魔王破关，会被学弟学妹当神一样地崇拜。

除此之外还有地政士、高考法制、调查局等考试，这是读法律系的好处，基础法律科目读过，各种考试任君挑选。

为了迎接长达一年的考试马拉松，我与蒋恩、二马、阿本团报了补习班的全科课程，组成读书会，拟定进度表，分头搜集各类“猜题”和“独门”偏方。我们也去拜了龙山寺与文昌宫，求考运符，许下各种考上后还愿的条件。最后我们合作在图书馆置物区占领一小块空间，堆放椅垫、水壶、耳塞、万金油等“补给品”，准备长期抗战。

小帆是例外，她不打算参加公考。

小帆很早就立志从事环保工作，她是学校“国际环保社”的社长，带领社团积极参与世界ＮＧＯ活动，并曾在全球青年环保大会上发表演说。她说她当初并不想念法律系，纯粹是分数考到才被家人逼着填了志愿；现在她二十二岁了，她要自己做选择。

我曾经劝她，公考与环保工作并不冲突，有张律师执照不是更有助于环保运动吗？她说，公考这种事要全心全力投入，但又不一定会考过，与其花两三年读那些无聊至极的教科书，不如把时间花在真正有意义的事情上。

我被说服了，我说我会考上，赚很多钱，并支持她的志业。

我们以为一人念书、一人搞社团，生活应当不会有太大的改变，事实证明这想法太天真了。三年来上课、吃饭、回家无时无刻不是两人行动，现在即便只是相隔图书馆与社办大楼两地，却令我相当不习惯，每隔几分钟就要检查手机的信息，读个段落就以休息为借口，跑去她的社办鬼混，便是坐在一旁看她与同学开会也好。我也老是翘掉补习班最后半小时的课，为了准时接她回家。

她劝我专心读书，我便撒娇说我就是读书时百分之百的专注，才能匀出时间陪她。她说我很好笑，我心知肚明这是很好笑的，和其他人一天十六个小时的苦读相比，我的念法是把自己当成法律奇才了。

于是五间研究所的考试我都落榜了，连备取都没有。小帆安慰我说，反正只是练笔，练到就好；我告诉她我已汲取教训，接下来几个月要拼命了，我拼起命来，连自己也会害怕的。

她笑着说这样正好，她要忙东南亚动物走私防制的计划，我可以一个人好好用功。

我听到“东南亚”三个字便感觉不对，问她是不是要出去，她支吾半天，才说要去柬埔寨一个月。

我要她放心去，说这个计划很伟大，柬埔寨是很酷的地方，去一趟一定收获很多。她放下了心，打开话匣子谈论着计划的种种，我随口应对，同时默默记下细节。

其实我并非一开始便打算这么做，只是每当想到她要在荒野中与来自世界各地的义工相处一个月时便感觉浑身不自在，她起程后音频骤减（柬埔寨网络不发达），更使我焦虑感直线上升。她离开后不到一个星期，我便买了去金边的机票，我在网络上订了接驳车，到金边后才发现是辆电动三轮车，司机一听我的目的地便连连摇头。我在金边多待了两天，总算租到一辆稍微像样的小货卡，在没铺柏油的泥泞路上行驶整整八个小时，经过两条野溪，跨过一条大河，我的肠胃在途中几乎打结。

我在日落时分抵达丛林间的国际义工营，手上鲜花半萎，几箱泡面被挤压得不成形状。营地爆出如雷的欢呼，我和小帆在欢呼声中拥吻，自以为是《乱世佳人》的白瑞德与郝思嘉，或是《倾城之恋》的范柳原与白流苏。

浪漫无价，只是有代价，代价就是我的律师与司法官考试都落榜了。

逻辑上，在一个录取率只有个位数的考试中落榜是“正常”的，这也是我抱着半吊子心态读书的原因：反正应届考上本来就难，何必现在就气力放尽？保留点力气明年再拼。

然而事实是：二马、阿本、蒋恩都通过了律师考试，二马还考上了司法官；其他同学在各项考试中也都有斩获，我成了唯一空手而归的考生。

每回发榜时，那震惊总是从脊髓深处渗出来，脑中是满满的“为什么”：为什么冯二马那种人也考得上司法官？为什么蒋恩名次那么靠前？为什么张阿本看起来那么蠢也考得上？为什么老天那么不公平不给我一点点运气沾上榜尾？为什么为什么为什么为什么为什么……接着是强烈的“我不如人”的沮丧，最后才是懊悔。

如果当初不是……我也不会……

更痛苦的是，这些情绪只能自己消化。我得跟着所有人在社群网站上留下“恭喜上榜！”“撒花，我知道你行的！”之类的祝贺；我得参加聚会，自嘲般地行军礼说：“陆军下士杨艾伦，报到！”二马他们都是明白人，不会将焦点放在我身上，我们一如往常地喝酒唱歌开玩笑，仿佛上榜落榜没有差别。但我知道是有差别的，当他们聊起律师训练、实习工作等话题时，我只能不自然地静默，那一瞬间我会痛恨这些“逼”我分享喜悦的朋友，然后痛恨那个痛恨朋友的自己。

小帆尽力扮演她的角色，在我沮丧时将我的头压在她的胸口上，告诉我“应届生考上本来就很难，你看那个谁也没上”，或是“你明年一定会考上，你是我的男朋友嘞”。不过她最常说的是：“没考上又不是世界末日，这世界上还有很多事等着我们去做，不要那么在意嘛。”

最后这句话令我不适。那是你，我不是你，我没那么好命。

将我拖出泥沼的是蒋恩。她和她姐去泰国玩了一个星期，托我照顾她的兜虫[1]与扁锹，回来后她煮了麻薏[2]与爌肉[3]给我当谢礼，我们吃着吃着，她一句“你还好吧”，我的眼泪便不争气地掉了下来，她冷冷地说：“‘欢喜做，甘愿受’，哭啥啊？”接着将我补习班逃课、读书会缺席、占用图书馆座位却一直不来等恶行恶状一一数落。

听她开骂，我刚开始还觉得难过，越听却越好笑，心想这些荒唐行止到底是哪个蠢货犯下的。

我笑了整晚，喝得酩酊大醉，感觉焕然一新。

入伍后我在高雄步校待了四个月，幸运地抽中“签王”，分发马祖北竿装甲步兵连，白天带兵，晚上处理连上那些狗屁文书，

---

1 兜虫：犀金龟。

2 麻薏：台湾台中地区特色料理，常用黄麻嫩叶搓揉磨成泥，加入番薯跟小鱼干熬煮。

3 爌肉：也作“焢肉”，是一道以五花肉、油葱酥、大蒜酥为主要食材的美食。——编注

可谓精实。我用一切可得的时间读书：午休、晚自习、就寝后，每天读到凌晨一两点，隔天照样带队跑三千。若是连这点时间都没有，我便将法典藏在口袋中，随时背诵。有些长官不满我只顾读书不顾公务，我一律充耳不闻，反正退伍后风马牛不相及，只要不出包，他们也不能拿我怎么样。

那时小帆两个星期就飞来马祖一次，她会先开好房间，买好食物饮料，我放假出营先洗澡，然后我们做爱，然后读一整天的书。我问她这么常来马祖，社团的事怎么办，她说她都安排好了，现在陪伴我最重要。

然而尽管已是豁出性命在拼，第二年的律师考试我仍然落榜，总分差一分。

我特别在发榜那天排休，在旅馆中反复登入考选部账号，看到结果虽然失望，心情却蛮平静的，或许是这一年的军旅生涯让我了解，人生除了退伍与送军法外，没有什么值得大惊小怪的吧。我跟小帆说，全台湾步兵排长能考律师考到差一分的，大概也就只有我吧。她叫我去申覆，我说算了。

我们用那几天的假走了耽搁已久的马祖之旅，看了蓝眼泪、梅花鹿，吃了淡菜、鱼面，喝了高粱酒，最后一站回到北竿芹壁，在层叠栉比的石造古厝间喝咖啡。小帆要我帮她拍照，我按下快门时正好风起，于是拍下那张她狼狈手压帽子的照片，她接过手机笑着说：“你怎么连拍照也拍不好？”

那一瞬间，我觉得心中某处细心维护的冰层被踩破了，裂痕延伸，细微的咔吱声令我不自主地颤抖；我努力去笑，但我知道我笑不出来，小帆一定也感受到了，两人之间的空气结冻，多一句话都显得尴尬。

我们勉强完成那段旅行，小帆自己乘车去机场，没有拥吻，没说再见。我回到营区，经过军械库，有股去领枪的冲动。

几天后，我在巡哨时因夜雾迷路摔下悬崖，左小腿骨折，上头长官给我通融，让我去台中就医，等于是提前退伍。那群天兵在我的石膏上写满污言秽语，之前最爱念我的那名长官还特地跑来，送我一枚“高中”的护身符。

我在台中待了两个星期，百无聊赖，只见我妈和蒋恩她姐。我没让台北那些人知道我回去，蒋恩回来看我，我还叮嘱她别说出去，特别是不要跟徐千帆说。她摇头叹气，说搞不懂我们在搞什么，我说她就是什么也不懂才会一直交不到男朋友。

我一直等退伍令到手后才上台北，小帆来车站接我，我没拄拐杖，跛着脚，一手插口袋，另一手去牵她的手，但她却缩手了；我再次伸手，她没再逃，只是手冰冰凉凉的，没有力气。

我们与二马、阿本等几个同学碰面，那时她会笑，恢复成以前活力四射的徐千帆；朋友一走，她的脸便垮了下来，冷淡应对；晚上我们回到法学院的那栋公寓，她停下脚步，说：“到这边就好。”

我忍了一整天的怒气终于爆发，大声说：“什么叫到这边就好？我不能上楼吗？”

她掉下眼泪，说：“对不起，艾伦，我……我真的没有办法……”

“什么叫没有办法？我都为你搞成这样了，你跟我说没有办法？”

她没有说话，只是哭，大楼管理员探出头来，问有没有什么要帮忙的，她挥了挥手，回过头低声说：“艾伦，我们分手吧。”

我整颗心沉了下去。

“为什么，因为我没通过公考吗？是你说我们不能分手的……为什么？”

“你知道不是这样的。”

“我不知道，我真的不知道……到底为什么……我为了你，考试没考上，现在像只落水狗，然后你说要分手……为什么？你喜欢上别人了？”

“我没有。”

“是学长吗？是考上的人吗？不会是冯二马吧？”

她赏了我一巴掌，吼道：“你够了吧！杨艾伦，全世界就绕着你那个破考试转就好了啊，我要出国念书了，这样可以了吧？满意了吗？可以放我走了吗？”

她转身上楼，留我在原地，腿部伤处隐隐作痛。

我从二马那边探听出小帆的航班时间。我提早三个小时抵达机场，然而起飞时间都过了，仍没等到她的身影。我拖着跛脚，

在一起
疑神
疑鬼
离开你
顺风
顺水
渣男退
zhanan
tuisan
散!
专治恋爱脑的那种
读书吗?
请离我远点,
我对渣男过敏
婚前一年
男人的
嘴
骗人的
鬼

在航厦间往来询问，还遭航警盘查数回，直到所有柜台都关闭，我才收到二马的消息，道歉说航班信息是假的，徐千帆前一天就飞出去了，是她要他说谎的。

我颓然坐倒，从口袋中掏出用所有积蓄买下的戒指，失声痛哭。

这时我听见有个脚步声向我走来，轻缓而温柔。

“还好吗，艾仔？”

然后我的梦便醒了。

“还好吗，艾伦？”

“还好，就是……头很痛。”

“你就不会喝，硬要跟人家喝。”小帆的声音在黑暗中有些模糊。“我帮你拧一条毛巾。”

“等一下……”我拉住她的手，说，“帆，我刚刚做了一个噩梦。”

“什么梦？”

“我梦见我们分手了。”我将脸贴在她的大腿上，说，“你去了美国，结了婚，但不是跟我……我追到机场，差点被航警抓起来。”

“结果还好吗？”

“不知道……哦，我还梦到我在当律师，好像还当得不错嘞。”

“那很好啊，怎么会是噩梦呢？”

“可是我们分手了……失去你一切都是噩梦。”

她没说话，我可以听见她吸鼻子的声音。

“小帆，还好吗？有些事情回头来看真的很好笑，我那么想考上，在梦里面我考上了，好像也没有过得更好，还失去了你……我宁可不要。就像现在这样，我们开开心心地在一起就好。”

“我没事。”小帆说，沉默许久，才又说，“艾伦，你不是在做梦，你考上了，而且你是个很好的律师，我也真的结婚了，还要离婚，所以我来找你。”

我一惊坐起，只觉天旋地转，立刻又躺下。她起身开灯，是那间公寓，那张长沙发，窗外是已不再使用的旧法学院。

“我……我怎么会在这里？”

“二马在我家楼下打电话给我，说你醉得不省人事，一边吐一边呼喊我的名字，要我帮忙。”

冯二马，你真的很……

“我只好把你搬上来了……不过，你没有像他说的那样……”

“没有什么？”

“没有呼喊我的名字啊。”她笑着说。

她穿着宽松的T恤与运动短裤，脑后夹着鲨鱼夹，没上妆的脸更接近当年我认识的那个徐千帆。我伸手抽了张面纸擦去脸上油腻，突然觉得我这么熟悉面纸的位置好像不大妥，但又好像也没有什么更妥的了。

“我清醒一下，马上走。”我说，“我去找二马算账。”

“没关系，多躺一会儿，来都来了。”

来都来了……什么意思?

“大三期末考那次你也是喝成这样，你记得吗？我还在罗斯福路旁边停下来让你吐，结果被警察盘问了半天，他们怀疑我给你下药。我说我给一个男生下药干什么，那警察说我搞不好要割你的肾脏去卖。”

“他怀疑你要劫色吧？”

“智商正常的人都不会这样怀疑吧？”她站起身，说，“躺一下，我去拿毛巾，要不要喝杯茶？茶包可以吧？”

我看着她转进浴室的背影，心想是否应该跟上去。

此时桌上手机振动，我想也没想便拿过来，才发现那是小帆的手机。发消息的是个叫“贾斯提斯”的家伙，信息内容不知所云，除了几个关键词“目标路”“材料”“投放范围”外，我没记得其他语句。

我滑开手机密码画面，先试了小帆的生日，错误，又输入我的生日……还是错误，真蠢，自作多情。

“干吗偷看我手机？”她站在一旁，拿着毛巾与茶杯，我说我听到手机振动，以为是我的，拿起来看一下而已。

“你的在这里。”她将手机递过来，说，“报平安吗？”

“什么？”

“这么晚不回家，不会有人担心吗？”

我长长地“哦”了一声，说：“刚好不在。”

“原来是这样。”她笑了笑。我很想从那笑容中读出什么。

我们陷入沉默。她靠坐在五斗柜上，双手撑在骨盆两旁，看着我，又仿佛没有；我小口小口地喝茶，感觉她和我之间呼吸起伏，编织成一道玻璃丝网，绵密繁复，纤细脆弱，多呼一口气便会碎得满地。

许久，茶杯见底，我将杯子递回，起身道谢。她问我需不需要叫车，我说我可以自己回去。

我拿过衬衫，逐一扣上扣子，她伸手为我整理颈后的衣领，抚平肩上皱褶，如此自然，像是她每天都这么做一般。我捡齐钥匙、皮夹，想转身，却舍不得。

“怎么了？叫车吗？”

“不用。”我告诉自己，对自己要真诚，“你回来找我，到底为了什么？”

她笑了笑，说：“不是跟你说了吗？我要离婚，需要一个律师。”

“但你知道我不是办这种案件的……”

“所以你明知故问。”

我无法克制，低头去吻她，她做了个防卫的动作，别开头说：“不要，你臭死了。”

我笑着退开。

只是因为臭吗？

就在这时候，大门突然被推开，我听见蒋恩以高八度的声音喊道：“放开他（她）！”

我们还没来得及反应，蒋恩已经冲上前，连珠炮似的说：“我来晚了吗？天啊，你们该不会已经怎么样了吧？……没有吗？没有就好，还好，吓死我了……喂，徐千帆，你可以放过这个蠢货吗？你知道这家伙没什么意志力的，你吹口气他就晕了。拜托拜托，我答应人家要看好他的……你放过他，有什么事，跟姐妹说，我一定帮你处理好，不要跟这种男人纠缠……好不好？”

徐千帆还没从惊吓中恢复过来，结结巴巴地说：“你……你怎么进来的？”

蒋恩露出“你帮帮忙嘛”的表情，举起手上的钥匙说：“明明就是你给我的钥匙，叫我有空来看看房子……你回来不觉得房子怎么那么干净吗？”

徐千帆笑出声来，拍着脑袋说：“天哪，我都忘了！小恩，你还是那么可爱，来，抱一个。”

“回来也不先找我。”蒋恩说。两个女人抱成一团，我看向蒋恩身后的阿本，他做了个鬼脸。

“我会找时间再约其他女生出来的。”小帆说，“很想念大家。”

“那你可以放过他了吗？”蒋恩指着我说。

“当然，把他领走吧，处理醉鬼真的很麻烦。”

“我不是说这个，”蒋恩说，“小帆，你要离婚，你要律师，我帮你办好，要不然那个……小洁啊，她专办家事，还常上电

你遇到过比前女友还难搞的客户吗？

视。有那么多选择，你干吗找这个浮浪贡[1]，到时候你连这间房子都输去。”

徐千帆突然转身背对蒋恩，没有说话。

“小帆，就当我拜托你，就……”

“妈妈，你们好吵哦。”

一阵孩子的声音传来，所有人看向小房间，一个五六岁的小男孩站在房门口，揉着惺忪的睡眼。

徐千帆快步上前，将孩子抱起，说：“对不起哦，妈妈跟朋友聊天聊得太开心了，吵到你了，对不起，妈妈抱你去睡，好吗？”

“好。”

徐千帆回头对我们说了一串唇语，又使了几个眼神，我完全不知道她要表达什么。我们看着小帆抱孩子进房，蒋恩上前几步，被阿本拉住。

然后我们三人悄悄地退出公寓，谨慎地锁上门。

1　浮浪贡：游手好闲、不务正业、玩世不恭的人。有时写作“噗咙共”或“普拢拱”。

3
说人生无常的人
的人生
通常都不无常

“说人生无常的人的人生通常都不无常。”

“绕口令吗？”

“人生感悟……以前打球遛手[1]就在那边喊人生无常，真的是过得太爽；现在真的遇到了，反而说不出来了。”

“却道天凉好个秋。”

“什么意思？”

“就是……算了，我懂你的意思，遇到这种事情，你身价打了好几折吧？”

“我不是说那个……是一个男人的故事。他有老婆，但婚姻不幸福，他挣扎很久，下定决心提离婚，他老婆却告诉他她怀孕了，那是他们的第一个孩子，她求他不要走，不要让孩子一出生就没爸爸。”

“你从哪里听来的？”

“你会怎么做？不顾一切转身就走，还是为了情分，或是说……道义，硬撑下去？”

1　遛手：失手。

"……"

"你以为我编故事啊？这是真实故事，这是我爸的故事。"

"老董事长？最后他们离婚了吗？"

"没有，我爸选择留下来。"吴正非双手撑在会议桌上，望向窗外，"那是一段长辈安排的婚姻，同床异梦，他们都过得非常痛苦。"

"但是你的出生拯救了他们的婚姻。"

"不，不是我，是我弟弟。"吴正非笑着说，"为什么说这个？昨天家族会议通过，下个月开始，我弟就是台磁科技的总经理了，你们以后要多巴结他。"

他的笑容转为带点苦涩："所以你说，人生怎么不无常呢？如果……"

吴正非是台磁科技的法务经理，是我在"台磁—J.J."一案中的对接人，我们大学时一起打过系队，还算熟稔。当时我就知道他是某企业的第二代，但并不清楚"台磁科技"是什么，除了觉得这位学长很高、很帅、球打得超烂以外，从没感觉他有什么特别的。直到出了社会才感受到"上市公司第二代"的光环，我在开会时说一句"吴董的儿子我熟"，同事们立刻投来认可的眼光，某种"我人脉超广"的自豪感油然而生。

撇开这些莫名的内心戏，在冷冰冰的商场上有个"真正意义"的熟人——不是那种装熟的——也是颇温暖的，至少像现在等开会的空当，我和吴正非完全不必为闲聊的话题伤脑筋。

这场会议是为了报告“台磁—J.J.”案的新进度，由我与蒋恩向台磁的主管们简报合资契约草案。由于近期严查“租税天堂”避税，我们于是放弃早前的“萨摩亚控股公司”方案，改成由双方直接在台湾设立合资公司，资本额暂定新台币五十亿，出资比例为 50∶50；台磁这边以现股出资，J.J. 则由其台湾子公司“J.J. 台湾”以现金出资。

需要讨论的议题很多，例如股份转让限制、董事会组成、僵局突破机制等，然而当有人问了一句“台磁今天股价多少”，会议焦点便被带开了，台磁的财务总监半开玩笑地说，要是再跌下去，美国人出资的那些钱都可以买下半间台磁了。

“真的把我们搞得焦头烂额。”台磁的业务总监说，“瑞士是卖不多，但如果瑞士出问题，整个欧洲都不用卖了。”

这件事的起因是中秋假期前的一篇新闻报道，某财经媒体指出，台磁的太阳能电池所使用的表面涂料被瑞士瓦莱州环保局验出含挥发性有机化合物（VOC），已经被禁止安装与销售。由于该款涂料是由台磁自主研发，广泛用于台磁新一代的产品上，瓦莱州的决定势必会影响台磁产品在瑞士乃至其他国家的销售。台磁股价从此连跌一周，掉了百分之三十，而且放完假还在跌。

“我们在瑞士就一个客户，还是个乌克兰商，只出过几批货，偏偏上个月他们乌克兰母公司破产，现在都联络不上。”

“第六款？”艾瑞克说。

“什么？”

我翻译说：“张律师说的是证交法第一百五十五条第一项第六款规定散布流言或不实数据以影响市场……这个报道可能是假新闻，有人放出来打压你们的股价。查清楚瑞士有没有禁你们的产品，应该不难吧？”

艾瑞克是我的老板，本所所长，他一向言简意赅，很多时候你分不清楚他是在表达意见还是提出问题，我也是摸索一段时间才勉强掌握了诀窍。

“瑞士人没有那么好处理啊！”吴正非苦笑说，“我们跟他们的环保局来回传了好几封邮件，只知道瑞士政府最近确实因为ＶＯＣ对某些系统业者开罚，我们那个乌克兰客户出现在了‘名单’上……就是‘名单’上，但什么名单，没人知道，只会一直叫我上网填意见表……这消息传出去不是更糟？

“我们也跟台湾的记者查证过，他说是引用英国财经网站的报道，英国人昨天告诉我们是引用某家瑞士新闻社的消息。我们昨天联络了那家瑞士苏黎世的新闻社，现在还没有回复。”

艾瑞克喃喃念了一个词，听起来像是“拿破仑”。我不解其意，但他似乎也不是说给客户听的样子。

吴正非双手一摊说：“反正跟瑞士人要东西就是鬼打墙，我以前在洛桑就是这样，装个光纤要装两个月的……我们在找当地的征信社，可能之后要跑一趟，到时候再请你们帮忙。”

会议相当冗长，但问题不多，整体来说，台磁同意我们的方案，只需要更改部分技术细节。大家约定这周将提案敲定，找时间跟 J.J. 约了碰面谈。财务副总提到 J.J. 台湾来了个新法务长，讲中文的，叫麦可，J.J. 的人都说他很难搞，不知道谈判会不会对上。

我回到房间，稍事喘息便着手修改草案，此时汤玛士的秘书来敲门，说她要为“百亿家事案”建档，问“案件承办人”除了我以外还要写谁。

我想了一下，请她先不要建档，等我跟汤玛士谈完后再说。

我去找汤玛士，告诉他事情的来龙去脉，也提出我建议的做法。汤玛士虽然平常疯疯癫癫的，但终究是个资深大律师，明白轻重，他同意我的做法，前提是所有的利害关系人都同意。

我跑去找利害关系人一号廖培西，告诉他，我想把徐千帆的案子转给他做。

“原来是徐千帆啊！我们那天还在那边猜半天。”

“我不知道你认识她。”

“不认识啊，但我知道你们啊，你们以前在学校那么有名。”

“明明就很低调！”

廖培西伸了个懒腰，说：“案子我当然可以接，但我不觉得你的客户会愿意，毕竟……你应该知道，她找你当代理人的目的是什么吧？”

她需要慰藉。我心里想，但没有说。

“你不知道啊？当然是要气死她老公啊！‘要离婚，去跟我前男友谈’，高招！这怎么谈得下去？要是我老婆这样搞我，我可能当场中风。”

“你要离婚啊？”

“举例而已，傻傻的。”廖培西说，“所以啊，如果律师是别人就没这个效果了。而且……而且搞不好她不是真的要离婚，只是要搞一出大的，气死她老公而已，律师费对她来说是小意思。”

“气完之后呢？”

“不知道。‘床头吵，床尾和’？”

我叹了口气，说：“如果是这样，我更不应该配合她演这出闹剧吧？”

“搞不好你们一个愿打，一个愿挨……啊！”他突然大叫一声，吓了我一跳，“我想起来了，徐千帆嫁的也是我们系上的啊，而且是我们这届的，你不是跟他很熟吗？那个蔡……蔡……蔡……”

“对，菜头学长，我跟他是室友。”我又叹了口气，“这也是我想退出的原因。”

咦？我没提过徐千帆和菜头学长结婚的事吗？

必须说，这事对我的打击，远大于小帆的离开。

那时我正处于菜鸟律师阶段，每天像只无头苍蝇般在法规、客户与艾瑞克的不明指令间打转，晚上十点下班，躲回不到五坪（约等于 16.53 平方米）的雅房，用啤酒与盐酥鸡安抚整天的挫折感。二马他们什么都没跟我说，我是在某个工作场合，自几位前辈律师的闲聊间听闻小帆与菜头的婚讯的。当下我努力按捺情绪，会议一结束便杀回办公室抓着蒋恩问，她嗫嚅了半天，才说是小帆叫她不要讲的；她说他们是在美国结的婚，已经一年多了，她只有送红包去，其他事情不知道。我问她红包是怎么送去的，汇款吗？她又是一阵支支吾吾，最后才坦承是托冯二马送的，他曾飞去参加婚礼。

当晚我杀到冯二马家，将他揍了一顿。

那几个星期我过得恍惚，整个人与外界隔绝，脑海中反复播放菜头学长的种种：五短身材、万年平头、泛黄内衣、多愁善感、谈吐温柔。还有我们的彻夜长谈，“真诚”，他说他的人生体悟就是要真诚地面对自己，他祝福我与小帆，他眼角的泪光，他说有种将我嫁出去的感觉。

一切都是胡闹。

或是，我会忍不住去想象菜头与小帆相处的情形。他们约会吗？他们同居吗？他们拥抱与接吻吗？他们做爱吗？他会将脸埋在她的双腿之间，她会抚摩那颗丑陋的平头而欢吟吗？

想到这儿我总会笑出声，紧接而来的是强烈的反胃感。事实上，我吐过几次，吐完后，我总会筋疲力尽地蜷缩在马桶旁，为我犯下的错误深深懊悔。

某天晚上，我鼓足勇气，点进徐千帆的社群网站账号，想恭喜她，也想让她知道她做错了什么。我打了一段很长的文字，然后整篇删除，重写，再删，再重写，再删除，最终只留下一行字：“你这是在造孽。”

我按下送出，看到信息变成已读，然后我就被屏蔽了。

菜头学长不用社群软件，我曾想过写邮件给他，但多想一秒，又何必呢？

之后我便没听说他们的消息了。日子恢复平静后，有时我会惋惜地怀念起这两位不能算是我生命中过客的过客，我幻想在很多年后，我们两人或三人或四人，会在台南、京都或威尼斯的街头偶遇，我们会在路边小店坐下，喝咖啡抽淡烟，笑着聊那些已成云烟的往事。

我幻想的重逢应该发生在很多年之后，在我们有了儿孙、头发斑白、也无风雨也无晴的时候，不是现在，不是余温犹存的现在。

我回到办公室，发现艾瑞克也在，他斜倚窗台，双手抱胸，眼望天花板，我没理会他，继续做我的事。依我的了解，他这个样子至少要三分钟后才会开口。

“布兰达一起去。”他说。

“你说跟 J.J. 开会？为什么？”

“有变数。”

“什么变量？”

“临场反应。”

我爆炸了。我说：“张律师，到底什么变量？如果我做不好，你直接说，我为这件案子花了那么多时间，你现在要把我换掉，我实在……有问题我一定会找你讨论，你要布兰达进来，我也会找她讨论，但是我可以处理，我现在需要……”

我需要一个自己的案子，我需要做出成绩，我需要升为合伙人，我需要钱，很多的钱，要买房子，要结婚。

这些我没说出来，我拿起桌上的咖啡猛灌一口。

“学习。”艾瑞克说。

我深吸口气：“好，张律师，你是老板，如果你坚持，我没问题，我只是要让你知道，我是很认真地在做这个案子，真的。”

艾瑞克笑了笑，说了声“好”，然后转身离开。

到底“好”什么？

我心浮气躁地改了好一会儿台磁草案，才意识到做事的顺序不对，需要联络的事情得先完成。我拿起电话，打给徐千帆，电话响了一阵子她才接起，显然她在外头，背景嘈杂；我说要约她见面谈谈案子的事情，她说她正要开会，提议六点在某公立运动中心旁的咖啡厅见面。我问她开什么会，她只说要忙便把电话给挂了。

我回头做事，但心情始终定不下来，五点不到便收拾东西，跟秘书交代“拜访客户”便出门。我骑公用自行车来到运动中心，只见小帆那辆红色本田停在路边；我记得那是她阿公送给她考上大学的礼物，那段时间几乎都是我在开，算算是十多年的老车了。

我在咖啡厅没见到小帆，于是走进运动中心，先去健身房，然后顺着游泳池、韵律教室、武术教室一路找下去，没见到我的前女友，倒是纳闷儿为何不用上班的人那么多。

我上了二楼，来到攀岩场，依旧没找着小帆，却看到岩壁上一个熟悉的身影：小帆的孩子，那天在公寓见到的那个。他全副装备，已经爬了二层楼左右的高度，而且还在往上爬。

“今天很厉害哦，艾登。”一名看似是教练的年轻人在岩壁底下大声说，“那个角角有点难……加油，爸爸来看你啰，做给爸爸看！”

爸爸？我心脏突了一下，左右张望，才明白那教练说的是我。我抬头与那孩子四目相接，只见他的小脸瞬间垮了下来，脚底滑脱，整个人半悬在空中。

我当下闪过一阵“是小帆的儿子”的念头，手上东西一丢便往岩壁攀去。我没有攀岩的经验，最近一次爬高是半年前换家中的日光灯管（而且还没成功，最后是苏心静换的），此下全凭一口气，手脚并用，威猛无比地来到那男孩身边，伸出手说：“不要怕，我带你下去。”

那孩子露出困惑的笑容，说：“叔叔，不能穿这样的鞋子攀岩哦！”

我还没意会过来，脚下突然一滑，只觉得天旋地转，四脚朝天地摔在软垫上。

现场爆出小孩的笑声，某个死小鬼还特别大声地说了句“笨死了”。我躺在地上，看着那男孩稳当地从岩壁上爬下来，跑到我身边将我扶起，说：“叔叔，你还好吧？”

我心头一阵暖，教育得真好。我说：“没事，一时不小心而已。你呢，没事吧？”

“没事啊。”他笑开了，“叔叔你要小心，你这样爬上来，就像我爸爸说，空手和老虎打架，不坐船就过河一样，很危险。”

是“暴虎冯河”的成语故事吗？

“你爸爸会攀岩？”

“不会啊。”

“那你干吗听他的？”

“因为他读过很多书啊。”孩子眼睛发亮说，“他知道很多事情。”

“他爬不上去，就只站在旁边看，然后跟你说很多道理？”

“但他也不会摔下来啊。”

我深吸口气，觉得有必要导正这孩子的价值观。

“小朋友，叔叔跟你说，人生长路漫漫，一定会遇到很多困难，很多挑战你根本不知道自己做不做得到，如果我们不去尝试，不去接受挑战，那比赛就结束了，我们就永远做不到了，知道吗？

你知道华特·迪士尼吗？就是画米老鼠的那个人，他曾经说：‘只要我们有勇气去追梦，梦想就能成真。’所以勇于尝试才是最重要的。像叔叔从来没攀过岩，但叔叔有勇气，我就很勇敢地尝试了，虽然摔下来，但我不怕，会再去尝试，总有一天我会成功。这就是勇气。你还很小，你的人生还很长，你要做一个勇敢的人，而不是只在旁边凭一张嘴……勇于尝试，好吗？”

他的眼神从疑惑转成困惑，由困惑转成困扰，接着他瘪了瘪嘴，放声大哭说：“妈妈、妈妈，他是谁啦？爸爸在哪里啊……爸爸……我要爸爸啦……”

周围小孩又是一阵哗然，又不知道哪个死小鬼说：“可能脑袋坏掉了吧？好可怜哦！”

徐千帆从后头将我推开，一把抱起儿子，瞪着我说：“干吗欺负我小孩？”

“我……我没有，我只是想教他一些人生的道理……”

“你就最没道理了，还要教人家道理。”

她哄小孩说：“艾登不要怕哦，妈妈在，不要哭……这位是杨艾伦叔叔，是妈妈的朋友，你不要怕，他不是坏人啦。”

小孩抽抽噎噎地说：“可是他好奇怪，穿那个鞋子爬上去，摔下来，还说了很多奇怪的话。”

“他一直都那么奇怪，你就原谅他吧。”

“嗯，爸爸说要包容。”

“对，艾登最棒了！”小帆贴着小男孩的脸磨蹭一阵，又说，

“等一下妈妈要跟杨叔叔去谈一点事情，阿嬷会来接你，我谈完就去阿嬷家找你，好吗？”

孩子点点头，小帆回头看向我，说：“那杨叔叔呢？好吗？”

“我都可以。”我笑着递给孩子一张名片，说：“艾登，对不起啊，叔叔太着急了。下次打电话给我，我请你吃冰激凌。”

那孩子泪眼汪汪地看着我，一副不相信的样子。

小帆说：“阿嬷在楼下了，把东西收一收过去吧……杨叔叔，要去跟徐妈妈打个招呼吗？”

我打了个冷战，一天之内见前女友的小孩与妈妈太刺激了。

“下次吧。”

我们开车去松山区的一间餐厅。原本说是喝杯咖啡，她说反正刚好晚餐时间，不如找安静一点的地方。

“你刚刚去开了什么会？”

“学校的会。”

“哪个学校？”

“我们学校。”

“为什么？”

“我没跟你说吗？”她递过来一张名片，我手握方向盘瞥了一眼，上头印着“环境工程研究所徐千帆助理教授”。

“哇！正职的老师还是兼任？”

“助理教授当然是正职的。”她说，“不找正职，你以为我回台湾当大小姐吗？”

我是真的这样以为的。

“怎么找到的？”

“四月的时候，以前社团的指导老师给我的信息，环工所开了一个国际环境政策的缺，刚好我先生要调回台湾，我就把博士论文的东西准备一下，投了，然后就上了。”她尴尬一笑，说，“运气算不错吧。”

这是我第一次听她提到“我先生”这三个字，心里有些不自在。

“最近快开学了，有很多事要做啊，写教学大纲、备课、参加研究计划，还要带小孩……但也好险有事可以忙。”

我转动方向盘，将车子转到松江路上。

“你爸妈知道你要离婚吗？”

“知道。”

“他们怎么说？”

“都这样了还能怎么说？”

“那你小孩知道吗？”

“不知道，但他是个聪明的孩子，多少有点感觉吧。”

“你们在他面前吵架？”

“一两次吧……你也知道，两个人相处不来，不用大吼大叫，气氛也不会是对的。”

“小朋友说过什么吗？”

“没有。他一直是个很体贴的孩子，我们搬出来，他连爸爸都不找了，他会抱着我，说爱我，说他会一直陪着我。”

她手指拭过眼角，说：“有时候我觉得……我这么别扭的人实在不配有这么温柔的小孩，我对不起他，如果他生在一个正常的家庭，他可以幸福地长大……是我毁了他的人生。”

我想说些“不是你的错”之类的安慰话语，却说不出口。

餐厅是间以创意台菜料理闻名的西式酒吧，之前开在学校附近，最近搬到商业区；上学时觉得太贵，只在特殊节日消费过一两次，工作以后倒觉得是个平价的选择，环境舒适，食物好吃。

我们选了个角落的位置坐下，我点了芝麻叶冷牛肉沙拉、炒中卷、炸鸡；她说肉太多了，把炸鸡换成烤芦笋。我想到等会儿还要开车，于是点了杯可乐，她说既然如此她也不喝酒，点了杯美式咖啡。

“所以找我出来什么事？”小帆说。

我摇晃着水杯，想了一下，问：“你小孩在哪里生的？”

“明尼苏达大学，双子城，听过吗？”

“听起来很冷。”

“真的很冷，零下十摄氏度，而且我还是在冬天生的，差点儿得抑郁症。”

“那你怎么坐月子？你妈过去了？”

“是他妈过来。”小帆摇摇头说，“那是真的让人得抑郁症。”

饮料上来，她说咖啡太淡了，是加了香料的热水，早知道点热水就好；我说晚餐时间，喝咖啡不会睡不着吗？她说妈妈有三宝，咖啡、酒精与烟草，她已经算节制了。

“所以菜头学长会攀岩啊？”

“你很在意啊？”小帆笑着说，“他不会，但他会带小孩去。”

“他很会带小孩。”

小帆沉默一阵，才说：“我不知道这样说对离婚会不会有影响……虽然他是个烂人，但他是个好爸爸，他帮小孩准备晚餐，陪他读书，陪他去运动，好到有时候让我觉得……我这个妈当得很失败，好像小孩跟我会饿死一样。”

话题转到正题上了。我喝了口可乐，鼓起勇气说：“小帆，今天找你是想跟你讨论……我想把你的案子转出去。”

我说完停了一下，观察她的反应。她没有反应。

“接手的是我所内的一位同事，他叫廖志忠，我们都叫他培西……也是我们的学长，他专做诉讼，他会比我更适合处理你的案子。”

小帆拿起汤匙，搅拌着不需搅拌的黑咖啡。

“是因为我有孩子吗？”

“不，不是这样……不是，也可以说是这样……”我这才发现我对这场谈话完全没有准备，脑袋糊成一团，“就像你刚刚问我，你说菜头是好爸爸，这对于谈离婚有没有影响，我没有办法回答你。你看，这就是有经验和没有经验的差别，有经验的律师马上就可以评估一个证据的好坏，我就只能听听而已。”

小帆依旧没有说话，搅拌咖啡的速度变快了。

“蒋恩也说，你们是在美国结的婚，又有小孩，还是让有经验的律师来办会比较好。”

“我了解了。”小帆点头说，“你一直都比较听蒋恩的话，我早该想到的……好，我先走了，还有事。”

她推开椅子起身，我试着拉住她但被她甩开。我赶忙站起身，一把从后头环抱住她。

“杨律师，这样好吗？”她说。我可以感觉她的声音在发抖，身体也是。我也是。

“留下来，听我说完。”

她叹了口气，放松身体，我也松开双手，看着女服务生双手端着菜，一脸尴尬地站在一旁。

“小帆，我真的觉得这样比较好。”我等菜上齐了，继续说，“我把案子转给廖培西，不代表我就撒手不管，我还是会参与，只是培西比较有经验，可以确保案子不出差错……而且我们多一个人办，不会多收钱。”

小帆翻了个明显的白眼。

“不要这样，我是真的想帮你。”

“你是不是觉得我在犯贱？”她说。

我摇头。

“你一定觉得我在犯贱对不对？当初是我离开你的，现在还厚着脸皮回来。你觉得我很……饥渴对不对？很需要‘安慰’。有和生过小孩的女人上床吗？没有吧？生过小孩的前女友更刺激吧？”

“我真的没有。”不管有没有，否认就是了，“小帆，你愿意回来找我帮忙，我很高兴……我很高兴你能想到我，我是真的想帮忙，真的。”

一滴眼泪滑过她的脸颊，我伸手想为她拭去，被她拨开。

“我知道我来找你会给你造成不便……我了解你的近况，所以我知道……但是，艾伦，当事情发生的时候，我第一个想到的就是你。

“艾伦，我时常想到你，外头冰天雪地、我的伤口在痛、小孩在哭、他妈妈在念的时候，我就会想到你，你骑自行车、我站在后面，边骑边唱脱拉库的歌，阳光晒死了，椰子树叶随时会砸下来，杜鹃花开得很恶心……想到这些，我就会获得一点点、一点点的力量，让我可以撑下去。

“我还会想……你是不是有时候也会想起我呢？你身边有人的时候，是怎么回忆我的？你会和你现在的她提起我吗？你会说我们好的事情，还是坏的事情？还是……她很介意，你什么都不敢提，只敢像我一样，在不开心的时候偷偷想到我？”

“我时常想到你，小帆。”我说，“想知道你过得好不好，所以我说，我很高兴你愿意让我帮忙，我真的很……或许我们可以……”

小帆笑了笑。她啜口咖啡，说：“我不是要你同情我或是一定要为我做什么，我只是想让你知道，你是我最信任的人。天啊，讲出来很尴尬，好像当初我们爱得多伟大一样……我不想影响你的判断，你是我的律师，你觉得怎么样就怎么做。”

我心中仍激荡着，我很想告诉她我们可以再试试看，但又害怕面对这句话说出来的后果。

或许现在这样就好，能坐着一起吃饭、喝咖啡就好。

我夹了些芦笋到她的盘子里，说：“我们当初是爱得很伟大啊，我还去丛林找你。”

她说：“你还记得那个莫辛萨哈德吗？那个想追我的巴基斯坦男生。”

“你说那个胖子？怎么了？”

“我后来在美国遇到他，他变得超精壮的，有点像阿米尔·汗。你知道吗，那个印度演员。”

“那你怎么没跟他在一起？”

“人家结婚了，还生了三个小孩。他现在好像是巴基斯坦环保部门高阶官员。”

“所以当初我没去找你的话，你现在搞不好已经是部长夫人了。”

“搞不好哦。”

我们开始吃饭与聊天，我们聊了很多，朋友的近况、学校的近况、法律与学术工作，甚至聊到气候变迁议题。饭后，小帆将车钥匙要了回去，我送她到车旁，心下有些懊恼，是没有喝酒的缘故吗?

回到办公室已是晚上八点，开放办公区已熄灯，律师们的房间暗了三分之二。我将身体塞进办公椅的最深处，伸了个懒腰，才想到今天的谈话没有结论。小帆到底同不同意换人？她说不想影响我的判断，那是表示同意吧，但她又说我是她最信任的人，表示她还是希望我做这案子吗?

我在心中碎念自己一顿，现在也不可能再打电话给她，一切只能等之后再说。

我唤醒沉睡的计算机，继续修改“台磁— J.J.”的草稿，然而精神不集中，进度非常不顺，不断打错字、改错段落、开错档案，有时愣在屏幕前一两分钟却不知要改什么。这时候网站的算法突然推荐我一部《爸爸为何重要》的影片，讲者是位美丽的亲子关系专家，我看完影片后又顺着推荐看了一连串有关“父亲缺席”“婚内失恋”的文章与影片。

我想到小帆说菜头学长是个好爸爸，想到他们那个懂事的孩子。

我又想起自己的父亲，一个真正缺席的父亲。至今我仍不知怎么描述他的工作，大约是挂上一堆地方理事、代表、主席的头衔，喝酒谈事情。我从没与我父亲吃过晚餐，更不要说攀岩了，他回家时我多半已经睡了，要不就是见他喝得醉醺醺的，对我妈呼来喝去。考上法律系后，他常要求我跟他出席某些场合，说对我的人生有帮助，我尽可能拒绝，我觉得对我人生有帮助的就是不要和他有任何瓜葛。

那我自己呢？我会是个怎么样的父亲呢？

十点整，我放弃挣扎，关计算机关灯，离开办公室。这时我的手机响了，是苏心静打来的，我这才想到她今天上午没有课，早该预防突袭。

“刚下班啊？”她在宿舍里，睡衣素颜，手上是甜甜圈与杯装冰咖啡，“很累吗？最近忙哪个案子啊？”

“还在保密阶段，不能说。”

“好吧……喂，跟你说哦，我们昨天终于吃到那间在布鲁克林很有名的牛排店了，我跟意大利人、日本人还有巴西人去吃的。”

“嗯，很好吃吗？”

“很不错哦，牛排很会煎，外焦内嫩，而且分量很大，你一定会喜欢，明年来我们再去吃。”

“听起来很不错。”

“他还有一道厚切培根，超好吃，我都不知道培根可以这样做。”

“好想吃吃看。”

她在镜头前换了个姿势，说:“喂，杨艾伦，你是不是有什么事情瞒着我? ”

“没有啊，哪儿有。”

“你现在的样子就是有事情瞒着我的样子。”

“真的没有。”为什么我遇到的女人都那么聪明，“好吧……有啦，就是工作的事，只是我不能讲太多。”

“那说你能说的。”

我略过台磁与 J.J. 的名字与细节，告诉她艾瑞克要临阵换将的事。

“我真的花了很多心力在这个案子上，我也没做错什么，不知道为什么要把我换掉。”我说。

“那个布兰达很难搞吗? ”

“就公司前辈，是蛮严的，但我跟她还不错，不算难搞。”

“给她当头会怎么样吗? ”

“当然会啊! 多一个人参加就多一个人分钱，而且她比较资深,客户砍时数,一定从我们这些资浅的开始砍。”我伸了个懒腰，叹口气说，“我们需要钱啊，小静。”

“‘我们’。”她笑了,眼睛弯成新月,“真的,我们需要钱……我妈还问我你有没有空去看内湖的那间房子。”

“下星期忙完可以吧。”我说,“我还会去看你挑的那间饭店。”

“记得问爆桌的话要怎么处理哦。”

“我已经记下来了。”

“不过……你还是要当心一点。”小静若有所思地说，“我老板对你们家艾瑞克的评价很高，说他是法律圈诸葛亮，料事如神，如果他认为你那个案子会出问题，要用资深的人来救，你还是多留意一下。”

“我还是看不出来会出什么问题。”我没好气地说。

小静笑了笑：“希望一切顺利……好啦，那不吵你了。爱你……快点回家睡觉吧，很晚了。”

结束视频后，我在路边又站了一会儿。

然后我招了辆出租车，回家。

4

就算『心里有鬼所以不敢说』为真，
也不等于『不说便一定心里有鬼』

“所以你跟她说了吗？”

“说什么？”

“徐千帆的事啊。”

“没有。”

“所以你和徐千帆到底怎么了？你们该不会已经……”

“我和徐千帆什么都没有做。”

“我不相信，如果你对徐千帆没什么，为什么不敢跟你的另一半说？你就是心里有鬼，所以才不敢说。”

“这是逻辑谬误。就算‘心里有鬼所以不敢说’这个命题为真，也不能导出‘不说便一定是心里有鬼’的结论。‘若 p 则 q’并不等于‘若 q 则 p’。”

“你这是诡辩，如果不是心里有鬼，为什么不敢跟另一半坦白与前女友的来往情形？为什么要说谎？”

“人有几千几万个不说实话的理由，你听过什么叫‘善意的谎言’吧？……我就是知道她会不高兴，所以我才不说的。”

“所以你不跟她说徐千帆的事是善意的谎言？我听你在……”

“你想想看，如果我跟她说，我遇到徐千帆，但我们之间没什么，她可以完全不放在心上吗？不可能吧，就算嘴巴说没事，心里还是会有疙瘩吧？但我跟徐千帆就真的没什么。到头来，我说实话完全没有解决任何问题，只是让她活得疑神疑鬼，让我困扰，可能还会让小帆困扰……既然说实话完全没有任何帮助，我为什么要说实话呢？”

“因为……因为你应该对你的另一半坦诚啊，不诚实是对两人关系最大的伤害。”

“前提是她可以验证我说的是实话，但远距离就没办法。”我调整了一下领带的角度，继续说道，“远距离失败最大的原因，就是高估彼此的信任，你说的都是实话，对方听起来都是假的；一旦起疑心，关系就很难维持。”

“我不相信……”

“你看，连你都不相信了，我凭什么让她相信我和小帆没事？”

“我……”蒋恩似乎被辩倒了，她想了半天，才恶狠狠地说，“反正你好自为之，如果你伤害我的姐妹，我一定让你吃不了兜着走。”

我们在信义区的某栋办公大楼前与台磁的人会合，吴正非今天缺席，业务总监说他为瑞士新闻的事情焦头烂额，还说反正有律师在，公司法务没那么重要。

布兰达也没来。那天艾瑞克和我谈话后，布兰达并没任何行动。我憋到会议前一天才主动跑去问她，她说她没有收到参加台磁案的指示。

我们一行人搭着电梯来到七十二楼，电梯门一开，湛蓝芯片拼成的“Jackson & Jacob Solar Power（Taiwan）”大字映入眼帘，墙面、大门与前台镶着大量未打磨的金属边框，呈现某种混杂着未来感的工业风。业务总监说那些蓝色芯片是太阳能电池碎片，金属边框则是太阳能电池的铝框，都是回收材料，让客人第一眼就觉得这家公司讲求环保。

业务总监又说，J.J. 在台湾本来就一个联络人，连办公室也没有，这两年看上台湾“非核家园”计划，才投资成立子公司，还大手笔搞了这么气派的办公室。可是这些老美不懂台湾“降低成本”的文化，听说投标价都比市面高个三成，到现在一个案子都没拿到，成天烧钞票，所以才找上台磁。

财务副总“啧啧”不停，说租这样一整层办公室，两年没进账，他做财务的想到都要心脏怦噗喘[1]。

我们还没按门铃，一位全身套装的年轻女性职员便从办公室里迎了出来，鞠躬微笑说：“不好意思，让各位久等了，我是 J.J. 的法务经理路雨晴，会议室在这边。”说完她身体探向一侧，向站在队伍后头的我挥手说：“嗨，好久不见，学长。”

“我不知道原来你在这里。”

1　怦噗喘：指因紧张或害怕而心跳、呼吸加速。

“对啊……来，各位，这边请。”

我们跟着她穿过簇新装潢的走廊，两侧墙上挂着摄影作品，内容是什么我没注意，我的视线不由自主地集中在那笔直的小腿与窄裙包裹的臀部的线条上，我想在场所有男性应该都一样。

“你的嘴角都快咧到耳朵了，色鬼。”蒋恩低声说。

“有、有吗？”

“哪里来的学妹？”

“就……学校的学妹啊……小我们五届吧。”

“怎么认识的？”

“就……回学校认识的……等下再说啦……”

来到会议室，学妹安排大家坐定并交代茶水咖啡，接着依次交换名片。她是这样自我介绍的：“我姓路，路雨晴，叫我芮妮或雨晴都可以……对啊，道路的‘路’，很少见……没有啦，‘法务经理’只是公司里的头衔，我才刚来没多久，还要请副总多多指教。”

轮到我与蒋恩这边时，我问：“什么时候来这里的？”

“刚来半年，还在摸索。”路雨晴苦笑说，“进来就接了这个项目，比较忙，我没什么经验，每天看学长你们拟的合约看到八九点，觉得学长真是太厉害了，怎么能把合约设计得那么细腻……”

靠经验累积，我心里想，但没说出口。“拟约没什么，要谈得成才行……哦，这位是蒋恩，跟我同届。蒋恩，雨晴应该是……

小我们五届吧？”

“学姐好。学长，我小你七届。”

“原来我们这么老了。”

在法律职场中，新进与资深人员几乎是一望即知的。菜鸟的穿搭特色便是全套深色但料子普通的西装或套装，以为这样才有专业人士的范势。工作一段时间后就会发现亚热带气候下，这样的穿着根本无法进行长时间、高强度的脑力工作，然后就越穿越随便（或者是说越穿越有自己的特色）。像今天出席重要会议，蒋恩是白色棉T、米色外套与铁灰色七分裤，路雨晴则是黑白分明的套装，这时如果她说声“向来宾献花、献果”也不突兀。

不过这世界最残酷的现实就是：人好看，穿搭就其次。路雨晴就是那种即使穿上袈裟，也会让人对她大动凡心的女生。

“你们怎么认识的？”蒋恩问。

“有一次学长回到学校演讲，我很厚脸皮地问了很多问题，还跟学长要了联系方式；学长人很好，帮我解答了很多疑惑。”

“为什么老师没找我回学校？”蒋恩问。

“因为你太优秀了，无法参考。”

“我经常听到学姐的名字。”路雨晴微笑着说，“我知道学姐是跳级生，又漂亮又优秀，还很会做饭。”

蒋恩一脸心花怒放，笑着说：“这学妹真的……很好。”

“今天你们CEO（首席执行官）会来吗？”我问。

路雨晴说：“CEO 今天刚好有别的会。今天是我们 GC Legal 和 CFO 来主持会议。”

GC Legal 是 General Counsel Legal 的缩写，中文就是“法务长”；CFO 则是 Chief Financial Officer 的缩写，即“财务长”。我想到台磁财务副总说过的话，于是问：“听说你们法务长是最近才从美国回来的？”

路雨晴点头：“是啊，上岗大概两个月吧。”

“听说很难搞？”

她为难地笑了笑，说：“不会啦，我家 GC 很好啦。”

“趁他来之前你偷偷跟我们说……”

“学长不要害我啦！”路雨晴说，“他脑袋转得很快，动作也很快，像我这种动作慢的压力就很大……咦？学长，搞不好你认识他。”

“为什么我会认识他？”

“他也是学长啊，应该跟你差不多届数吧？”

“怎么可能？……他中文名字叫什么？”

便在此时，会议室门被推开，一阵洪亮的声音说：“嗨，抱歉，让各位久等了！副总，今天看起来精神很好啊，还有在打球吗？这位就是班森吧？业务高手，久闻大名，我们的采购说你超会谈价格的，把我们吃得死死的……下次放个水啦，那些老美头脑都不大好。这位是……哦，吴经理，会计经理，幸会、幸会，这是我的名片，叫我麦可就可以了……”

然后他走到我面前，拍拍我的肩膀说："我们就不用介绍了吧，很熟啦……嗨，蒋恩，好久不见，越来越漂亮了……"

麦可后面跟着的是 J.J. 台湾的 CFO 与其他职员，但我完全不记得他们的名字，甚至忘记交换名片的标准程序。

我心里只是反复念着：菜头就菜头，叫什么麦可！

"感谢副总与各位台磁的同事今天莅临，J.J.Solar 和台磁长久以来是很好的合作伙伴，这次总部调我回台湾，就是希望可以进一步促进双方合作，我相信……"

"谢谢蔡法务长……哦，还是叫麦可就好了？谢谢各位，我们非常高兴有这个合作的机会，J.J. 和台磁强强联手，不光是台湾，北美、欧洲、东南亚，我们都会是领导……"

双方交换着无意义的废话，我没在听，我的注意力全放在菜头学长身上。

他的变化太大，假设今天不是会议场合，而是在路上巧遇，我不见得能认出他。

他穿的是铁灰底带白色铅笔细纹的西装，应是高支数的高档羊毛料，否则不会有那样的光泽。西装剪裁合身，显得他的肩膀宽阔、胸膛厚实，像一尊待发的小钢炮……不，那不只是衣着效果，他是真的锻炼了，裹在袖子里的二头、三头肌线条明显，一小截露在外面的前臂青筋暴涨，连指节都看起来特别明显。

当个白白胖胖的菜头不是很好吗？练成这样是想吓唬谁？

“现在的市场竞争激烈，大家都不好做，所以一定要合作，把饼做大……”

“绿色能源是一个趋势，这是确定的，今天谈这个合作就是要抢在其他竞争者之前先搭上这个流行趋势，搭上了，我们就赢了……”

依然是废话。我继续观察。

菜头依然留着平头，不过是精心做过造型的那种。两侧头发依头型往上推高，至头顶略留些长度，使整颗头看起来没那么大那么圆；前额同样推高，但留下些许美人尖的长度，带有某种侵略性。

他脸上多了些许坑疤，原本厚重的眼镜也换成金边镜框，镜片超薄，在镜框搭配下，脸显得瘦长些。

我想了很久才想到要怎么形容这样的长相——“斯文败类”。揍他一顿会大快人心的那种。

“J.J. 在十一个国家都有项目，我相信这对台磁是个很棒的交易……”

“这几年多晶硅的价格波动太大，有稳定的供应链是获利的主要因素……”

这十年间到底发生了什么事，可以让一颗“真诚”的菜头长成一颗流里流气、不中不西、自以为是贝克汉姆的斯文败类？美国的水土难道如此神奇，呼吸、喝水便能将一个人从里到外

4

就算『心里有鬼所以不敢说』为真，也不等于『不说便一定心里有鬼』

替换成另一个人？

和小帆结婚的，又是哪一个菜头学长呢？

“我们也很谢谢台磁这边准备了这份协议，在这么短的时间能草拟那么多细节，不容易啊……”菜头学长说，我将注意力拉回来，看着他翻阅着印出的纸本，他的表情给我不好的预感。

“……不过，说句实话，这个草案糟透了，如果这是我底下的人起草的，我大概明天就叫他拜拜了。”他笑着看向路雨晴，路雨晴严肃地点点头。

我感觉一阵寒意窜入骨髓。

如果你常看八点档连续剧，可能会以为商场上便是整天恶言相对，“糟透了”什么的都是常见的问候语。事实上，这社会上大部分人都明白“不要给人家难堪”这种基本为人处世的道理，因此我们较常用的是“可以再讨论看看”“有些细节可能要调整”这类的表达方式，至少我从没听过人家批评我的工作成果“糟透了”，而且还是当着我客户的面。

“草案里面没有 IP 条款……是台磁没有什么 R&D（研发部门）吗？J.J. 的 R&D 很重要的，专利权要怎么归属，草案里面竟然没有，难以置信！又像……”他又翻了几页，“股份移转禁止……律师应该知道，台湾地区法院早就判过了，股东约定禁止转让股份，并不能禁止股东真的把股份转让出去吧？……如果是这样，订这样的条文一点用都没有，没用的……”

他又说了一大串，我一边做笔记，一边流冷汗。我不敢回头去看台磁的人，但可以感觉他们的目光如刀，正肢解着我的自信。

怎么办？冷静，杨艾伦，你是这个案子的首席律师，你需要正确回应……怎么回？啊，说问题太多，之后用书面回复好了……回去慢慢想答案，对，就这么办。

“谢谢……谢谢蔡法务长的指教，因为问题太多，所以……”

“蔡法务长，你是现在才拿到我们的草案吗？”蒋恩突然说，“然后随便翻一翻找问题？感觉你在拖时间？”

我惊愕地看向蒋恩。路雨晴不是说她们都仔细读过了吗？现在重点是要维护台磁对我们的信心啊，要是说错话，可能就……

蒋恩没理会我的眼神暗示，继续说：“你提到 IP 的部分，草案附件二有。我们还拟了三个选项……为什么放在附件？因为我们查过，J.J. 没有什么专利权，R&D 支出比重也不高，所以我们判断这个项目不是主要的谈判项目，如果这个判断不正确，我们可以将 IP 条款挪回本约中。

“股权转让禁止的部分，我们在第三点就提到了，我们的建议是成立闭锁型公司，但考虑到新公司未来有引入第三方资金的需求，我们还是依照非闭锁型公司的方向拟约，只是将这点挑出来，特别讨论。另外……”

蒋恩眼神扫过对面的 J.J. 众人，逐一回答菜头学长提出的问题。对，其实这些问题我们都讨论过，什么“糟透了”，完全胡说八道，菜头学长搞什么？乱问一通，找碴儿吗？

我向台磁的人耸耸肩，表示游刃有余，然后接着蒋恩的话，补充几个论点。

面对我们的反驳，菜头学长始终保持令人不爽的微笑，手上的笔动也不动。我发现不只他，包括路雨晴在内所有 J.J. 众人都只是听我们说话，没人写字打字做笔记。

为什么？

等我们说了一个段落之后，菜头学长才说："理由蛮多的嘛，但说的东西都不在点上……蒋恩说对一件事，我是在拖时间，因为记者习惯迟到。"

我看向蒋恩，又看向台磁的人，所有人一脸问号。

菜头学长看了看手机，说："大家放轻松，看个电视，现场直播。"

他用遥控器打开电视，画面中央是 J.J. 台湾的 CEO，一名皮肤黝黑的印度裔，他后头的红布条上写着"J.J. 光电公开收购台磁科技记者会"。

CEO 用带着腔调的中文对着麦克风说道："谢谢各位记者朋友。J.J. 台湾在这边宣布，从今天开始对台磁科技进行公开收购，目标是收购台磁科技百分之二十五的股权，收购价为每股新台币二十二元，收购期间从今天开始算五十天……我们希望透过这次收购，将台磁科技纳入 J.J. 的全球体系，加强在全球市场的竞争力……"

“公开收购”是一套允许于短时间内大量购入特定公司股份的机制。简单来说，如果你想要在五十天内快速买进一间上市公司百分之二十以上的股份，你不能直接在市场上下单（影响市场秩序，而且事实上不可能买到那么多股份），你必须透过证期局公告：我，某某某，打算在几天之内买进某公司的多少股份，我出的价格是每股 ×× 元，愿意卖股的股东请来找我。

假如于收购期间届满前，应卖的股份数超过收购目标，那就是收购条件成功，收购人得依公告的价格买进应卖的股份。相反，如果前来应卖的股份数没有达标，那收购案便失败。

如果买卖股票是为了赚价差或是收股利，你大概不会想买进一家公司百分之二十的股份。因此“公开收购”大多数都是为了经营权争夺，就像我们现在面对的情形。

不，更糟，我们面对的是一场突袭、完全恶意的并购。

菜头学长关了电视，对一旁的 CFO 说：“阿玛德，到你了。”

身材瘦高、皮肤白皙的 CFO 清了清嗓子说：“我的中文不大好，我是印度尼西亚人，请各位见谅……收购你们公司的股份，是让两家公司 integration（合资）更容易，呃……这是我们依照最近 observations（观测）做的决定，可能 surprise（令你们惊讶），请各位见谅，呃……我也不知道还要说什么。哦，我们出的价格很不错，都是自己的 capital（资本），欢迎手上有股票的都来卖给我们，请各位见谅。”

“你这是黑白乱来！”台磁副总愤怒地骂道，“本来讲好是合资，现在哪会变成要给阮台磁规个食食落去[1]？杨律师，按呢敢会用得[2]？不是有签约吗？”

对，早在双方交易前便已经签了 MOU 合作意向书，他们现在违约，所以我们可以……

“副总，火气别遐尔大[3]。”菜头学长说，“MOU 顶面就有写了，没有法律拘束力，不用麻烦律师了。”

“是这样吗，杨律师？”

我说：“是的，副总。”

“按呢当初签那个是要创啥[4]？”

我收拾思绪，说：“副总，MOU 没有拘束力，但是是个证据，证明 J.J. 恶意毁约，对我以后采取法律行动会有帮助。”

“采取什么法律行动？”

“例如控告他们散布不实信息，影响台磁的股价。”

“你说瑞士的那个新闻？对……对，原来是……”

“杨律师，我建议你说话要留意一点。”菜头说，“这里有很多人，没有证据的指控是会构成诽谤罪的。”

“难道不是吗？我们合理怀疑……”我还没说完，蒋恩已将我拦住，低声说：“我们回去讨论……蔡法务长，既然 J.J. 已经

1　现在哪会变成要给阮台磁规个食食落去：现在怎么就变成要把台磁整个独吞了呢？

2　按呢敢会用得：这样可以吗？

3　火气别遐尔大：别那么大火气。

4　按呢当初签那个是要创啥：那当初为什么要签那个？

做出这样的决定，今天这个会也不用开了。谢谢各位招待，下次可能……法庭见？”

菜头笑说：“希望不要。麻烦跟总经理、董事长问声好，J.J. 永远是台磁的好搭档，我们的条件真的很好，欢迎大家坐下来谈。”

台磁的人开始收拾东西，急着撤离这个战败的战场，我却依旧不自主地将注意力放在菜头身上，我看着他与路雨晴交头接耳地说了一会儿话，又用手上的钢笔指点桌上的文件。一旁印度尼西亚人 CFO 靠过来说了几句，菜头哼笑一声，用肩膀将印度尼西亚人顶开。

有股强烈的不协调感，像眼睛进了异物。

我回想与菜头学长那场彻夜长谈。他盘坐在我床铺的一角，双手撑在脚踝上，他说话的时候总是直视我，双眼澄澈；听话的时候，他会微微点头、微笑，然后再点头。

不，这不是那不协调感的原因。

“快走吧。”蒋恩催促着。

J.J. 的人都站了起来，准备送客，菜头学长同样起身，手上钢笔落下，笔在桌上滚动一圈，我看见了笔身上“L & F”的字样。

我呼出一大口气，霎时间只觉得神志清明，照见五蕴。

“艾伦，你干吗？快走呀。”

我走到菜头学长面前，呼唤他的全名：“蔡得禄先生。”

“什么事？”他看向我，眼中流露一丝恐惧。

“我谨代表你的配偶徐千帆女士通知你，她要和你离婚。”

我放慢语速，一个字一个字地说，“我是她的律师，稍后我会寄给你徐女士这边的离婚协议书版本，还请多多指教。”

电话响起。

“艾伦，我是苏妈妈啦，之前我给你发信息，你怎么都没有回？”

“哦，苏妈妈，不好意思，最近工作太忙，一直没空回。”

“我打电话是说，中介约说星期六早上去看‘内湖山庄’，你可以吗？”

“苏妈妈，星期六不行。”

“那星期天呢？中介说很难得看到那么好的目标，要抢要快。”

“星期天也不行。”我按捏着鼻梁，说，“苏妈妈，我这一阵子真的太忙了，过一阵子再说好吗？我会再打给你……先这样，回聊。”

距离 J.J. 宣布公开收购过了两个星期，一切仍在混乱之中。

那天 J.J. 的会议结束后，所有人立刻集合到台磁位于桃园的总公司商讨应对方案，台磁的董事长（吴正非他爸）、总经理（吴正非他弟）与吴正非都到了；艾瑞克、布兰达，连汤玛士与廖培西都从台北赶了过来。

年轻的总经理首先将美国人痛骂一顿，然后又意有所指地说，如果能早点澄清瑞士的那个新闻，就不会给美国人可乘之机了。吴正非没好气地说，他们法务部门底下就两个人，每天忙总经理交办的公司组织再造就饱了，瑞士的事情有在进行，但是需要时间。

光这些没意义“检讨”便进行了一小时。最后老董事长看不下去，强制没收两个儿子的发言权，回头问我道：“杨律师，听说你要代表那个麦可·蔡的太太讲离婚？”

“是。”我畏怯地点点头，心想要挨骂了。

“就是要按呢！”老董事长一拍桌子，大声说，“他们出沤步[1]，阮就要比他们更加沤……死美国仔。”他回头问艾瑞克说：“艾瑞克，现在我们要怎么办？”

艾瑞克双手交抱胸前，缓缓睁开双眼。

他设计的路径非常复杂。

汤玛士与廖培西将向地检署提出 J.J. 散布不实信息、影响股价，违反证交法的告诉；同时将请求法院为假处分，暂停 J.J. 的公开收购，并冻结 J.J. 手上股份的表决权。

吴正非则要尽快厘清瑞士那则新闻的真实性，人手不足的话，蒋恩可以协助。

由于 J.J. 属于外资，他公开收购台湾公司，必须经过经济事务主管部门投资审议委员会的核准；此外，若收购案成功，J.J. 将持有超过百分之三十的台磁股份，属于公平交易法上的“结

1　沤步：贱招，卑劣的伎俩、手段。有时俗写作“奥步”。

合行为”，需要公平交易委员会的同意。换言之，只要守住投审会或公平会任何一关，便可以让 J.J. 的公开收购失败。这部分由我与布兰达负责。

最后是管理阶层的责任，台磁董事会依法必须组成审议委员会，就 J.J. 的收购条件向全体股东提出建议，总经理将协调会计师与顾问公司，尽力证明 J.J. 的收购价过低，建议股东们不要出售持股。董事长等高阶主管也将联络几个大股东，游说他们不要卖股票，支持现在的经营团队。

艾瑞克的另一个建议是发行百分之三十到百分之四十的新股，由自己人或可信赖的盟友认购，这样即便 J.J. 公开收购成功，持股比例也会被稀释到百分之二十五以下，无法干预台磁经营。

“这样要一百亿……”财务副总喃喃道，“谁有办法？”

“我可以试试看。”吴正非突然开口说，“欧洲私募基金那边有些老朋友，可以谈。”说着他瞄了他的父亲与弟弟一眼。

那天会议一直开到晚上十点，回台北后我与蒋恩又工作到半夜三四点，将几份工作文件大纲拟妥后，才回家盥洗略事休息。

接下来两周的工作强度都差不多，朝八晚十二，周末之约皆须牺牲。小静的妈妈打电话来的时候是晚上八点，我正埋首于一堆能源市场数据、太阳能技术文件、跨国事业结合的法例之中，苦于找不到足以反驳 J.J. 吞并台磁的论点。在这种情况下接到一通“怎么都没回信息”“和中介有约”的电话，我自认我的响应已是相当克己复礼了。

但显然有人不这么认为。我放下电话后不到三十分钟，手机又响，是小静。

“喂，干吗对我妈那么凶？”

“我哪有？”我盯着计算机屏幕上的书状说，“你妈说我对她很凶？”

“她说她就想跟中介约个时间，发消息给你你都不回，打电话给你，你又一副很不耐烦的样子。”

“我真的忙不过来。”我说，“台磁的事十万火急，我真的抽不了身；房子的事，我忙一段落就会处理，可以吗？”

“但她说中介说……”

“千年一遇的目标，慢了就买不到嘛！”我提高音量说，“这种话术你也信，你不是当律师的吗？”

小静沉默一阵，又说：“婚宴场地你也没去看吧……”

“我在忙，我在忙，我在忙！”我几乎是要用吼的了，“这样够清楚了吗？拜托你，你在纽约吃吃喝喝开派对，台湾什么事情都推给我，我要工作，我连睡觉的时间都没有了！”

苏心静又沉默了一阵，然后结束了视频通话。

我知道她在生气，但我没有道歉的念头。

我哄她开心，谁来哄我？

选择一个年纪比较大，又是同行的女人，不就是期待她能更体谅我工作上的难处吗？如果是要找个会闹的，干脆就找像路雨晴那样年轻貌美的女孩，闹起来心情也愉快？

我将脸埋在双掌中，试着不让眼泪掉下来。

我觉得好累。

我需要有人抱着我，告诉我，你已经做得很好了，宝贝。

我呼了口气，拿起手机。

5
你相信婚姻是爱情的坟墓吗？

“你相信婚姻是爱情的坟墓吗？”

“你是要问我的经验，还是单纯问我相不相信？”

“都可以……你的经验好了。”

“我没有经验。”

“你真的很讨厌。”

“所以你这么认为吗？”

“嗯。两个人再怎么相爱，一旦长久生活，就得面对生活的现实，柴米油盐酱醋茶，这还不是什么真正的困难——像缺钱、生病之类的，单纯就是琐事——谁交电费，谁洗衣服，谁去照顾谁的父母，这样就足以磨掉所有的热情。在这种情况下，如果一个人还一直计较另外一半‘为什么不像以前那样爱我’，只会引发争吵，然后发生冲突，最后就是分手。”

“我不记得你以前对婚姻那么悲观。”

“对啊，以前不会。”徐千帆说，“和你分手以后我才学会这个道理。宝贵的一课。”

距离 J.J. 公告收购台磁科技已过了一个月，事情慢慢回到

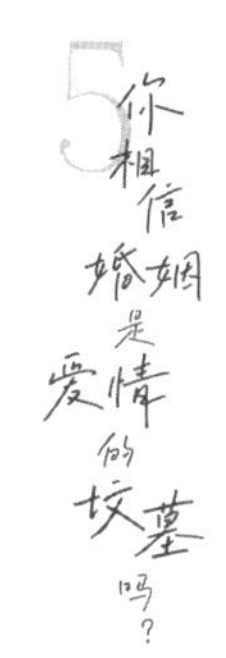

轨道上。

注意，事情并没有解决，公开收购仍继续，只是大家按着艾瑞克画的地图前进，一切不再那么紊乱。

我与布兰达最终向公平交易委员会递出了一份五百多页的意见书，主张此一并购有害于市场竞争，请公平会拒绝 J.J. 申请。公平会将就这个案子举行听证，预计届时又有一阵攻防。

汤玛士则向地检署告发 J.J. 散布不实信息、违反证交法；补了几次数据后，总算让检方立了个“他”字案，进入不特定被告的侦查程序。廖培西的假处分申请则被法院驳回，目前抗告中。

吴正非与蒋恩已出发前往瑞士，调查台磁产品被禁的消息来源。这是最神秘的部分，我只知道蒋恩前一阵子忙得昏天黑地的。

吴正非之前提到“欧洲老朋友”的私募基金护航一事则出人意料地顺利；我们与白白胖胖的卢森堡基金董事长开了场视频会议，他便爽快地同意出钱认购新股，并承诺全力支持吴家经营团队。下一步是要召开临时股东会，还要设想 J.J. 在股东会中可能的沤步。

台磁的人每隔几天就会问我觉得 J.J. 的收购案会不会成功，做那么多事、加那么多班到底有没有用。我只能坦白说我不知道，现实就是，做这些努力不能保证守住台磁，但什么都不做，台磁一定失守。

台磁的事情恢复节奏，我也较能匀出心神处理徐千帆的离婚案。自从上回当面告知后，菜头学长并没有任何动作，我建议小帆先申请假扣押，以防菜头脱产，小帆说她不要钱，一毛都不要。

“我只有两个条件。”她说，“第一，我要艾登的监护权；第二，我要蔡得禄和他的姘头登报道歉，在中国台湾和美国的报纸上登报道歉。”

我有点意外：“这是‘洗门风’吗？我不确定法院会不会这样判，要去研究一下案例。”

小帆说：“我没有要上法院，这是协议离婚的条件，如果他想走，就得这样做。”

我将这两项条件写成律师函寄给菜头学长，隔天收到他的邮件回复，说另外找时间当面谈。

“如果你认为婚姻是爱情的坟墓，为什么会跟菜头学长结婚呢？”我问。

“就是因为这样才跟他结婚。”小帆喝了口茶，缓缓地说，“既然在婚姻中，爱情最终会消逝，那要不要结婚、跟谁结婚，就与爱情完全无关，不是吗？结婚应该是个理性的选择，找一个能共同生活的伙伴；经济能力、生活能力、人生目标、价值观、个性的兼容程度……这些才是要不要和一个人结婚的重点吧？”

“能找到这样一个人，经济能力、人生目标互相符合，就会

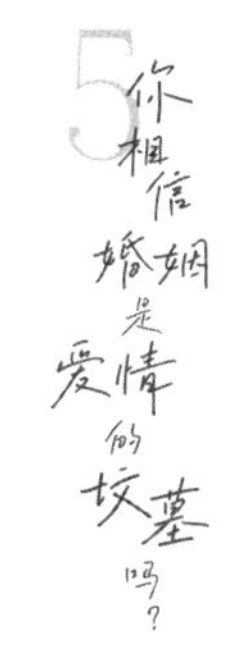

谈恋爱了吧？”

“我也这样以为，所以和他结婚的时候，我一点都不担心我不够爱他或是他不够爱我的问题……他很适合我，我很适合他，时间久了，我们就会好好的。”

小帆停顿一下，说：“但不是这样。”

小帆说，那时她与另外一个台湾女生在明大双子城校区旁边租了层公寓，找人分租，菜头学长通过台湾同学会找过来，那时他是博士班（SJD）的第一年。

“那时他不知道我们分手的事，我告诉他，他就一直跟我道歉；我说，这跟他一点关系都没有，干吗道歉；他说，我和你在一起那么久，分开了，我一定很难过，我来美国应该是想重新开始，他却不请自来，让我重提旧事，所以他很抱歉，他也不要租了，他会避免和我碰面。”

“很像我认识的他。”

小帆当然不会出于这种原因而拒菜头学长于千里之外。她告诉他，过去都过去了，没什么妨碍，他乡遇故知是好事，学长在美国待得比较久，大家可以互相帮助。

于是他们开始了室友的生活。小帆说，她本来担心男女混住有些不便，但后来发现完全没这个问题，菜头学长比她认识的所有女生都还爱干净，每天清理地板、刷马桶、刷瓦斯炉，房子总是整齐而闪亮。最好笑的是，菜头学长的衣服只晾不烘，每件衣服晾晒时皆铺甩平整，晾干后宛如熨烫过的一般，后来两个女生索性赖着学长晾衣服，连贴身衣物都不避讳。

“他以前在大学宿舍就这样，整栋楼应该只有他在晾衣服。”我说，“只是我比较有羞耻心，不会巴着学长帮我晾内裤。”

“因为你们男生不在乎穿得跟咸菜一样。”

而且菜头学长烧得一手好菜。你能想象在零下十摄氏度的冬天，从教室走二十分钟回家，发现炉子上有锅热腾腾的牛肉汤时的感动吗？小帆说当时她吃着吃着眼泪就掉下来，菜头学长递给她面纸，然后坐在旁边陪她一起哭。

“为什么要哭？他又不是专程煮给你吃的。”

“那是想家。”小帆白了我一眼，“冰天雪地、下午三点就天黑的时候，特别想念台湾，懂吗？”

两人什么时候开始的呢？小帆也说不上来，大概是那回学长的哥哥出了车祸，他返台一趟，再回美国后，两人之间的距离便明显拉近了，多了嘘寒问暖，多了肢体互动，他们会单独出去，会聊天到深夜。有天晚上，小帆失眠，躺在床上看着窗外明月，伴侣、婚姻、人生等“俗事”一项一项滑过脑海，她竟然有股去敲学长房门的冲动，那一瞬间，她知道她的“结婚评估”完成了。

小帆说她还问过另一个女生室友的意见，那个女生的说法是：菜头学长任何一方面都是可以嫁的，但不知道为什么，相处这么久，她就是没有心动的感觉，大概因为她是“外貌协会”的吧。

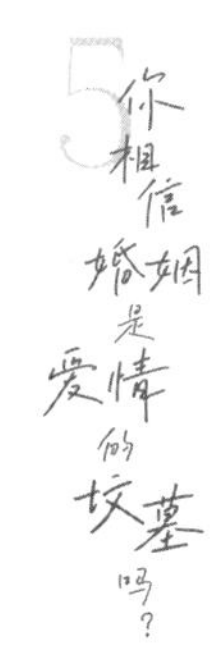

"我说我还好，我对外表的要求没那么高。"小帆看着我说，"所以有一天，他问我要不要结婚时，我就说好。"

"我不懂！"我抱着脑袋说，"是他跟你求婚？"

"也不算是求婚……就是有一次出去，他问我说，想不想这样走下去，我说好……就这样，很无聊。"小帆说，"这有什么问题吗？"

"可是你为什么要说好？你那时才几岁，现在哪有人那么早结婚的？"

"我一直都想结婚，还想要生小孩，你不知道吗？"小帆笑着说，"当时我都想好了，我和他结婚，我们可以继续留在美国念书，然后生个小孩，我们一边念书一边带孩子，他可能早我两到三年拿到学位，他会先工作一阵子，等我拿到学位后，我们就一起回台湾，那时候小孩五六岁。小孩上学，我们工作，人生的路就这样走下去。"

"所以你都计划好了。"

"嗯，都计划好了。"她点点头，说，"结果现在这样，鼻青脸肿的。"

小帆说，他们婚姻出状况是最近一年的事，具体来说，是回台湾之后的事。

"很多人生完小孩后夫妻感情变差，但我们刚好相反。艾登出生后那一阵子，应该是我们关系最好的时候。"

小帆停顿了一下："蔡得禄他……他很喜欢小孩，喂奶洗澡都他负责，家事也都他做，还会帮我准备月子餐，我说好像请了个免费的月嫂。总之，带小孩这方面，我们分工合作还不错，他是‘神队友’，很有默契的那种。”

“你不是说他妈妈害你产后抑郁？”

“那是他妈妈。他妈妈就……我也不知道怎么说，压迫感很重？我做什么都错，而且她说话很难听，说我是大小姐，只会躺着享福，她就剩一个儿子，早晚会操劳死，到时候她的孙子没爸爸，妈妈又不会疼……这种话当着我面说，我只差没给她一巴掌。”小帆说，“蔡得禄说，他妈年纪大，现在又只剩一个人住，讲话多少会超过，要我忍一忍，我就忍了，忍一忍也就过去了。”

“所以他妈妈不是你们离婚的原因？”

“不是，完全不是。”小帆说，“他妈妈也就爱说难听话，我身体恢复以后，根本也不理她，她待四个月就回台湾了。”

小帆停了下来，沉默许久，才说：“大概从那时候开始吧，他就慢慢不见了。”

小帆说，他们之间的话题本来就不多，聊天也多半是聊小孩，她不想提她博士研究的事，也不想听菜头讲他自己的部分。于是只有当小孩在的时候，他们会说说笑笑，若剩夫妻独处，多半是各做各的事，相对无言。

他们分房睡。小帆说，她不记得他们上回同房是什么时候，大约是得知她怀孕后，菜头就不曾碰过她。从某一天开始，他

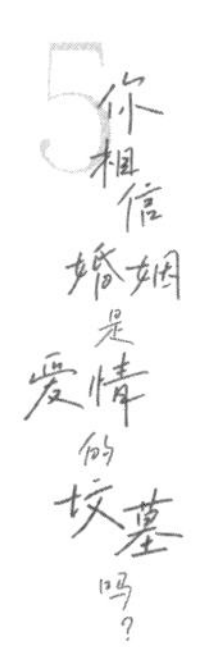

只睡在客房，最后连衣服用品都搬过去了。

我听这段的时候，身体不自觉地往小帆方向移动了几厘米。

“其实我不觉得这有什么问题。”小帆说，“相处久了感情本来就会变淡，更何况我们原本就不是爱得死去活来才结的婚；变回室友的关系也不错,可以有自己的空间,又有个‘家’,有‘家人’，小孩可以开心地长大，这样很好……只是他连这样都不愿意配合我。”

菜头学长拿到学位后便加入了J.J.，相当受到重用，今年J.J. 扩大台湾子公司规模，菜头学长便申请调职，“恰巧”小帆也拿到台湾教职的聘书，他们便举家迁回台湾。之所以强调“恰巧”是因为两人并没有事先说好，菜头告诉小帆他拿调职许可的时候，小帆已寄出大学教职的申请材料。

“朋友都恭喜我们，说搭配得太好了，可以一起回来。”小帆苦笑说，“但我想他很失望吧。”

J.J. 为他们在信义计划区租了一层公寓，四室二厅，附完整家具，还有补助可以请家务人员。小帆说公寓大的好处就是他们仍然可以分房，沙发够长，使两人可以各据一端滑手机。

“我抓到他外遇就是八月初的事而已。”小帆说，“我一直逼问他到天亮，他才承认，他说他会补偿我，要我不要在孩子的面前闹，不要伤害到小孩。我问他是哪个女人，他只一直要我不要多想，不要乱猜，我要他把手机交出来……平常我是不会看他手机的，他把手机给我，密码也给我，里头内容都很正常；

我又跟他要之前在美国用的旧手机，他说丢掉了，我说他明明就把那个手机带了回来,还说要留着当备用机。我去他的房间找，他就把我扯倒在地上，我的头撞到地板，这边撞裂了条缝。”

她撩起头发，发际有个明显的伤痕，我伸手去触摸，她已将头发放下。

“这是医院的验伤单。”小帆说，“之后的事你就知道了，我带着艾登搬回我的房子，打电话给我大舅，请他委托杨艾伦律师办理离婚案。”

我心中计算时间，小帆与菜头学长争吵的时候，我正与小静在机场拥抱道别。这感觉很奇妙，当你决定人生大事时，另外一个人的人生正朝着完全相反的方向前进，你们的人生曾经交错而分开，又因这个时点发生的事情而即将相会。

“之后呢？他又联络你了吗？”

“打过几次电话,说要看小孩。我告诉他,说出那个女人是谁，否则免谈。”

“他说了吗？”

“他不肯，我甚至还求过他，他就是不肯说。”她神色平静地说，“不过也无所谓他说不说，我会知道的，很快。”

我心中描摹着整起事件的轮廓，有些部分线条模糊，和小帆的认知可能有所出入，有些部分则是充满疑问。

“为什么你那么在乎那个第三者是谁？”我说，“你……你其实不爱他，不是吗？为什么你一定要他道歉？他在外面有别

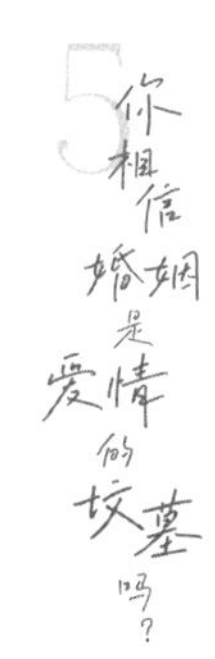

人对你有伤害吗？对不起，我没有别的意思，我只是想不通，你不要钱，却只要他道歉？”

“他背叛了我，道歉不是天经地义吗？”

“但你并不爱他啊。”

“可是我们结婚了啊！”小帆大声说，“我确实没有爱过他，我也没有感觉他爱过我，但我们都同意要共同生活一辈子了，这不就是说好，我们同意用这种方式走下去吗？我们建立一个家庭，生了小孩，愿意互相照顾，家庭就是这样……这不是爱不爱的问题，这是信赖的问题！”

我一时语塞。结婚不是爱不爱的问题，是信赖的问题。

小帆拭了拭眼角，又说：“而且，为了这段婚姻、这个家庭，难道我没有牺牲吗？怀孕吐个半死的是我，在产台上痛了六七个小时的也是我，我还要叫他妈‘妈妈’，还一起住了半年，装出一副小媳妇的样子……我说这些不是要抱怨，这些我早都想过，我也愿意承受，因为我很清楚，这些委屈本来就是建立家庭必需的代价，我以为……这是我们彼此都同意的代价，我们付出，然后珍惜付出的成果——就是这个家。现在他竟然……竟然背叛了我……背叛了我这些付出，我不值得他们说一声对不起吗？”

小帆低头掉眼泪，我想这就是她的脆弱时刻，按二马的说法，我应该上前借出我的胸膛，用体温去融化她的委屈。但我没有这么做，只是递上了面巾纸。

我应该怎么做？

“两个条件：艾登的监护权；两个人登报道歉。”小帆说，“做到就好聚好散，要不然……我会让他们死得很难看。”

下午五点半，我关上计算机下班，好一阵子没在这个时间走出办公室，看见残留的天光，有种活过来的感觉。

天气已转凉，人行道上多了些落叶，我索性不乘车，伴着下班的车潮和人潮漫步而走。

我来到那间药局，领了预订的综合维生素与身体油，心想时间还早，便绕到相连接的母婴用品店逛逛。一位客服小姐问我需要什么，我说我只是随便看看，她却自顾自地开始介绍起婴儿推车与汽车座椅，什么一件式的、二件式的、单手折叠的、电动折叠的、大轮的、小轮的、有轮胎的、没轮胎的，搭配各式各样的促销方案，复杂程度堪比三纳米的半导体制程，我只听了两分钟便宣告投降，嘴巴说好，其实什么也没放进脑袋里。

站在我身旁的是一对年轻夫妻（应该吧），妻子怀孕应该有四五个月了吧，他们正点算着满满两台购物车的商品，包括婴儿床与其延伸配件、尿布台与其延伸配件、婴儿椅与其延伸配件、婴儿澡盆与其延伸配件（澡盆可以延伸成什么？）、提篮、婴儿车、纱布衣、消毒锅、星空投影机等。先生对于是否要买提篮似乎颇有意见，认为婴儿长很快，提篮一下就不能用了，性价比太低；妻子则坚持要有提篮，要不然不能开车载小孩出去。僵持到最后，

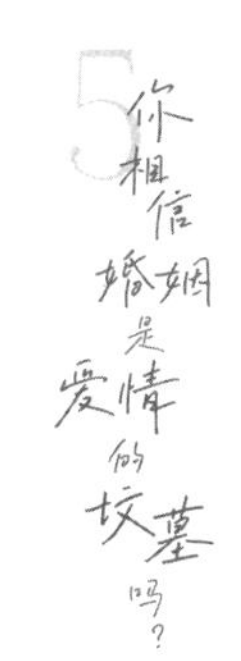

那妻子赌气地说她用她自己的钱买提篮总可以了吧。

那位先生说："还是一起买吧，小孩是两个人的事，要不然结婚干吗？"

我觉得他们该剔除的是那台标价五千多元的星空投影机，哪个婴儿需要看星空？

离开店的时候，我心中浮现小帆的那一段话。

不是爱不爱的问题，是信赖的问题。婚姻是承诺，无论有没有爱情，它仍然是个承诺，是承诺就不能轻易背弃。为了这个承诺，她也付出了、受委屈了，你要用什么来还。

我走了一段路才想通，这也不是爱不爱或承诺不承诺的问题，根本的问题是：为何两个不相爱的人却选择结婚，再用承诺来折磨彼此呢？

若依照这个逻辑，最佳解答应是：若是不相爱，就不应该结婚，也就不会有之后是否背弃承诺的问题了。

这是两性专家会放的马后炮，律师没有办法用马后炮解决现实的问题。

现实就是，人们会为各式各样的原因去结一段没有爱情的婚姻，原本相爱的两个人也会出于各种原因变得相厌相恨。因此离婚律师永远有生意。

走回马路上，我正想发信息交代一下进度，手机便响了，是个陌生的号码，我接起来，一个男人说他是快递员，有我的包裹，现在在我家楼下。

“新店路吗？”

“不是，是济南路这边。”

我告诉他我需要半个小时，他说他先去送别的地方，半个小时后再回来。

我搭出租车回家，沿路塞车，乃至快递大哥又来电催了两次。最终我总算从他手上签收了那只巨大的包裹，差不多一个成人高的长条纸箱，扛起来却不重，寄件人只写“立海有限公司”，应该是制造商。

我将纸箱扛上楼，从里头“抽”出一只长形抱枕，抱枕尾端还附有电源与开关。我插上电，打开开关，初时抱枕没什么反应，但过了一会儿我便了解这是个电热抱枕，抱枕上近心口、腹部与大腿的部分会发热。

纸箱中有个巴掌大的玻璃罐，里头装着某种香氛，我按照说明书将连接抱枕的蕊芯浸入香氛中，不一会儿，抱枕便透出香气，而且大概是因为热度的关系，那香味比单纯香氛的气味来得温润许多，就好像……就好像……就好像苏心静的味道。

我拿起手机，点开视频通话，响了一阵，小静接起来，她已经梳妆整齐，正准备出门的样子。

“干吗，死没良心的，那么早打来？……哦，收到了吗？我看看，可以用吗？你试那个‘电热香气’了吗？好闻吗？”

“闻起来像你。”

“有吗？呵呵，他们刚好有我常用的那支香水的气味，所以我……”

她突然哽咽，别开头吸了吸鼻子。

“对不起。”我说，“那天我不该对你和你妈那样说话。”

她仍然不说话，低着头表示委屈。

“我最近忙一段落了，该做的事情我会赶快进行……我很想要有你在身边，一起做这些事。”

“算了啦，我忙起来也是这样，嫌我妈烦东烦西的。”小静笑了笑，“礼物还不错吧，怕你冷才送你的，要不然冬天来了，你就跑去找别人在床上抱抱。”

“怎么找，台北又没人。”

“谁知道，台北诱惑那么多。”小静突然靠近镜头说，“你遇到路雨晴了，对不对？”

我心脏突了一下：“这你也知道。”

“她跟我说的。”

“她知道我们在一起？”

“有一次我们去喝酒，聊蛮多的，她不是那种会乱讲话的啦。”小静说，“怎么样，我们家雨晴很漂亮吧？法学院郭雪芙，杨律师有没有心中小鹿乱撞啊？”

“郭雪芙？有吗？”其实很像，但我还是假装想了一下，“不过也还好啦，就是个认真向上的好女孩的样子，大概是我老婆被我解放前的十分之一漂亮吧。”

小静笑了一阵，说道：“我跟你说，雨晴家境不是很好，一直都要拿钱回家，但她真的很认真，走得很辛苦，很令人心疼的小女生。你如果有机会的话，帮忙多照顾一下。”

“你是不是有双鞋在她那边？”

“对啊，当初她要面试我借她的，还有粉底液和眼影，但那些就不用拿回来了。”

“她有男朋友吗？”

“你想干吗？”

“你不是叫我关心一下吗？我可以介绍男生给她啊。”

“大学时候跟一个电机系的在一起，毕业后就分手了。”小静说，“我跟她喝酒就是因为这个，她难过了很久。”

我们又聊了些生活琐事，例如她那个长得像漫画人物的日本同学，她前一阵子的尼亚加拉瀑布之旅，上公司法课被老师点起来回答问题的经验，等等。

“先这样吧，我要去上课了。”小静将围巾围上，很好看的一条格纹围巾，“晚上记得抱着礼物想我。”

“可是我找不到洞。”

“什么洞？”小静想了一下才意会过来，脸上一红，笑骂说，“你个小淫贼，自己左手动一动啦！”

冯二马用落漆[1]的节拍唱完歌，随手将麦克风一丢，说：

---

1 落漆：因失误而出丑。

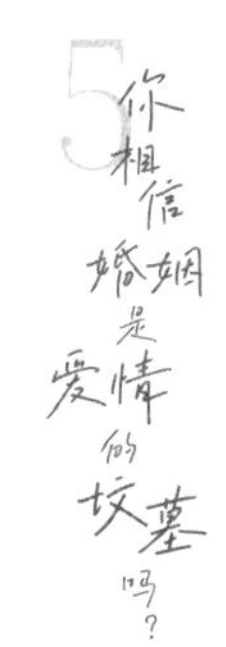

“呼……呼，够难唱的……杨艾伦，你找我出来，又不说话，自己一直喝……呼……呼，找我干吗？”

“阿本为什么没读消息？”

“我怎么知道，交女朋友了吧，现在在约会。”

我叹了气，喝下一大口威士忌，说：“我很苦恼。”

“苦恼什么？苦恼不知道该选徐千帆还是苏心静吗？这有什么好苦恼的，俗语说：‘小孩子才做选择。’……你都是大人了，全都要不就好了吗？”

“怎么可能全都要啊？又不是清朝。”

“为什么不行？”二马说，“我们又不是在演连续剧，又没规定故事一定要有结尾，主角一定要情归一方。你可以一直保持这种……嗯……‘量子纠缠’状态，跟A吵架就去找B，对B腻了就找C，能拖多久就拖多久，干吗要做选择？”

“拜托，我又不是那种人。”

“放屁，杨艾伦，你就是那种人！你就是喜欢量子纠缠！喂，你以前就做过选择了，那时候你也以为故事已经结束了不是吗？现在演的又是哪一出？《侏罗纪公园2》？”

“那个不是选择！是为了我爸！”我又灌下一口酒，叹气说，“我现在也不知道……唉，这样做对不对……”

二马塞了个水饺进嘴中，口齿不清地说：“因为听了徐千帆的故事？”

“一部分吧……我本来就在想。”

“你和徐千帆到底上床了没？”

“没有！”我大声说，“我们什么都没做好吗？就是律师和客户的关系！”

“但你很想做什么吧？”

“也没有啦。”

“哦，你用了‘也’和‘啦’！”二马又吃了个水饺，“会用这两字表示‘不确定故意’，也就是说如果今天徐千帆要跟你怎么样，你不反对，对吧？”

“好险你没当法官，要不然一定一堆冤狱。”

二马咂着嘴说：“可是你跟徐千帆把这些话说开，感觉应该好很多吧？”

“哪一方面？”

“她嫁给菜头学长的事啊，她没有真的爱他，她是为了结婚而结婚。”二马说，“你那时候不是纠结得要死？还跑来我家打我，还诅咒徐千帆‘造孽’。”

“这你也知道？”

“我有什么不知道？”二马说，“我能理解啦，如果那时候徐千帆是嫁给一个超帅的、很强的，你会觉得有个交代，比较心甘情愿啦……结果是菜头学长，当然烦闷啊，我都懂，我过来人。张婉琪的老公你看过吗？真人哆啦A梦嘞，我那时候也是闷了一个星期。”

“你又没跟张婉琪在一起过。”

我将酒杯斟满，发现酒不够，按服务铃又叫了一瓶，我看着电视上闪烁的ＭＶ画面，听着五月天阿信反复嘶吼着：“我不转弯，我不转弯”，突然觉得心中有些东西关不住。

我说：“二马，我说的造孽不是这个……你知道菜头学长其实害怕和女人接触吗？”

6

一个秘密藏久了，你自己就真的会变成一个怪物那晚我和菜头学长彻夜长谈。

菜头学长说，当他告诉他妈妈自己这辈子不会结婚时，他妈妈拿菜刀尖叫说要先杀了他这个不孝子，然后自杀。

“其实我早该想到我妈会有这样的反应的。”学长说，“我们家的报纸都是东缺一块、西缺一块的，我妈看裸露一点的照片就会把那块剪掉……你说为什么不把报纸直接丢掉？因为她认为上进青年一定要读报，所以我和我哥每天起床第一件事就是去读那堆残缺不全的报纸。而成家立业也是上进青年要做的事。”

学长说他爸爸在他很小的时候便过世了，他妈妈靠卖保险将兄弟两人拉扯长大。他印象很深的是，他哥十五岁生日时，他妈不理会他哥一直想买双乔丹球鞋的愿望，硬是买了双皮鞋当他哥的生日礼物。他哥几乎没穿过那双皮鞋，他妈却坚持将鞋子摆在门口，偶尔会看着那鞋子掉眼泪。学长说当时不明就里，现在想来，他妈妈应该是感慨“苦了这么多年，家里总算又有个男人了”吧。

于是菜头学长再也不敢提起这个话题，他彻底压抑自己，表现如多数青春期的男孩。

“我觉得自己身体里藏了个怪物，被发现就要被烧死。”菜头学长说，“但那个怪物又不安分，它会动的，它会让我变成一个异类。那时候我真的很怕，路上有人多看我一眼，我想说他是不是已经知道了，要来烧死我了。

“最可怕的还是我妈妈，我随时准备在她面前自杀。告诉你一个比较好笑的，有次我在房间，听见我妈大骂‘不要脸’，我以为她知道了，一路跪到客厅，结果她是看到某个艺人的演唱会……她觉得穿得花里胡哨地在台上唱歌跳舞就是不要脸，差点儿吓死我。”

菜头学长苦笑一声，说：“一个秘密藏久了，你自己就真的会变成一个怪物，说话越来越小声，不敢和人相处。我成绩不错，有些人考试抄到我的答案，才把我算到他们那群里头……嘿，这样说对我的同学也不公平，他们可能真的把我当朋友，但我就觉得自己不配，我会觉得，我这种怪胎，应该一个人在角落画圈圈。”

我想到求学途中遇过的其他有相同情况的同学，暗自反省是不是曾对他们做了过分的行为，然后我向学长问道：“学长，你已经讲到高中毕业了，可是你还没说到你那个‘真诚’的人生体悟是怎么来的。”

菜头学长说，他是看了某部电影后才体悟到“真诚”的重要性。

“那不是最近的片吗？”

“对啊，我寒假才去看的。”

我做了个“综艺摔”，说：“学长，我还以为你要告诉我什么人生经验的总结，结果只是电影心得？”

学长温和地说：“学弟，不能这么说哦！渐悟是悟，顿悟也是悟，不能说从电影中得到的体悟就没有价值。”

而且那是一部伟大的电影，菜头学长说，主角上山放羊，结果两人擦出火花，下山后，两人……哦，还没看过这部电影是吧？那就先不讲剧情了，看完再讨论吧。

“里面我哭最惨的是羊死掉的那段……和主要剧情无关，但我就是感触特别深。我觉得自己就是那头羊，以为什么都不说什么都不做，混在羊群中就是安全的，结果被郊狼拖出来开膛剖腹的就是我。”

学长叹了口气，继续说：“或许逃离羊群，最后还是会被狼给吃掉，但至少你逃出来了，至少在死亡的那一刻，你是自己，而不是千万只羊中的一只。”

我细细咀嚼一阵，然后真诚地说：“学长，我觉得你这体悟不大有说服力。”

“我还没说完。”学长搭着我的手，说，“看完这部电影后，我参加了一些社团，也在网络上认识了一些朋友，大家都活得很正常、很开心。我开始告诉一些人我的真实想法，当我这样说的时候，就好像在闷了很多年的衣柜中透进一点新鲜的空气，整个人醒过来了，我看到的颜色、我听见的声音，都不一样了。

我开始交朋友，开始学习面对真实的自己，我甚至敢……敢向你这样的人坦白，这就是真诚的力量，它不只改变自己，甚至改变别人。”

“学长，你觉得我这样跟徐千帆说可以吗？”

“一定可以，学弟。不要害怕，我们都觉得自己不够好，但其实……面对自己，一切都会变好的。”

“这伤譀了[1]。”二马表情夸张地说。

“你看过这部电影吗？”我说，“你对羊死掉的那段有印象吗？我是很后来才在电视上看这部电影的，可是我对这段完全没印象。”

“可能被剪掉了吧。也可能你不专心，用电视看电影很容易分心。”

我点点头，不知道同意他哪一段话。

“喂，可是这说不通啊。”二马说，“如果菜头学长压根儿不喜欢徐千帆，那徐千帆是怎么跟他结婚的？”

我摇头说：“我不知道，我本来以为我知道，但现在我不知道。”

和小帆在一起后，我越来越少回宿舍，也比较少去关心学

1　这伤譀了：这太夸张了。

长的情况。直到有天他发消息给我，说很需要跟我谈一谈，我赶回宿舍房间，看见他哭得双眼肿得跟元宵一样。

假期回家那段日子，他妈妈总在旁敲侧击，问他交没交女朋友，他受不了又跑回了学校。

“学长，你不是说要真诚的吗？”

他说他那时候才明白，他终究还没有面对妈妈的心理准备。

“我哥毕业工作了，也说要结婚，我妈对我的反应就不会那么夸张了吧……”

学长哭倒在我怀里，出乎我自己意料的，我没有推开他，我抱住他，轻抚着他刺丛丛的平头。

“我好羡慕你，你和小帆在一起那么开心，你爸妈见过她了吗？喜欢她吗？那她爸妈见过你吗？……真的好羡慕你，我只希望，我妈也可以祝福我的人生……艾伦，今天晚上可以陪我吗？没有别的意思，我只是想要有人陪而已。”

当然，我没跟二马讲那么多。

二马抚着下巴说：“所以学长骗了小帆和她结婚？”

“我本来是这样想的，所以我说这是造孽。”

“本来？如果不是这样还会是怎样？”

“也许他现在变了。”

我告诉他我上回去J.J.开会时的观察，菜头学长的穿着打扮、行为举止、说话方式都有着巨大的变化，变得……怎么说呢……

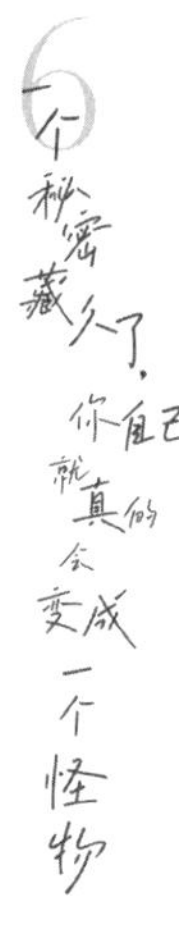

充满所谓的“男子气概”？

“你去参加他们的婚礼的时候，有没有觉得菜头变了很多呢？”

“嗯……”二马陷入思考之中，说，“他那天确实是说话蛮大声的，话也蛮多的，动作是比较大，跟大家打招呼也很热情。的确是跟以前有点不一样……可是，我以为那只是因为那天他是新郎的关系。”

“那你接下来要怎么做？反正徐千帆不知道菜头的事，你就当什么都不知道？”

“我不知道，我不知道讲还是不讲对小帆比较好。”

我说着脑中灵光一现，问：“对了，上次你约出来的那群女生，是做基因鉴定的，对不对？”

“哪一群？”

“就苏心静出国那天，你约的那四个啊，什么安娜、宝琪的……”

“哦，对啊，都是医检师。”

“那给我那个安娜的联络方式。”

“你要干吗啊？”二马皱眉说，“你两个都搞不定，还想纳妾啊。”

“少废话。”我说。

在我和二马瞎扯的时候，吴正非与蒋恩搭乘的航班降落于桃园机场。隔天上午八点，吴正非主持记者会，公开一份由瑞士瓦莱州环保局签署的声明书，声明中表示，瑞士当局确实于今年稍早对太阳能装置进行稽查，也处罚了若干业者，但违规名单中并无来自台湾台磁科技的产品，所谓“台磁产品遭瑞士政府禁卖”的新闻全是子虚乌有。

吴正非还出示了多张现场照片，显示台磁产品在瑞士境内仍合法运作，并没有禁卖禁用的情况。

最后，吴正非用激昂的口吻表示：台磁科技深耕太阳能产业三十余年，秉持最高生产标准，带给全世界干净、安全、便宜的能源，任何企图破坏或夺取台磁的阴谋最终必告失败，奉劝有心人士好自为之，及早收手，勿谓言之不预也。

九点，台北股市开盘，台磁股价跳空涨停。

蒋恩下午三点才睡眼惺忪地走进办公室，安排好同事们的伴手礼后，她泡了杯茶，跑来我办公室，慢条斯理地叙说她的瑞士之旅。

她与吴正非第一站抵达苏黎世，听取征信社的报告，几个瑞士人轮流讲了三个多小时，说他们多么努力与那家新闻社交涉，新闻社有多么不合作，他们又用了多少手段旁敲侧击，终于查到撰写那则新闻的记者的姓名。那记者已经离职，邮箱和电话都联络不上，只知道他的住址位于德国境内、靠近瑞士边界的一处小村落。

蒋恩与吴正非隔天搭乘征信社的车向德国进发，他们在南德的黑森林中绕了几个小时，最终来到一间宛如童话中的森林小屋，一位牙齿掉光的老婆婆热情地招呼他们喝蘑菇汤，对他们的问题一问三不知。征信社请吴正非再等几天，他们的信息专家正在努力破解那家新闻社的数据库。

吴正非本来是要留在苏黎世等的，蒋恩三催四请才逼得吴正非租了辆车，南下瓦莱州首府锡永市，直接拜会瓦莱州环保局。蒋恩说，环保局柜台人员只会说法文，态度恶劣，听到吴正非讲英文就叫他回去填网络上的意见申诉表，吴正非还真的摸摸鼻子就要走人，蒋恩赶紧跳出来说与米雪儿·冯·马克女士有约，他们才没白跑一趟。

“白人对亚洲女性都比较好。”我说。

“是因为我讲法文。”蒋恩说，“T'es con ou quoi ? ”[1]

米雪儿是位优雅、干练、英语流利的中年女士，她直截了当地告诉二人，台磁的乌克兰客户确实受罚，但经查证后，那些违规装置并未使用台磁的产品。

米雪儿打开数据库，与蒋恩逐条钩核上千笔太阳能装置列表，并将核对结果打印提供给二人。第二天，米雪儿开车载他们走访了几个太阳能农场，指出内含台磁产品的太阳能装置，让蒋恩逐一拍照存证。一天结束后，蒋恩整理资料，并拿出预拟的声明书请米雪儿签名。

1　法文，意指“你是白痴吗？”

“我猜她不肯签，公务员最怕签名，一定是你用了什么卑鄙的方法让她签的。”

“没有，她马上就签了。”蒋恩说，“因为这些是事前就安排好的啊！”

蒋恩说，“瑞士假新闻”这种案子没什么学问，找到对的人就对了。她接手案子第三天便联络上米雪儿，接下来便是往来大量的邮件，偶尔用电话确认细节。早在出发前往瑞士前，蒋恩便已经确认台磁产品没有违规的事实，声明书内容也已征得米雪儿的同意，出差只是去取得原始证据而已。

“你觉得我会什么都不准备就飞去瑞士等开奖吗？这种事情没事先沟通好，临时跑去敲人家的门，一定会被赶回去的。”

“那吴正非之前在干什么？搞几个月搞不定？”

“我不知道。”蒋恩说，“他有时候傻萌傻萌的。”

傻萌？这是拿来形容客户的词吗？

“还有一个问题……”我双手抱在胸口计算时间，“你们这趟去十天，扣掉前后飞行是八天，你……一、二、三、四，你第四天把事情搞定了，那剩下四天你们在干吗？”

蒋恩突然满脸通红，结结巴巴地说：“没有啦，还有前后一些文书作业……其他就，嗯，到处走走。”

“你们跑去玩？”

“吴正非心情不好，他说要去走走。”

“为什么心情不好？”

“别的事吧，我没问。”蒋恩想了想，说，“我们回苏黎世那天，我一个人乱逛，看见他跟一个很胖很圆的白人吵架，肢体动作很夸张那种，在一家咖啡店里，他没发现我……那天晚上他就问我要不要去滑雪，他是笑着说的，但看得出来他心情很差。”

他心情很差，所以你就陪他去滑雪？这逻辑是……

“他研究所是在瑞士念的嘛，所以知道很多好吃和好玩的地方，我们就开车到处走走，瑞士真的好漂亮，那个山……”

“可是你们也可以先把数据传回来吧，早几天开记者会不是更好吗？”

说到这边蒋恩脸沉了下来，她严肃地说：“所有的数据都给吴正非了，其他的我就没问了。”

在之后的会议中，台磁老董事长着实将吴正非称赞了一番，一旁的年轻总经理脸色十分难看；老董事长又感谢艾瑞克与蒋恩的帮忙，说假新闻一天不解决，他就一天睡不好觉。最后老董事长不忘叫美国人去吃屎，想用几十亿就吞掉他几十年的心血，吃屎比较快！

我注意到会议中大部分时间里，蒋恩与吴正非总是看向彼此的方向，对到眼神时便会心一笑，像那种漫画背景有小花的笑法。我还注意到吴正非发言时，提到艾瑞克称“张律师”，提到蒋恩就直接叫“蒋恩”。

会议的另一个重点是如何处理卢森堡基金的私募案。年轻的总经理认为，现在被并购的风险大减，没有引入新股东的必要，应该停止私募。吴正非立刻大声反驳：那个基金是他卖人情求来的，人家在我们最危急的时候愿意仗义相助，钱也都准备好了，现在我们好了就把人家拒之门外，这样以后他怎么再去见欧洲的朋友？台磁这块招牌怎么在国际上立足？

最后依旧是老董事长出来打圆场。董事长说，是我们主动求人家帮忙，现在跟人家说不要，实在没道义，做人不是这样做的。只是啊……和现在涨回来的股价相比，当初谈的私募价太低了，就算吴家没有意见，其他股东也未必同意，毕竟是几十亿的真金白银啊。

吴正非最后同意再去谈谈看，但他说自己没把握，最好能请蒋恩一起帮忙。

又是“蒋恩”。

会议结束后，蒋恩与台磁的人一同离开——准确地说是与吴正非肩并肩、有说有笑地走了，只差手没牵起来而已。

我回到座位上，觉得胸口闷闷的，仿佛肺泡粘到口香糖，怎么喘气、咳嗽都清不干净。我试着转移注意力，开始草拟公平会听证的讲稿，但没写两句便发现自己语无伦次，字里行间竟然出现“孤男寡女”“瑞士”“上床”等字眼，真的是心魔深重。我苦笑着告诉自己，人家去瑞士怎样关你什么事。但那口香糖还是在那儿，随着呼吸一胀一缩。

6 一个秘密藏久了，你自己就真的会变成一个怪物

那天下班后，我与苏心静的爸妈去看“内湖山庄”的房子。三室两厅，五年新的大楼，二十五层中的第二十一层，权状坪数[1]五十六，室内实坪三十五，开价每坪八十万，中介直说价格还可以再谈。

我安静地跟在二老身后绕着房子走，听中介口沫横飞地介绍：“屋主本来是买来给孩子住的，结果孩子被派去上海了，屋主虽然舍不得，但还是拿出来卖卖看。开放式厨房是屋主要求建筑商改的，很适合年轻人……客厅方位调整过啦，本来是面向大门的，现在一看出去就是山景，搭配这个乡村风格，是不是很有大自然的感觉？主卧也改过，更衣间是隔出来的，你看，空间感很好，收纳也方便……咦？不知道要住的是……”

苏妈妈相当热烈地参与讨论，不时赞叹“屋主的装潢很有品位啊”“你看这风景，多绿啊，心静一定喜欢”“开放式厨房太好了，做饭的时候可以看得到小孩”“要是可以砍到六十五万就太完美了”。

直到参观结束，她才回头问我：“艾伦，你觉得这间怎么样？”

我其实没什么感觉，只是她过于热切的态度让我觉得受到了侵犯。我告诉她，开放式厨房不适合热炒，主卧的更衣间让

1　权状坪数：指房屋产权登记的坪数面积。1 坪约等于 3.3 平方米。——编注

房间变得太小太“龌龊”[1],“乡村风格”的装潢简直是灾难,我们下班是要回家，不是要去主题餐厅。

最后我说:“应该避免改动太多的房子，结构变动会影响住屋安全，尤其是这么高的大楼，很多法院争讼就是这么来的。”

我每说一句，中介与苏妈妈的脸上就青一阵。最后我们一起下楼，在金碧辉煌的大厅中送走中介，苏妈妈问我要不要一起吃晚餐，我推说还得回办公室赶案子；苏妈妈又问什么时候可以跟我爸妈碰个面,大家一起吃个饭聊一聊,我只说再看看吧。

我走到地铁站时才发现忘记雨伞，折返大楼警卫室，只见苏妈妈正与管理室主任聊天。她用说悄悄话的语气，但以全世界都听得到的声量说:“就是啊，都不知道现在年轻人在想什么……做太多被嫌烦，可是什么都不管，就看他们在那边拖拖拉拉……我女儿啊，以前与一个当法官的交往，也交往很久啊，本来以为会成，结果突然就分手了，我什么都不敢问嘞……现在这个是当律师的啦，看起来就是比较不稳定一点，可是也交往一年了，唉，也不知道会不会成……”

苏爸爸看到我，用手肘推了推老婆，苏妈妈像做错事的小孩一样满脸涨得通红。我拿了伞，笑说最近工作忙，记性越来越差。

走回地铁站的路上，我告诉自己要慢，脚步却不自觉越走

1　龌龊：心情郁闷、烦躁。

越快，突然胸口烧起一把火，我将雨伞砸在路树上，骂了几句脏话。

这些老人到底在想什么，我们都三十多岁了，还把我们当小孩子一样看待。要是真住在内湖，每天回家大概都得看见她妈像尊大佛一样坐在沙发上吧……学长……学长那么好，叫他把你们女儿领回去啊！

我发信息给二马与阿本，但两人都没有读。我想着找蒋恩，随即想到她和吴正非眉来眼去的样子。找小帆吗？不，我不想和小帆讨论小静的事情。

我搭地铁回家，洗完澡才想到今天还没吃晚餐，于是下楼出门，沿着河畔步道走了一小段，来到一家藏在大楼之间的便利店，里头一小畦正对河景的座位区在假日非常热门。现在时间晚了，只有稀稀落落的客人。

我买了关东煮、啤酒和八卦杂志，边吃边读，杂志大半篇幅是前阵子发生的火车出轨意外事件，其他则是选举与公投的新闻，另外有篇关于豪门婚姻纠葛的报道，无非是情牵多年、反目成仇、涉及数百亿接班问题等陈词滥调。我心想搞不好之后会在杂志封面上看到蒋恩，希望她被拍到时打扮得漂亮一点。

十一点左右，我将垃圾与八卦杂志一并丢进垃圾桶，和店员打个招呼，慢步走出商店，外头的风有点凉，我拉上外套拉链，顺势向店里看了一眼。

我看到路雨晴坐在那儿，抬起头与我四目相望。

7

你没听过职场上的墨菲定律吗？只要一喊没事干，接着让你忙到死

“最近突然闲下来了。”

“在办公室里切忌说这种话。”

“是真的没事。台磁的公开收购延期了，徐千帆的案子对方又一直不给回复，我现在每天进来都在看选举新闻。”

“你没有听过职场上的墨菲定律吗？只要一喊没事干，接着让你忙到死。所以有事的时候要高调,没事的时候就低调；有事，准时下班；没事，晚个十五分钟下班，变化莫测，安能辨我是雄雌。”

“你真是个难搞的员工。”

“就算没事忙，电脑也要维持在工作画面，写诗抄歌词，切忌出现社群网站；跟你无关的邮件多少个‘敬悉’，副本给老板，反正老板也不会点进去，看到你一直出现在他收件箱里他就心满意足。你不是资深律师吗？这些还要我教你。”

“君子坦荡荡，我不会干这种事。”

“喂，君子，埃玛朝这边过来了。”廖培西拍拍我的肩膀，“你就好好坦荡荡吧。”

律师的工作较少有所谓“例行性事务”，大多是任务导向，例如完成一笔交易、打完一场官司。案件什么时候出现没个准头，有多少案件也很难预料，案件时程虽然可以预估，但经常有意外，三个小时的小事“开花”成三百个小时的大案也是寻常。因此事务所分工很难真正有什么“科学管理”，清闲与过劳同时存在是普遍现象，老板的想法当然是宁可过劳，底下的人则是要避免被看出正在无所事事。

因此当埃玛来敲我的门时，我正聚精会神地读着最高法院的判决，她问我可不可以帮忙拟能源局的研究计划，我面带为难地说我最近真的很忙。

埃玛算是事务所的三号老板，是一位身段优雅、衣香鬓影的中年女性。她是德国哥廷根大学的法学博士，曾在台湾某大学执教，后来辞了教职进入业界，专长是国际商务仲裁。

大概因为出身学界，埃玛有一部分的业务来自政府发包的研究计划，刚进事务所的小朋友经常被她抓去当研究助理。我以前也被抓过，不过原则上她不会找资历较深的律师，因此这回她主动找上门来，我的头顶立刻警铃大响。

“我们要帮能源局办一场研讨会，主题是气候变迁与能源政策，这是研究计划的一部分。”

埃玛语调柔和，充满学者风范。她解释道，根据计划需求，这场研讨会的讲者必须涵盖产、官、学界，还要有“新兴世代的研究者”参加。埃玛说，她找讲者不难，但“新兴世代”的她就没认识几个，她听艾瑞克说我认识的人多，所以想请我找年轻一辈的学者或业界人士。

气候变迁与能源政策？我脑中浮现几个人选："我是有一些朋友，等一下把他们的联络方式寄给你？"

埃玛说："我想请你来当这场研讨会的主办人。"

"我真的很愿意帮忙，但是我最近真的忙翻了。"我苦笑说，"案子都在转，我怕会把这么重要的研讨会搞砸。"

"艾瑞克说你的案子延期了。"

糟糕，被出卖了："呃……是啦，我还有做汤玛士的案子，你知道，诉讼案……"

"汤玛士说对方都没有回复。"

我就知道，这些老板都不值得信任。

埃玛柔声说："艾伦，研讨会的架构都确定了，你只要帮忙处理'人'的部分就好，没有意愿也没关系，我们不勉强，只是我觉得……这场研讨会很重要，投资审议委员会负责人、能源局局长都会出席，你还年轻，多接触不同层面的人对你的未来很有帮助……不急，你想想再告诉我。"

这场研讨会原先应该在明年三月办，但出于种种官僚理由提前到今年年底举办，原本承办的年轻律师布鲁诺突然离职，乃至于我接手的根本是一团糨糊；埃玛所说的"架构确定"就只有一个主题，研讨会的议程、讲者、场地、报名、宣传统统八字没半撇。我与原先参与的两名实习律师开完会后只觉得一阵天旋地转，当机立断抓了一名秘书与一名助理进入团队，连夜定好分工与时程表，要求按表操课，隔日开会检讨进度。

我打电话给小帆，她手机不通。我发消息给她，请她担任讲者，她回复说原则上可以，但她这周在日本参访，等她回国再跟我确认。她又问我菜头那边的回应，我说目前仍无回音，我会再催一下。

那天我们开会开到晚上十点，总算敲定了研讨会的议程与场地，我让小朋友们先下班，自己留下来整理细节，写了个进度报告给埃玛。办公室已经空了，我关灯关空调上保安系统，搭上出租车后思索片刻才说出目的地。

我到家后洗澡更衣，然后下楼出门，再度走向那家河畔的便利店，但没见到熟悉的脸孔。我同样买了关东煮、啤酒与杂志，找位置坐下，才翻没两页，便看见路雨晴背着包包从厕所出来。她看到我先是略显惊讶，接着微笑打招呼说："嗨，学长，好几天没看到你了。"

第一次与路雨晴的巧遇像是做梦，在便利店门外惊鸿一瞥，我只是挥了挥手，她微笑点头，我便转身走了，边走才边后悔为什么不走进去说几句话。我不好意思隔天便跑回去，于是再隔一天，我才又以居家装束出现，但没见着她。我回家对自己当初不够明快果决唉声叹气一番，最后决定再试一次，隔天晚上我又造访那家便利店，只见路雨晴坐在角落，面前堆着书本。

我装作若无其事地上前打招呼，她从书本中抬头，讶异地说："学长，又遇到你了，你也住附近吗？"

我说出那栋大楼的名字，她说："哇，我就住你对面，旧公寓那栋。"

"你一个人住？"

"对啊，我是中部人。"

我们花了几分钟聊一些附近美食之类干涩而安全的话题；我瞥见摊开在她桌上的考试参考书，上头写满花花绿绿的笔记，有个字迹感觉颇为眼熟。我没有多说多问，只表示不打扰她读书，便坐到座位区的另外一端去，不过想当然耳，我没有办法专注于眼前的食物与杂志，眼神总不由自主地飘向她美丽的侧脸，游移在那诱人的颈部线条上；就这样过了一个小时，总觉得再看下去就太变态，我于是收拾桌面，上前潇洒地说一声"先走了，晚安"，便大步走出便利店，直到回家才发现垃圾还在手上。

昨天我又来过一次，但没碰着人，原本以为今天也要落空，却意外捕获正要离开的她。

我以为她会道声再见便走，想不到她却在我旁边坐下来，将包包搁在高桌上，说："学长，你这几天都比较晚哦？"

"工作忙啊，而且我也不是每天会来。"

她轻轻“嗯”了一声便没再说话，只是看着窗外的河景，这是我与她距离最近的一次，那侧脸的轮廓、声音、气味，乃至想象中传来的体温，都让我心跳加速。

“学长你人真的很好。”她突然说。

“为什么？”

“你都不会问我考试的事情。”她说，“所有的人都会问：‘你在读什么？’然后接着一句‘我以为你已经考上了！’那感觉就像……就像……”

“像你已经跌了一跤，正要爬起来，又被人家从后面踹一脚。”

“呵，学长，你很会形容。”

“毕竟我也考了三次。”

“今年我考第四次了。”她的下巴枕在交叠的双手上，叹气说，“连第一试都考不过，我觉得我有点……不知道怎么走下去。”

现在的律师考试制度和之前大不相同，以前一试定生死，现在则层层筛选。第一试纯考选择题，先刷掉一批考生；第二试考申论题，及格了便能当律师，若想当神一般的司法官还得经过第三试面试。现在似乎还有选考科目并分组别，但这些细节我没有研究，毕竟考试的不是我。

“我那时候也很痛苦。”我喝了口啤酒说，“好像走迷宫，朋友都走出去了，而且越走越远，只有我一个人还在里面绕，绕着那些无聊的法条团团转，玩也没玩到，生活也没生活好，考也没考过，只会花家里的钱，像个废物一样。我爸还会一直

你没听过职场上的墨菲定律吗？只要一喊没事干，接着让你忙到死

漏我的气，叫我别考，考上也没用。后来我根本不想回家。”

路雨晴没说话，一滴眼泪突然滑下来，我将啤酒推到她面前，她灌下一大口，然后靠在我的肩膀上哭了起来。

我从没想过，落榜两年的心路历程竟能换来美女倚肩一哭，这就是“塞翁失马，焉知非福”吗？

我等她收住泪，又去拿两罐啤酒与一包面巾纸。我问她哭完以后有没有好一点，她说好多了，她好久没有这样哭过了。我说是因为没有朋友了吗？她点点头。

“公考恐怖的不是没考上，是比较，你会恨自己，也恨身旁的人。”我说。我想起这其实是她顶头上司说过的话，有种时空错乱的感觉。

然后我们一边喝着啤酒，一边听她叙述自己的学思历程。

她说自己是真的喜欢法律才来念法律系的，她在校时的成绩很好，是书卷奖常客，在大事务所暑期实习中也得到过很高的评价，因此她很早便以律师自诩。我插嘴说我那时回学校分享职涯心得，最积极提问的就是她，而且问题都很深入，例如如何平衡客户间的利益、如何管理案件等，一般大学生不会问这种问题。她不好意思地说那时候不知天高地厚，人小鬼大。

抱着绝对的信心与雄心壮志参加公考，她却落榜了，离及格标准差了三分。

那次落榜她整整哭了三天三夜，哭瘦了三公斤。这是她从小到大考试第一次碰壁，还是这么重要的考试。

她念研究所，兼职做了几个研究助理，其他时间全部用在准备考试上。但奇怪的是，她越考成绩越差，第二次差及格标准六分，第三次差了十分。学姐建议她换个环境，于是她办理休学，应征进了 J.J. 台湾。

“一边工作一边准备考试不会更辛苦吗？”我问。

“可是一直学习真的好烦。”她叹口气说，“我觉得学姐说得对，我应该换个环境……而且，我也得赚钱啊，不能一直拿家里的。”

我想到小静说过路雨晴家境不好的事，便默默地点了点头，她似乎看出什么，解释说：“我家也没有怎么样，我爸比较早退休，我还有一个弟弟和一个妹妹在上学，所以我得想办法赚点钱。”

我微微一笑，没有说话。

她又叹了口气，说：“可是这次连第一试都没过，我真觉得……真觉得有点没办法继续了，好想放弃，可是又觉得……都花那么多时间了，不考过去真的对不起自己。学长，你觉得我应该怎么办？”

“你问错人了，我只是蒙到才考上的。”我拍拍她的背，说，“我那时候是赌一口气，觉得一定要考上。我现在只能说，得找到正确的节奏，不太快也不太慢，让你可以继续准备考试，又不会拖垮现在的生活，然后就过日子，反正那一天来的时候——

考上或是放弃——你总要面对。”

“希望有这个节奏。”

“男朋友呢？”

她摇摇头说：“分手了，他去新竹工作后就跟别人跑了，他说我只顾着公考，不关心他。”她说着又要哭，适时灌下啤酒止住眼泪。

“我和我前女友也是这样分手的。”我说，“我考太久了，她就把我从她的人生计划中踢出去了。”

我们沉默了一阵，喝酒，吃零食。我决定换个话题。

“你老板最近怎么样？”

“我老板？你说麦可？”她说，“还好。原来你们很熟。”

“我都叫他菜头学长，你叫他麦可我不大习惯。”

“下次我也这样叫他。”

“你跟他很好？”

她笑着说：“他脑子很好，我这种笨的跟着他压力比较大，可是他是真不错啊，他还帮我……嗯，他还说要培养我当公司的发言人，我说我怎么可能当发言人，他就跟我说了一大堆相信自己、自我成长的话，害得我都不知道怎么回答。”

“你知道他……”我紧急打住，改口说，“他说这些话的时候，态度、神情是怎么样的？”

“什么意思？”

“就是口气啊，说话速度这些……”我发现很难具体描述我的问题，毕竟路雨晴没见过以前的菜头学长，“跟我们开会那次相比吧，他私下说话的方式有没有很不一样？”

她摇头说：“我还是不懂。学长，你是不是醉了？”

我笑了笑，说：“算了，当我没说。”

“他真的要离婚吗？”

“我们过几天会谈这件事。”我说，“他跟你说过什么吗？”

“没有，我只知道他找了律师，好像也是我们学校的，叫他学长。”

“知道名字吗？”

路雨晴摇摇头，又说：“听说他老婆你也认识？”

“对，是我前女友。”

这话一说出口我便知道不对，果然路雨晴精神一振，凑上来要问问题，我将啤酒一饮而尽，站起来说：“下次再说，今天太晚了，我陪你走回去吧。”

路雨晴果然乖巧地不再追问。我们沿着河畔慢慢走着，她拿出无线耳机，自己挂上一只，将另一只递给我。耳机里头播放的是一首英文慢歌，主唱反复呢喃着：“Jinji don't you cry. This world out of time（金桔不要哭泣，在这个被时间摒弃的世界里）。”我问她这是谁唱的，她说这是一个台湾乐团，叫“落日飞车”，成员都是中国人，但写的都是英文歌。我笑着说“Jinji”听起来有点奇怪。她看了我一眼，说，这首歌无论如何还是很美的。

你没听过职场上的墨菲定律吗？只要一喊没事干，接着让你忙到死

我们在红绿灯前分开，我目送她过马路，看她推开旧公寓红色的铁门，回身向我挥了挥手。我计算她的脚步，视线随之上移，然后看到顶楼加盖那层亮起灯光，随后熄灭。

我在原地驻足了好一阵子，才慢慢踢着脚步回家。

第二天我起得特别早，想着在地铁站再遇到路雨晴，结果扑了个空。但这并不影响我的好心情，一进办公室，秘书劈头就问我是不是有什么好事情，午休的时候布兰达也问了同样的问题。我惊觉情绪过于外显，便设法收敛，但成效不彰。下午开会时，艾瑞克看着我说出“好事”两个字，让我出了一身冷汗。那天晚上我不敢接小静的视频来电，借口说要跟国外客户开会，只互道了“晚安”了事。

晚上十点，我准时造访便利店，但等了一小时也不见路雨晴出现。我发现我不太能掌握她出现的频率，于是拿出手机想着发送消息，不过思考片刻还是放弃了。

再隔一天，路雨晴依然没出现。

接着，职场墨菲定律应验，先前哭闹的现世报，所有案件在同时间动了起来。公平会通知台磁案的听证定在两周之后（我什么都还没准备）；菜头学长也回了信，约后天谈离婚的事；研讨会更是意外连连，某位讲者临时通知不能出席，主办单位嫌场地太寒酸，要求换地点。

那天我一直到午夜过后才到家，灯没开便倒在地板上，感觉全身如烈火灼烧过般无力。

直到身体有点发冷了，我才撑着墙爬起来，踉跄地爬进浴室中，边咒骂边脱衣服，打开热水后发现没沐浴乳，只好又边咒骂边去拿备用品。这时我瞥见窗外一辆黑色休旅车停在对面旧公寓前，从车上走下一人，正是路雨晴。

当下我也不管全身一丝不挂，趴在玻璃上猛往外看，只见路雨晴下车后并没有马上进公寓，而是手扶车门，与开车的人聊天，脸上还带着笑容。

我尽可能地眯起眼，但距离太远车里太暗，无法看清驾驶者的模样。我当机立断，套上短裤运动衣便冲出门，搭电梯向下到停车场，用最快的速度将车子开出大楼，只见路雨晴已经不在那里，而那辆休旅车正缓缓滑离人行道。我踩下油门，在前方路口做大回转，同时闪过一辆临停路边的小车，总算来得及闯过前方路口的红绿灯，跟上那休旅车的车尾灯。

我稍稍松口气，才发现上衣穿反了，标签刮得我喉结发痒。我没有跟踪的经验，大概就学好莱坞电影里的技巧，谨记休旅车车尾特征，尽可能地维持在它右后方两个车身左右的位置，若有其他车辆可做遮掩，便调整车前灯的照射角度，混淆视听。

我跟着休旅车开进省道，左转上高速公路，再下信义快速道路，在松仁路右转，然后再右转进入某条巷子中，这里是全台湾最高档的住宅地段，宽敞的人行道旁是高门深院的豪宅大厦，每栋豪宅入口都站了制服笔挺的警卫。当下夜已深沉，街上无人，大厦灯火也暗淡许多，来往车辆显得格外醒目。

我放慢车速，尽可能地拉开距离，几次在转角处失去那辆休旅车的踪影，总算在几个街区后，见到休旅车打方向灯，缓缓驶入一幢大楼的地下停车场。

我保持速度驶过大楼前华丽的巴洛克式喷水池，只觉得停在街角的那辆丰田 Yaris 似曾相识。

8

就算有验伤单，告离婚也不一定告得成

“就算有验伤单，告离婚也不一定告得成。”

“不是‘不堪同居之虐待’？”

“因为出手可能是基于‘一时愤激’。”

“什么乱七八糟的？”

“‘愤愤不平’的‘愤’，‘激动’的‘激’。简单说，如果丈夫是因为妻子行为不检、一时激动而动的手，那就不构成所谓的‘不堪同居之虐待’……一九三四年上字第四五五四号判例，这个判例你不知道，你说你有多认真我很难相信。”

“一九三四年的判例，都快一百年前了，判例还在南京吧？”

“这点你是对的，有关规定已经宣告不再援用这则判例了……但是！听我说，但是……类似的概念还是在的，假设婚姻失败，夫妻双方都有责任，只有‘有责’程度比较低的那一方才能请求离婚。如果妻子挨揍，但法官认为妻子要对离婚负比较大的责任，妻子不会赢得离婚诉讼。”

“这个我知道，规定第一零五二条第二项，可是你的解释我觉得太……”

“既然你知道，怎么会没想到，你自己就是这起离婚案中最

就算有验伤单，告离婚也不一定告得成

大的弱点？”

“我？你又要说我不专业，我可是……”

“不是专不专业的问题，杨艾伦，你有没有想过，是你导致他们夫妻失和的？”

“我？不是，我是……”

“可能徐千帆一回台湾就与你重燃旧情，你们打得火热，你帮她办离婚，你们就可以远走高飞。”

阿本用轻描淡写的口气，说着我有生以来听过的最恶毒诬控。我拍桌大声说：“张本正，你摸着良心再说一次？你明明知道我和小帆几年没联络了，你不当我是朋友，你还当不当徐千帆是你的朋友？”

阿本面不改色，淡淡地说：“我只是让你知道最坏的情况。找前男友打离婚案这种事不是每天都会遇到的，你要怎么让法官相信你们没有什么？想想看，如果刚刚我那句话，是在法庭上突然丢出来，你又是这种反应，法官会怎么想？”

那天上午，我一进办公室便看见张阿本在会议室等我，他出示委任书，表示代理蔡得禄先生来和我谈话。我想我当下发愣超过三十秒，然后我摔上会议室的门，痛骂阿本吃里爬外、背信弃义、违背律师伦理。

阿本用一贯平静的语气解释说：“徐千帆是朋友，菜头学长也是朋友，哪里‘吃里爬外’？而且我和小帆又没有什么‘律师—当事人’之间的信赖关系，和你也没有，自从你喝得烂醉那天晚上之后，我就没有再和你讨论过她的事了，对吧？那时候我只知道她要离婚而已。”

他微微一笑，又说：“而且从那之后，我就没读你的信息了，你没发现吗？”

我知道阿本说的都对，但心里就是气不过。我大步走出会议室，责备助理怎么客人来没开空调又没泡咖啡，年轻的助理妹妹一脸无辜正要辩解，我冷冷一句“还不快去”，她便吓得小跑步进茶水间了。

我调整情绪，回到会议桌前坐定，用我能想象的最冷酷的表情说：“要谈就来谈吧！”

阿本说，菜头学长愿意离婚，这是个好消息。

菜头学长同意将他个人名下的“婚后财产”——包括现金、J.J. 配股、其他财务投资等——分一半给女方，另外每个月支付女方八万元新台币的赡养费；条件是女方放弃所有的刑事、民事诉讼，并且由两人共同拥有艾登的监护权。

“大约四百万吧，我说的是要分给徐千帆的部分。”阿本说，“吓一跳吗？他才进那家公司几年就存那么多钱，果然外商还是比较大方吧。”

阿本略作停顿，给我时间消化信息，然后说：“坦白说，艾伦，这是最好的条件了，上法庭也不会拿到更多。菜头本来还有点犹豫，是我跟他说，既然要离就别在乎那点钱，好聚好散、快刀斩乱麻比较重要。”

“道歉呢？”我说。

“嗯？”

“我们这边之前提的要求：菜头和他的小三登报道歉。”

阿本收起笑容，沉默一阵，然后说：“艾伦，道歉到底有什么意义？事情都发生了，大家就是往前看，签字拿钱，以后各走各的路，干吗要一直纠结在过去的事情上？争到你对我错又能怎么样？抓去浸猪笼？”

“所以到底要不要道歉？”

阿本叹了口气，说：“菜头可以道歉。”

“第三者呢？”

阿本没有说话，我笑了。

“所以是要保护那个外遇对象？那么重情重义。”

“我不能评论我的当事人的动机，但他本人愿意道歉，我想这已经够了，这案子送进法院，法官不会这样判的。”

“你知道那个第三者是谁吗？”

“不知道。”阿本说，“真的不知道，菜头说不关这案子的事。”

我看着阿本的眼睛，他的眼神平稳，不像说谎的样子。我想到昨天半夜的跟车风云，小帆是不是说过，J.J. 帮菜头学长租的豪华公寓在信义计划区里？

菜头真的变了吗？我决定不提这件事，菜头学长都没跟他的律师说，我不必鸡婆。

阿本喝了口茶，缓缓地说：“艾伦，我说实话，小帆要离，菜头也同意，各退一步事情就成了，在道不道歉这种事情上打转，实在不是聪明人会做的事，你劝劝小帆……”

“因为婚姻是承诺。”我说，“你的当事人和那个第三者破坏了这项承诺，所以他们必须道歉。”

“你相信这套？”

“我信不信不重要，我只是传达我当事人的意思。”

阿本笑着说：“这是谈判，艾伦，大家可以再想一想，我说了，真的上法庭，你们也不是稳赢的。”

“我们还有验伤单。”

“那也没有用。”阿本说，“你知道即便丈夫出手打人，太太告离婚也不一定告得成吗？”

离开前，阿本说：“杨艾伦，大家都是朋友，我虽然是被告律师，但我不会害小帆的。你好好想一想我今天说的，不要那么意气用事，这种事情越拖只会越痛苦，速战速决，大家才能恢复正常生活，对她好，对小孩也好。她会听你的，如果她愿意见我，我也可以直接跟她谈。”

回到自己的房间，我盘算着怎么向小帆报告今天开会的情形。上法庭有可能会输？我直觉阿本只是装腔作势，但因为他是张阿本，我不敢掉以轻心。

阿本是我们同侪中最早具备律师架势的，他的身材挺拔、口齿清晰，说话有条有理，学生时代便征战国内外大小辩论赛而无往不利。

出社会一段时间后，我才发现能像阿本那样说话的人并不多，这与智商高低无关，大多数的人智商都差不多，有些人甚至更聪明些，但他们都没有办法精准地以语言传达想法。提纲挈领、由浅入深、解释来龙去脉、切割事实与意见这几个基本的说话技巧少有人具备（包括大部分的记者、政客与律师），我也是经由工作才慢慢建立起自己的说话能力，而阿本几乎是从十八岁起便掌握了这项技能。

一个说话有条理的律师可怕之处，在于他能更快地使对方“听懂”并使其进入他的论理脉络中。这时即便塞进零星荒谬的说词也不会显得突兀，听话者会照单全收，是非黑白就在这点滴之间被扭曲了。

以前在学校时，我做报告最喜欢和阿本分到同一组，这样上台报告便毋庸烦恼，即便内容差点也保证高分。现在那么厉害的人站在我的对立面，我感到戒慎恐惧。

我想到上次去 J.J. 开会时，菜头学长把玩着那支刻有“L & F”的钢笔，那是个暗示吗？他们会说那就是小帆与我余情未了的证据；菜头因为妻子长期心灵出轨，因此一时糊涂向外寻求慰藉。

这说法很瞎，但，如果是张阿本，他一定可以让这个论点飞起来，另外挖出十个类似甚至更强的论点。

我跑去找我的“诉讼师父”廖培西，但他不在办公室；我又去找汤玛士，发现他也不在，秘书说他们两个下高雄去开庭了，明天才会回来。

蒋恩也不在，秘书说她和人约了吃饭，我知道是吴正非。最近蒋恩每天总是下午两点后才满脸红扑扑地回办公室。

这时小帆打电话来，我只好如实告诉她对方开出的条件，她听完后似乎有点沮丧，静了一阵子，问我下午有没有空，可否去学校和她当面谈。

我将手上的工作迅速地处理一番，收拾东西出门。我乘车来到学校，依惯例先买杯“青蛙撞奶”，边走边喝，边整理脑中的思绪。

我在想那个第三者的问题。

菜头学长宁可自己道歉，也不愿意让那个小三曝光，甚至不愿意透露小三的身份给律师，这是在保护那个小三？有什么理由要保护到这种程度？

介入他人婚姻当然不是件光彩的事，但在现在社会也未必稀罕，当助理可能变小三，请厨师帮忙开导家庭问题也会变小三，连在佛罗里达和台湾棒球员唱个 KTV 都会变小三。感觉在人与人交流频繁的社会里，介入人家的婚姻似乎只是概率问题。

换个角度想，那个小三总不能一辈子当菜头学长的地下情人，如果他们未来想名正言顺地在一起，身份最终还是得公开，那为什么不趁现在，公开道个歉，让菜头与小帆断干净，对外

就算有验伤单，告离婚也不一定告得成

还可以宣称“已经得到原配的谅解”呢?

我想来想去只有一种可能，那个第三者并不是像你、我、菜头学长或小帆这样的人，而是一个需要特别保护的人。

不知道为什么，第一个闪进我脑中的是路雨晴。

家境不好、刚出社会、勤奋向上的小女生，恐怕是扛不起“小三”这个十字架的；如果我是菜头，而且对这个女孩是认真的，我确实可能会选择保护她。

我大步走着，大口吸着饮料。

所谓“青蛙撞奶”就是鲜奶加黑糖煮过的粉圆，现在很多店都有同样的饮品，但不知是真有特别配方还是纯粹美化效果，总觉得还是那家三角通小店面卖的特别好喝，我每次经过都要买一杯。

如果小帆知道她丈夫的秘密会有什么样的反应呢？之前也听过有妻子发现了真相，但反应似乎都是无奈大于愤怒。

最近似乎有部台湾影片就在讲这个主题，或许我该找时间去看看。

所以如果菜头学长向小帆坦承他的苦衷，小帆会谅解吧?

不，或许这个想法根本是错的，站在小帆的立场，这完全是场骗局，骗你进入一场“自始无法客观”的婚姻，浪费你十年的人生、感情与对幸福的追求，然后要求你放手、谅解、让他走。太天真了。

这样说起来，诉讼似乎无可避免，这又绕回阿本今早所说的，若上法庭，我和小帆这边有几分胜算？我们的关系会被拿出来做文章吗？我们的关系又是什么？

我脑中播放着那天在公寓中，她为我整理衣领的情景，我去吻她，她将我挡开，如果我再进一步呢？又或者那晚我们去吃饭，我开车她坐副驾，如果当时我冲动一点，直接开进……

我在想什么，我已经有小静了，再这样乱想下去会出事。好，我必须跟她坦白我遇到徐千帆的事，下个星期讲，这几天她忙报告，我们的通话都非常短促，也还没聊到那天去“内湖山庄”看房子的事。

想到房子我便不由得烦躁起来，我确实爱着小静，也希望与她长长久久地走下去，但为什么有那么多阻碍呢？为什么要逼我决定？我只是爱一个女人，为什么那么难呢？

那蒋……

我被手机提示音唤醒，才发现我的思路与脚步一样，早不知走到哪里去了。我掏出手机，发消息来的是 RainySunny，“雨晴”。

RainySunny：嗨，学长，好几天没见到你了，最近很忙吗？

AllenY：对啊，忙一点，我昨天去了，但没看到你。

RainySunny：哦，我昨天公司有事，回家比较晚。（流汗表情）

是公司有事还是老板有事？我打了几个字想想不妥，改成“辛苦了，最近大家都忙”。

这是我与路雨晴第一次用手机聊天，而且是她先发给我的，我打字的手指头不禁有点发战。

RainySunny：那天要学长听我吐苦水，真的谢谢你。

AllenY：我也没做什么，只是请你喝一罐啤酒而已。

RainySunny：改天我请你啊。

AllenY：不用啦，你开心我就很开心了。

正当我思考要不要打上一个爱心符号的时候，手机突然跳出“心静请求视频通话”的画面，吓得我差点儿将手机摔到地上，我几乎忘记苏心静与路雨晴是认识的，为什么会在这个时候打来？是约好两面夹攻吗？路雨晴跟她说了什么？我应该还没做出任何越轨的举动吧？

就这一瞬间的胡思乱想，我本想拒接电话，却触及绿色按钮，小静的脸一下子占据了整个屏幕。

“喂，有吵到你吗？……咦？你在哪里啊？学校福利社？”

我快速管理面部表情，说：“哦，对啊，来图书馆印文章……没有，就是要开听证会，要查些论文当附证。”

“是吗？”小静挑了挑眉毛说，“你平常都叫秘书去印，怎么今天自己去……很可疑哦。”

虽然被质疑，但我心里安定了些，看小静的反应，路雨晴应该没有乱说话。

“出来透透气，今天天气很好。”

“左右照一下，有没有别的女人？”

我拿着手机绕了一圈，笑着说：“有很多学妹，可惜都没坐在我身边，只有青蛙撞奶陪我。”

“算你听话。”

我呼了口气，危机解除……才怪，这时手机改跳出“RainySunny请求通话插播”的画面。我又是一阵手忙脚乱，总算成功拒绝来电，而且随意乱点屏幕之下，我竟然将与小静的视频转成子画面，母画面则显示与RainySunny的对话框，我还是第一次知道有这样的功能！

RainySunny：学长，我可以打个电话给你吗？

RainySunny：不知道有没有空一起吃个饭。

RainySunny：学长还在吗？

我回复消息说正在开会，不方便说话，同时开口对小静说：“你那边很晚了吧？怎么这时候打来？”

“紧急报备，明天感恩节我们要去迈阿密玩……本来要留在纽约冲黑色星期五的，可是刚刚日本人说抢到了十五块钱的机票。”

“报告写完啦？有谁要去？”

“就我们那群，日本人、意大利人、巴西人，可能墨西哥人也会来；日本人抢到便宜机票。”

“日本人是长得像鱼住那个？”

小静笑了出来，说：“你才像赤木嘞，说人家像鱼住！”

我说话的同时继续打字，这很困难，为了避免眼神飘移，我不能看键盘，因此打字非常慢。

就算有验伤单，告离婚也不一定告得成

AllenY：吃饭可以啊，吃三角饭团？

RainySunny：没有啦，是真的吃饭，好的餐厅，我请客。

AllenY：为什么要请客？应该我请你才对。

RainySunny：就说要谢谢学长那天听我倒了那么多垃圾嘛。

我告诉小静研讨会筹备的惨事，小静取笑说让杨律师办研讨会真是大炮打小鸟，打到剩一堆骨头。然后她才说：“喂，那天跟我爸妈去看房子怎么样？都还没听你说。”

“来兴师问罪了。”

“别这样，我听我妈念到耳朵都快长茧了。”小静说，“不用担心啦，我支持你，我也不想拿他们太多钱。”

“我真的以后很怕每天回家一开门就看到你妈坐在沙发上。”

小静笑说：“我比你更怕，所以我搬出来跟你住。好啦，我会跟他们讲的，我们又不是不会赚钱，赚够了我们自己买，喜欢住哪儿就买在哪儿。现在我们可以继续租房子，反正也不生小孩。”

RainySunny：今天晚上吃饭可以吗？

AllenY：今天不行嘞，晚上可能有事，下星期好吗？

RainySunny：那明天呢？

AllenY：明天不生小孩吗？

我一发出这信息就知道不对，赶紧更正说“我在跟我同事讨论要不要‘生’书状啦。明天晚上可以”。

RainySunny 传来一个尴尬的表情。然后说：那明天六点半，我来订餐厅，学长有没有什么想吃的?

“怎么不说话? ”小静说。

“没有，我只是在想小孩的事……我记得我们是说再看看? ”

“那是你说的，我都告诉你我不想生。”

“我什么都吃。”我咬了一下舌头，说，“哦，不是，我是说……我们可以再讨论看看吧，房子呢，有好的物件我还是会去看，但不要给我那么大的压力。”

小静皱眉说：“你在跟别人发消息吗? ”

“没有……是客户发来邮件，跳出通知，分心了一下。”

RainySunny：学长，你不回答的话，我就自己订啰?

AllenY：哦，对不起，我都可以，你随便订吧。

RainySunny：日本料理好吗?

“那么场地你去看了吗? ”

“日本料理好……不是，我……我会找时间去看。”

AllenY：可是为什么不生小孩?

小静摇头说：“到底在说什么，你忙你的吧，我再打给你。”

RainySunny：学长你又发错人了哦，你很忙吧? 那你先忙，我把餐厅地址发给你。

我关掉两个窗口，只觉得头昏眼花。原来手口分离那么困难，这样想起来，当年苏心静一边跟我聊天一边回法官学长简讯，也是相当了不起的才艺了。

“原来可以一边视频一边发消息啊。”徐千帆的声音从我背后传来，我急忙转身，只见她的脸几乎贴到我的脸上，表情似笑非笑，“我打扰到你了吗，杨大律师？”

我和小帆边走边聊，我以为她会马上问离婚的事，结果她却先提日本之行，她说那是学院的活动，她们参访了几所大学，进行几场座谈,她还发表了一篇论文。她说这是她第一次去日本，才明白台湾人为什么那么喜欢往日本跑，环境舒适，食物好吃，而且没想象的贵，下回她会认真观光。

她又提到东京迪士尼，她说艾登年纪太小，很多都不能玩，最后只能重复玩“小小世界”，玩到后来艾登连日文版的小小世界歌都会唱了。

“研讨会的报告我也写得差不多了。”小帆说，“有谁会参加？”

我告诉她目前确定的讲者名单，还有最近一堆狗屁倒灶的事，她说那个临时不来的讲者是惯犯了，学术圈很多这种会做学问不会做事情的人。

我们两个不自觉地走到池塘边。那池塘变了很多，连形状看上去都有些不一样，池边的泥土地上铺设了木栈板，陶瓷护栏也改成木制的，看上去清爽许多；唯一没变的是三三两两散落于池畔的学生，玩手机、看书、聊天、打羽毛球、喂鸭子——除了玩手机外，都和我们之前没有不同。

“你觉得我们应该怎么做？”小帆问。

“我觉得我们应该先把张阿本打一顿。”

小帆意思意思笑了一声，手肘支在栏杆上，缓缓地说："离婚真的很痛苦。"

我没答话。她看着远方的天空说："有一个声音一直告诉我——你根本没有准备好，你没有想过一个人怎么带小孩，你不知道这个社会是怎么看单亲妈妈的，你不够努力，你自私，你脆弱……"

我说："这种事情再怎么准备也不会准备好的。"

"对，这是第二个声音说的：都什么年代了，还在怕离婚单亲？他都外遇了还想怎么样？抱残守缺让自己的尊严被践踏？很多比你条件更差的女人都离了，你怕什么？……然后第三个声音就会说：都是你白痴选择了这个男人，男人不管帅的丑的都会外遇，你偏偏去选一个最丑的，自以为多聪明、多会看人，选到变成弃妇，你就是丢脸、活该。然后第一个声音又回来：你会这样想表示你没准备好，你害怕被嘲笑，害怕被歧视，为什么不能再想一想呢？……每天就这样反复回放，我脑袋都要炸掉了。"

她拭过眼角，说："对不起，艾伦，我很讨厌一提到这件事就哭哭啼啼的，可是我只能跟你讲，我没有其他人可以说这件事，我爸妈不行，艾登当然也不行。我真的很痛苦，我不明白他们做了坏事，还不愿意让我好过一点，我真的不懂……"

我轻拍着她的背脊，想了很久，才说："或许你可以想想阿本说的话，'这种事情拖越久越痛苦'；我想至少在这点上他是对的，我们可以考虑……”

“对，你说得对，很痛苦很煎熬，”小帆说，“这种痛苦不应该只有我承受，你是想说这个吗？”

我无法回答，只能愣愣地看进她布满血丝的双眼。

“是他们把我的人生给搞砸的，他们必须负责。”小帆用带着哭腔的声音说，“跟他们说，这是最后一次机会，我不要钱，我要他们两个人——是两个人，缺一不可——我要他们两个人道歉。否则，道歉或身败名裂，他们自己选一个。”

9

那天回去以后，我听了落日飞车所有的歌

“那天回去以后，我听了落日飞车所有的歌。”

“哦？你喜欢吗？”

“很有趣，很难想象是台湾的乐团，而且是年轻的乐团。有点像二十世纪五六十年代的音乐。为什么你一个年轻女生会喜欢这样的乐团？”

“因为……因为他们老派得很温柔吧，就像上次我们听 *My Jinji*（《我的金桔》）那首，每次听我就觉得好像被一双温柔的大手捧着，有人告诉我：乖，乖，你做得很棒了，休息一下吧，不要给自己那么大的压力，听一听会想哭。”

“我以为那首是情歌。”

“情歌也可以很疗愈吧。”

“我觉得他们有些歌蛮有趣的。”我喝了口清酒，说，“例如那首 *Little Monkey Rides on the Little Donkey*（《小猴骑小驴》）。”

“你竟然会对这首印象深刻？一般人比较会有印象的应该是 *I Know You Know I love You*（《我知道你知道我爱你》）或是 *Bomb of Love*（《爱的炸弹》）。”

“歌名就很有趣，不是吗？歌词说‘monkey sees nothing

from your eyes because something is changed（小猴在你眼里看到一片虚无，因为一切都已改变）'，但‘donkey sees something from your eyes because nothing is changed（小驴在你眼里看到了什么，因为有些东西未曾改变）'。我其实不大懂他们想说什么，但就 monkey、donkey、something、nothing 这样的排比蛮有趣的，旋律也很吸引人，好像有点哀伤地在胡说八道一样。”

“哀伤地胡说八道。”

“怎么了？我说错什么了吗？”

“没有，没有什么。”路雨晴抬起头，脸上堆笑，“这首歌真的很有意思，只是很少人会听。”

那天同样忙碌，秘书搞不定研讨会的场地问题，我只好亲自跑一趟政府单位与主办人沟通；回办公室后，又为了公平会听证讲稿的诸多细节与布兰达争论不休；偏偏此时泰伦的人又打电话来索取先前交易案的细节，我只能花时间从已封存的几百封电子邮件中捞取信息。

六点左右，我收拾东西，手拎着西装外套向同事们道歉，说晚上有约我得先走，大家都叫我不用担心，事情他们会处理，叫我快点走。我想这就是廖培西所说的“有事，准时下班”的真谛。

路雨晴与我约在一间位于台北中山纪念馆附近、主打“寿司＋水果”的日本料理餐厅。餐厅装潢走的是现代简约风格，灰黑主题的色调，大片落地窗加上大片吧台，较像是酒吧而非日式餐厅。我抵达的时候离约定时间还有十分钟，我进洗手间稍微整理仪容，然后喝着热茶读菜单，晚间套餐价格一千元起，还称不上真正的高档，但我不觉得这是路雨晴平时会来消费的地方。

我不自觉地又想起前天深夜。我也搞不懂为何当时我要去跟踪那辆休旅车。事实上，那场跟踪并未导出任何结论，事后查证，菜头学长确实是住在那栋豪宅内，但 J.J. 在那里还租了另外四户给他们的高层经理人，因此那天我跟的可能是任何一个人，甚至是他们家属。我也试着去查菜头学长的车牌，但一无所获。

退一步言之，就算那天开车的真的是菜头学长，也没办法说明什么，可能就是单纯加班太晚，上司好心送年轻下属回家。虽然这种完全不顺路的接送是职场八卦的好题材，但距离我所想象的二人关系还有一大段的距离。

我又想到那辆停在豪宅旁的丰田 Yaris。车子熄火熄灯，但车内隐约有人影。是我在开始跟车前、回转时差点撞到的那辆车吗？我怎么感觉在跟车的过程中也看到过那辆车呢？不过丰田 Yaris 在台湾算是菜市场车款，我又没记车牌，似乎也不能说明什么。

当路雨晴抵达的时候，我已经喝了三杯茶并上过一次厕所。她为迟到频频道歉，我笑着说没关系。她依然是上班的穿着，但妆发明显新整理过，唇色鲜艳，香氛迷人。我起身协助她脱去外套，外套底下是白色削肩羊毛背心，露出一双光滑细致的手臂，上围曲线也在毛衣的烘托下显得特别突出。

她坐下后又道歉了一次：“学长，不好意思，我在办公室弄得太晚了，还让你等。”

“没关系。你们平常会加班到很晚吗？”

“看情况了，忙的话八九点吧。”

“会常应酬吗？”

“不会啊，几乎没有。”她微笑说，“我就是因为这样才来这家公司的，我需要时间念书。”

她问我想点什么菜，我说我是第一次来这间餐厅，一切依她，她于是点了两份两千元的套餐。她又问我有没有开车，要不要点酒，我扫过酒单，点了一杯獭祭的大吟酿，她则点了杯梅子调酒；服务生好意提醒说这款调酒是用烧酎当基酒，所以酒精浓度较高，她微笑说没关系。

“所以你酒量不错？”我问。

“普普通通。”她一边用毛巾擦手，一边说，“平常也没什么机会喝，想喝喝看。”

“至少你啤酒喝得不错。”

“别人请的都喝得不错啰。”

大概是场合不同，今天的路雨晴与在便利店中相较显得明艳而灵动，像在纯奶油蛋糕上添加了鲜红的草莓，亮眼而且令人垂涎。

我们又聊了些天气、音乐的话题，服务生开始上菜，冷盘是明虾、火腿、渍物、白柚的拼盘，我说我没见过这样的组合，她说这间餐厅最特别的就是以水果入菜，而且是日本料理。

“你常来这边吃吗？”我问。

“公司的人偶尔会来这边聚餐，我都是被请的，要不然我哪里吃得起。”她笑着说，并啜了口梅酒，说，“真的蛮烈的，学长，你要喝喝看吗？”

我接过杯子，避开她的唇印，小试一口，然后将酒杯还给她说：“大概是整杯烧酒放一颗梅子吧。刚刚那个服务生一定觉得我心怀不轨，骗你点这种‘约会失身’的调酒。”

她笑开了，这让我心脏快速地跳了几下。

“学长，你很常用这种方式把女生灌醉吗？”

“从来没有，通常我是被灌醉的那个。”

“你真的很爱开玩笑。”

“我说真的，有一次我跟我前女友去夜店，结果是我醉翻了，她开车载我回去，在路边停下来让我吐，还被警察盘查，怀疑她给我吃了什么药。”

“这也太糗了吧，结果呢？”

“我不知道，我醉死了。”

“你前女友一定觉得很晦气，要酒后代驾，还要被怀疑约会强暴。”她喝了口酒，说，“你这个前女友就是麦可的太太吗？”

我咀嚼着食物，缓缓地点头。

“你上次说要告诉我你们的故事的。”

我用餐巾擦了擦嘴角，苦笑说：“其实也没什么，她是我大学时候的女朋友，毕业后我们分手了，她后来跟菜头——就你们家麦可——结婚，现在闹离婚，找我帮忙。”

“她也是法律系的吗？”

我点头。

“为什么要找你？找前任告现任离婚，我觉得很怪。”

我笑着说：“这要问她……我们还是朋友，她觉得我会尽心尽力帮她吧。”

“你还喜欢她？”雨晴压低声音，偷偷摸摸探听的表情很可爱。

“这是什么问题……你还喜欢你前男友？”

她愣了一下，脸上表情逐渐收敛，说：“不喜欢吧。可是，学长，你会吗？偶尔就是……是会想起他，有时候我还会觉得是我没做好，是我不够关心他，他才去找别人的，是不是很犯贱？都是因为初恋又在一起太久的关系。”

“时间过去就会好的。”

“你那个前女友是你的初恋吗？”

“算吧。”

她摇摇头说：“那你怎么可能跟她当朋友？”

接着上来的是几道热前菜，胡麻豆腐、和牛热沙拉、炸牡蛎、水果细卷，每道都是摆盘精致，分量不多。

我看着路雨晴咬下一口牡蛎，汤汁沿着嘴角流下，她尴尬地笑了笑，拿口布擦去。我突然想到一件事。

“喂，我刚刚跟你讲的那些事，你不要……”

“不要跟小静学姐说，我知道。”她给了我一个意味深长的眼神，说，“她有问我后来有没有再遇到你，我说，我们就工作场合见到而已。”

“这是工作场合没错。”

路雨晴笑了笑，将剩下一半的牡蛎放入嘴中。

“你怎么认识苏心静的？”我问。

“之前学姐来带我们读书会。”

“她届数跟你差那么多，怎么会回去带你的读书会？”

“哦，本来是一个博班的学长带，可是他法官工作太忙了，就请小静学姐来帮忙。”

路雨晴吃了一口豆腐，说：“小静学姐很漂亮人又好，她请我吃过几次饭，也是她建议我先出来工作的。”

我总觉得时间顺序上有些怪怪的，脑袋中还在计算，路雨晴又说：“对了，学姐还有双鞋在我那边，下次拿给你。”

主菜是握寿司：海胆、星鳗、黄鸡鱼、软丝、红甘、鲔鱼和比目鱼缘侧，同样是分量不大，但相当美味，尤其比目鱼，入口即化，食者销魂。

“学长，有件事想跟你讨论一下。”路雨晴说，表情与口气显然不同，“就是那个……能源局月底的研讨会，听说你是主办人。”

我咀嚼着食物，含糊地说：“能源局是主办人，我打杂而已。”

“那么……是这样子，我们的公司也有研究部门，也针对电业法规、太阳能普及率、温室气体减排这些题目有研究，我支持政策法律分析部分。呃，我们觉得这些研究与你的这场研讨会的主题有关，所以……我们知道有点慢了，但不知道有没有这个可能，安排 J.J. 参与其中一个场次？”

我还没答话，她又补充说：“我们有赞助的预算，看是晚宴或是其他周边活动都可以。”

“所以今天真的是工作晚餐，你急着找我出来是为了这个。”

她笑着说：“我本来就想找学长吃饭啊，谢谢你那天借肩膀给我哭，听我说那么多。只是刚好分到这个工作，打去能源局问，他们给我你的联络方式。”

我没有立刻回答。我将寿司放进口中，缓缓咀嚼，又喝了口茶，才说：“如果安排 J.J. 当讲者，会是你上台发表吗？”

“应该不会吧，我资历那么浅。”

“如果是你发表的话，我就给你们公司一个讲者的位置。”

路雨晴用一种“开什么玩笑”的表情看着我，确定我是认真的，才半撒娇地说：“学长，你开这种条件，我要怎么跟公司讲啦？”

“你照实说啊。”

“怎么可能？他们会以为我在为自己图利。”

“那我就不知道了。”我举起酒杯，说，“你那么聪明你一定想得到好的说法，我会先把议程做好的。敬你。”

晚餐结束后，我提议一起搭出租车回去，她却说得回办公室一趟，我没有多问，只是陪她走一小段路。天空飘着雨，我为她撑伞，她的肩膀会随着脚步不时地碰触我的胸口，像是在提醒什么。抵达地铁站时，她转身向我，酡红色的脸上带着微笑，我以为她会给我一个吻，但她只是向我道谢，然后转身离开。是我想多了，但光是这样想就很愉快了。

我站在原地，看着她的身影消失在车厢中，脑中依然模拟着她刚刚上前一步我将如何回应的场景，突然间，我感到颈后汗毛竖起，有种被人从身后窥视的感觉。我回头，只见一个黑色的人影以不自然的速度爬上手扶梯，往车站外走，我转身拨开人群，试着追上，来到车站外，却已不见那人踪影，只有小雨中人行道上熙来攘往的人潮，忠孝东路上车辆川流不息。

公平会“美国 J.J. 太阳能与台磁光电公司结合案”的听证进行了一整天，J.J. 方面由台湾子公司的副执行长领军，外部律师团主导发言，菜头学长与路雨晴都没有出席。台磁这边则由主管业务、财务的两名副总压阵，布兰达掌控全场，我则是就几个重要争点做学理与数据上的论述。双方各提出数名专家证人，另外有几个独立的民间团体请求发言。

9

那天回去以后，我听了落日飞车所有的歌

听证结束后，我们借公平会外头的骑楼简单开了个会，两名副总很满意今天的表现，认为此战必胜。布兰达则坦白告诉他们胜算不大，症结在于：当初说要垂直整合的是台磁，现在说结合有害市场竞争的也是台磁，这说穿了就是经营权的问题，公平会并不关心经营权谁属。

回办公室的出租车上，布兰达显得相当疲倦，双手交抱胸前，闭目不语。直到出租车上了堵塞的市民高架，布兰达才突然说：“听说你最近在跟埃玛·吴做事。”

我说：“就弄个研讨会的事。”

布兰达说：“小心弄太多那种不三不四的事，做案子的感觉会跑掉。”

我心中窃笑。办公室斗争就是这样，自己深陷其中时觉得烦，置身事外则显得特别有趣。“简单帮个忙，反正这场听证后暂时也没太多事情。”

布兰达点点头，隔了一会儿又说：“你知道布鲁诺怎么走的吗？”

布鲁诺是年初进来的一个年轻律师，待不到一年就离职了。我说：“不知道，我也吓一跳，我以为他待得不错。”

“埃玛·吴叫他去矿务局 second。”

“为什么是矿务局？”

“我哪知道？”布兰达说，“人家是来学怎么当律师的，硬要叫人家去当公务员，一去还一整年，要是我我也走了。”

“second”是“secondment”的口语简称，是“派遣”“临时借调”的意思，有时候事务所会派律师去客户企业中长驻，暂充内部法务，这就是法律圈里的“secondment”。我知道有些政府发包的研究计划也会要求执行单位派员驻点，就近解决日常业务所生的法律问题。去政府中当派遣律师的优劣好坏当然见仁见智，但布鲁诺遇到的状况确实比较难吞下去。

“后来谁去啊？”

“好像埃玛·吴自己去外面找人。”布兰达说，“你小心她叫你去能源局。”

“能源局还好，不要被派去孤岛开荒就好。”我开玩笑地说，布兰达难得笑了笑。

“你的远距离恋情现在谈得怎么样？”布兰达说。

“还好啦，也没有真的很远，上网就可以见到面。”我说。

“跟距离远近没有关系，重点是两个人是不是互相信任。”布兰达说，“我之前的一个男朋友，被派去厦门……厦门够近了吧，没半年就吹了，他跟他那个东北来的‘小秘’在一起。”

“阿姐，你第一次跟我讲你前男朋友的事，我一直以为你前男友只有艾瑞克。”

布兰达做出打人的姿势，说：“不要乱说，人家小孩都多大了。”

“他太太人很好，会理解的啦。”

“他太太哦……”布兰达说着冷笑一声，就没再说下去了。

隔了一阵子，布兰达又扯回埃玛，说：“跟埃玛·吴做事还是要小心点，她没有我那么好说话。”

“我应该只会帮她做这个案子，我又不是研究生。”

“明年他们会想要再升一个合伙人，”布兰达看着前方，淡淡地说，“你如果有这想法，自己要留意，各方面都留意点。”

我这才听懂她前前后后这些话的意思，我心下感激，说：“谢谢阿姐，我跟埃玛可以啦……不会让你失望。”

“你不要太有把握，有些事情很难说，当合伙人要扛业绩，他们对这点会审得比较严。”

我说：“台磁应该算我的功劳吧？当初是我把这个客户抓进来的，我不知道最后艾瑞克跟他们怎么谈的，但现在做那么多事，应该算不少收入吧？”

布兰达看向我，说：“当初是你和台磁那个年轻的法务长熟，把案子带进来，可是……现在谁和那个法务长比较熟呢？如果你是艾瑞克，想要留住台磁这个客户，你要升谁呢？喂，这我自己随便想的，你不要想太多……哦，到了，出租车费我来付吧。”

那天晚上我在转角的便当店吃了个排骨便当，然后跑去公园篮球场与一群陌生老伯伯打了四个小时的球。球场关灯后，我在场边又坐了一阵子，喝水，让夜风冷却过热的身体与情绪。

我拿出手机，发现有通未接来电，是个不认识的市内电话号码，我没去理会。一个穿着黑色皮衣的中年男人过来搭话，说他很喜欢看我打球，问我要不要去喝一杯，我礼貌地请他滚远一点。

第二天中午我和廖培西去吃饭，他说我们两个好像很久没碰面了。我说真的是墨菲定律，上次我跟他哭闲之后工作量就爆炸了，他说他也没哭闲怎么也爆炸了，真是“火烧厝，烧过间”[1]。

我们东拉西扯，他说他的当事人开庭开到一半情绪失控，下跪痛哭，法官还冷言冷语说律师教得好、很会演，害他差点冲上去揍法官。我则告诉他那天与张阿本开会的情形，哭诉说徒弟不才、被人戗是案件的“弱点”还不知道怎么戗回去。

廖培西露出“朽木不可雕也”的表情说：“你就说，如果他敢这样说，就传他做证人。”

“证人？可以传对造律师当证人吗？”

“当然可以，只要能够对自己‘亲自见闻’提供证词的人，都可以当证人。”

“他可以拒绝证词吧？”

“就受委任事项才可以，你或徐千帆又没有委任他。”

我苦苦思索，说：“可是……有关联性吗？张本正和离婚案

1　火烧厝，烧过间：比喻无辜之人无端爱到牵连。——编注

没有关系啊。”

“张本正和‘蔡得禄有没有外遇或家暴’当然没有关联，也不能做证，但是他与‘徐千帆与杨艾伦是否有奸情’这件事就有关联了，他跟你那么麻吉[1]，他可以做证说明你和徐千帆有没有联系嘛。”

廖培西拆开免洗筷，继续说：“如果他不提你和徐千帆的事，他就是个无关第三人，没有证人资格；但只要他敢提，你就把他放到证人席上，看他具结以后还多会讲。”

我看着廖培西一口喝干餐厅附的冬瓜汤，感觉他背后闪耀着光芒。

“可是，你这个案子还是不要上法庭比较好啦。”廖培西咂咂嘴，说，“又不是什么大事，两边都有意愿离，字签一签就好啦，闹到法庭上，法官也是劝和解。”

我告诉他现在的困境：小帆坚持要第三者道歉，菜头学长不让，那天谈判后我和张阿本又谈过几次，双方立场都没有改变，事情就卡在这边。

“菜头也不聪明，都被抓到了，让那个女人出来道歉就算了。”廖培西一边啃着鸡腿一边说，“他现在还要袒护那个女人，徐千帆只会更气而已，一直拖下去，到时候就有人做出傻事。”

“什么傻事？”

1　麻吉：要好、默契。——编注

“自杀、自残、伤人、泼油漆之类的。”廖培西说，“你不要说不可能，你现在也知道离婚过程是很折磨人的，一般做这种案子，百分之七十的精力要花在处理客户的情绪上，剩下的百分之三十才是处理法律。你要教会你的客户：法律只能帮他们争取财产，但不能拯救他们的婚姻。如果教不会，案子没办法解决是一回事，当事人心里的痛苦没办法发泄，就会想要伤害对方。”

我想到小帆之前在学校池塘边讲的那番话，心里感到一阵寒意：“小帆和菜头学长应该不会啦，都是法律人了，最坏就是上法庭互骂吧。”

“你读法律的，你还不是会闯红灯？”廖培西啃了一口排骨，说，“读法律不会让你变成神，只会让你变成比较奇怪的人而已。”

10 有钱没权，就是替人顾钱财

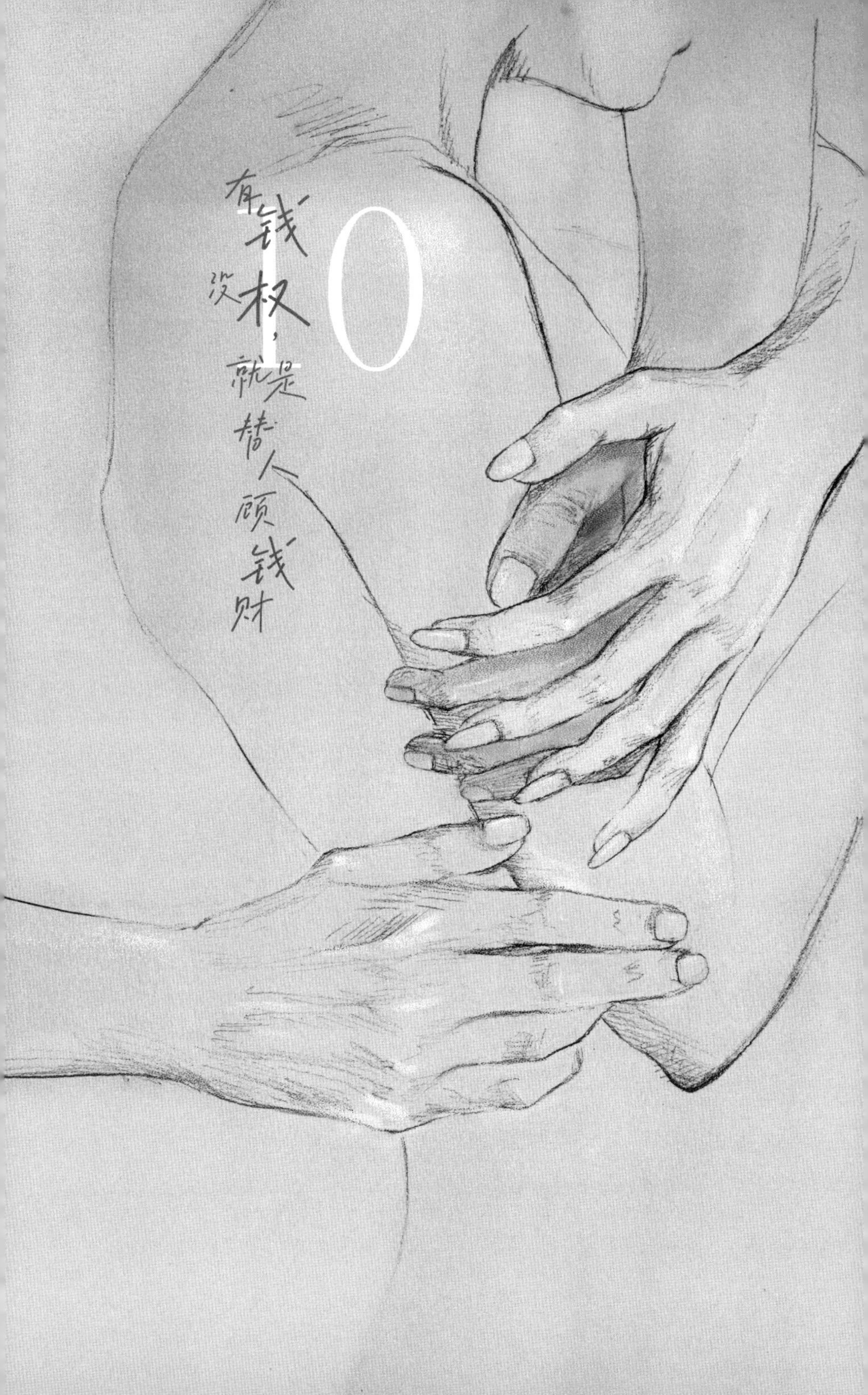

“若是给你选，权力和有钱，你会选哪一项？”

“有钱。”

“我就知道，唉，憨团[1]没救啰。”

“为什么？有钱才能享受啊，权力敢会当[2]孝孤[3]？”

“憨仔，钱就像镜中花水中月，看着痴迷，眨一个目就走到无声无息。权力才是千年蟹穴万年龙脉，保庇你代代富贵。这都看不出来，可惜给你读这么多书。”

“没钱怎么食饭？怎么买房、买车？”

“领导吃饭敢自己出钱？敢自己驾车？有权力的人，干什么都是别人出钱，阁像你嘞，䆀姼仔还要用恁爸的钱[4]。”

“但是领导逐天予人骂嘞，一点钱都要报账，予人批评，安呢不是足烦闷？自己赚的才是自己的，要按怎开就按怎开，较有自由。”

---

1 团：小孩子。

2 会当：可以，能够。

3 孝孤：叫人拿去吃。粗俗说法。

4 阁像你嘞，䆀姼仔还要用恁爸的钱：还像你这样，交女朋友还要用你爸的钱。

“你这是羊仔烦恼虎不食草，惊虎饿着。面顶[1]的人喊的不自由，都比咱这款人自由济[2]，免你操心！”

我爸说着灌下一口威士忌，朝嘴里丢两粒花生，边咀嚼边说：“你要记着，有钱没权，就是替人顾钱财。你要做专业律师，赚大钱当然好，但是多少熟识一些人，拣一些权力本，对你以后是有帮助的。有闲嘛是随我四界走走，不要因为一时兴起就交女朋友。”

前面说过，我一直不知道如何正确描述我爸的职业。我只知道他认识很多人，每天在外面跑，回到家也是电话不停，有些地方上的争执会选择在我家饭桌而非法院中解决，逢年过节，送进来与送出去的礼让我家宛如一个小型的物流中心。选举更是我们家的“旺季”，我从小就被各路议员、民代、县市长候选人摸头称赞可爱。高中时，有回我补习完回家，看见三辆黑头车驶离，我问我爸那是谁，他说就那个矮鼓矮鼓的领导来喝杯茶而已。

在他的丧礼上，我从别人的悼词中第一次学会“地方乡绅”这四个字，起初我为这个历史课本名词出现在现实生活中感到好笑，但转念一想，我们人生中过去的每一秒皆是历史，而我

1 面顶：上面。——编注

2 济：多。

父亲的那一页则已经翻过，再回不来。那一瞬间我突然悲从中来，在灵前下跪痛哭不能自已。

而又必须到我承办了这场研讨会，才稍微认同我爸“权比钱重要”的哲学。在这几个星期内，我接到大量能源、电力、环境工程公司的电话，大家都说得客气：关切这个议题，希望能对研讨会有点贡献，有个十到十五分钟的发表机会最好，要不然当个评论者或是参与圆桌讨论也不错。有些公司强调他们的总经理或董事长会出席，有些则与J.J. 一样愿意提供赞助。

这里头很多公司我都拜会过，当时我得打上几回电话，才能与法务经理聊上几分钟，还得被拗着提供许多免费的法律服务。现在业者们的热忱与我的法律专业丝毫无关，他们相准的是政府“能源转型”的大饼，而我只是一早拉开饼店铁卷门的工读生而已。

经过几周奋战，我的团队总算将研讨会进度送上轨道。我们敲定一张横跨产官学又平衡老中青世代的名单，并成功地将地点由原本的大学会议室移至某五星级饭店的展演中心。我们通过网络、学校、媒体广为宣传，并谨慎地登记每位报名者的信息，事前寄送会议数据；另外，我们也为投资审议委员会负责人安排了会后的晚宴，并且亲身试吃一顿。

这段时间小静忙于期末考，她说她的课都是在线开书考试：学校系统在特定时间公布考题，学生有二十四、四十八、七十二小时不等的时间作答，可以参考任何资料，但不许与同学讨论，答案直接输入系统页面，时间一到自动“收考卷”。我问这样不是很容易大家互抄答案吗？她说不会，美国法学院学生的成绩直接影响就业，竞争激烈，不可能互相掩护；而且那些题目都不是抄一抄可以回答的，每一题的分量约相当于实务上律师得处理半年的案件，七十二小时虽然看起来很多，但有时候不眠不休还写不完。

小静要我这两个星期不要吵她，我也请她告诉她妈妈不要吵我，我得全心全意投入研讨会的筹备。

研讨会当天早上七点我便到了饭店，拉着经理再次确认场地细节。我最担心的是投影片的播放，这间饭店所提供的并非笔记本电脑、投影机与布幕（讲者于笔电中播放投影片，笔电外连投影机将画面投放于布幕上）。这饭店配备的是一体成型的播放系统，主机在会场后方的音控室中，投影片则于会场前方超大型拼接液晶屏幕上显示，大概就是科技产品发表会用的那样。经理保证他们的系统绝对稳定，不会有计算机读不到档案或是屏幕“秀斗[1]”的状况。

“可是如果一个环节出问题就完蛋了，对不对？以前我们换台笔电或换台投影机还可以继续进行。”我问。

“杨律师，绝对不会出问题，”经理拍着他的光头说，“如果

1　秀斗：指电线短路，比喻人行事反常。

出问题，你就来这边把总电源关掉，然后我们一起在舞台上自我了结。”

八点左右，与会者陆续抵达，我和埃玛在接待桌前招呼签到。

J.J. 的大队人马来得很早，印度裔 CEO、印度尼西亚裔财务长、副执行长等人全部正装出席，我们客套地聊了一下，埃玛感谢 J.J. 同人的热情参与，CEO 则称赞场地选得很好。

路雨晴排在队伍的最后面，等所有同事都进入会场后才过来跟我说话。我问她最后怎么说服公司让她上台做报告的，她说就只是提议，然后所有人都说好。

“其实除了 CEO 以外，根本就没人想上台，大家都只想来社交而已。”她笑着说。

这时我看见菜头学长从电梯入口处走来。这是自从上次开会后我第二次见到他，他同样衣装笔挺，背脊挺直，脚步敏捷，胸肌爆炸，有股不怒自威的气势。他与我握手，同时拍拍我的手臂说：“恭喜啊，接这么大的项目，办得很像样啊。”

我回了一句“谢谢”，正想再说什么，他抢先道：“其他事以后再聊，今天专心开会。芮妮，我们的位置在哪里？”

我看着他们的背影，两人之间的距离似乎确实比安全距离近一些，但又不是近到会出事的那种程度。

接着来的是吴正非与蒋恩。吴正非穿着全套的晚宴服，还打了粉红色的领结；蒋恩则是一袭黑色长礼服，全妆发、垂坠式耳环，礼服还是低胸。我从小到大没见过蒋恩这样的打扮，当她姐的伴娘时也没那么华丽，这让我呆愣了好一会儿才醒过来。我说：“你们两个今天是来领金马奖的吗？”

吴正非说：“这种场合还好吧？而且晚上还要跟委员会负责人吃饭，要穿正式点。”

蒋恩说：“而且我今天休假，纯粹来宾。”

“所以现在是完全公开？”

“可以开记者会了。”

我们又闲聊了一阵，来宾越来越多，我分身招呼，蒋恩才挽着吴正非的手进会场去了。

小帆来得稍晚，她穿了一袭裸粉色的套装，在一众非黑即白的与会者中显得格外亮眼。她本来跟着队伍排队等签到，我将她拉到一旁，直接给她名牌与会议数据，以及一杯预备的咖啡。她问是每位讲者签到都由主办人亲手递上咖啡吗，我说其他人只有咖啡糖而已。

我介绍小帆给埃玛认识，接着我带着她四处绕绕认识人。“大学助理教授”的招牌果然响亮，无论公务员或业者见到小帆均十分恭维，有人说徐教授那么年轻就有那么高的学术成就实属不易，有人则说若在教室中看到徐教授，还分不清楚谁是老师谁是学生呢。

那一刻终究无法避免。我们走到会场右后方角落时，只见菜头学长与几个 J.J. 的人正在那儿聊天，我本来要避开那个区域，小帆却勾住我的手，直直往那角落走过去，并向其中一人高声招呼，那人也显得很尴尬，一边客套一边瞥向菜头学长。小帆大方地与其他人交换名片，自我介绍是“徐千帆，我在J.J.应该很有名，之前麦可租房子租车的补贴单据都是我签的名”，同时将我勾得更紧一点。

我只能被迫加入小帆与J.J.同人的“尬聊”中，我侧眼看向菜头，只见他面色铁青，看过来的眼神中却不是愤怒而是……是害怕吗？或是有点难过呢？他在那儿又站了一会儿，然后慢慢地向会场门口走去，小帆止住交谈，看着她丈夫的背影，我以为她会喊他，甚至上前打他，但她却什么也没做，直到菜头走出会场，她才在我的耳边轻声说：“带我到我的位置去。”她仍勾着我的手，从侧面看去，可以看见她咀嚼肌鼓动着。

研讨会八点五十分准时开始，首先是能源局局长与一位资深国际学者的致辞，接下来是上午两个场次的讨论。每个场次约一小时四十五分钟，由主持人开场，二到三名讲者依序发表，然后由评论者就发表内容展开评论，接着开放现场问答。下午则有三个场次的讨论，委员会负责人预计下午三点半抵达会场，并做闭幕致辞。

小帆是第二场次的第一位讲者，讲题是“巴黎气候协议后电业管制政策的重组——以荷兰与日本为例”，讲述内容百分之九十我听不懂，但显然引起行内人士很大的兴趣，来自电力公司研究机构的评论者针对“徐教授”的发表内容提出数点批评，现场也有几名听众指名徐教授发问。小帆不疾不徐地提出反驳与答复，柔和而坚定的态度相当迷人，至少我是频频点头，还有起立鼓掌的冲动。

两个场次都稍微超时，不过还算是顺利结束。午餐时间，我们为讲者、主持人、政府部门长官等贵宾准备了一间 VIP 室，由饭店提供自助餐，当然有些 VIP 另外约了餐叙，例如路雨晴便得跟老板们去应酬。我将 VIP 室中的一切打点妥当，与徐千帆、埃玛打过招呼后便径行告退。我去厕所撒了一泡长长的尿，调整领带角度，告诉镜子里的自己：只剩下半场。

我回到工作人员休息室，赫然见到吴正非与蒋恩在里头，正与实习律师、秘书们聊他们的瑞士之旅。我笑说他们穿得如此人模狗样竟窝在这里看我们吃便当真是委屈了。吴正非说这家饭店的便当很有名，外面卖一个三百元。

“这样要三百元？”我说。

“折算瑞士法郎十元，便宜啦。”吴正非拍了拍蒋恩的肩膀说，“你知道我们第一天到苏黎世，贾斯提斯的人带我们去吃的那顿中国菜多少钱吗？三百瑞郎！折合一万块台币，四个人吃一万，麻婆豆腐还是甜的！”

“你就是待过瑞士所以价值观有偏差。”蒋恩笑着说。

众人开始你一言我一语地讨论瑞士的物价。我无心参与，找个位置坐下，打开便当盒，九宫格的配菜精致：鸡串、鲭鱼、炸虾、牛肉丸、明太子，加上煮得松软的白饭，确实有贵的价值。我一口气将饭菜吃光，默默感谢那个光头经理，毕竟这是他给的一点小“回扣”。

下午议程继续，依旧顺利而无聊，除了委员会负责人抵达时现场秩序稍微混乱以外，并没有其他乱流。

最后一个场次由路雨晴担任第一位讲者，在确认各方面都没有问题后，我在吴正非身旁的空位坐下，他低声说：“快结束了，辛苦啦。”

“我再也不干这种事了。”我说，“这比开庭还要累。”

最后一个场次的主持人开始引言并介绍讲者，路雨晴微笑地向大家挥手。

“这位好漂亮。”吴正非说，“J.J. 是看脸再请人的吗？”

“没有吧，要不然菜头怎么会是法务长。”我说着看向 J.J. 的座位区，但没看到菜头学长，我又看向会场前方贵宾席，只见小帆端坐，紧盯着台上，脸上表情紧绷。

我感觉有什么事情不对。

这时主持人引言结束，路雨晴起身走向一旁的演讲台。

我打了一个冷战，一定有什么不对，到底是什么？

我突然想到一件事，低声问吴正非说：“你今天中午讲到‘贾斯提斯’对不对？那是什么东西？”

吴正非说：“‘贾斯提斯’？征信社啊，我们之前请他们调查那个假新闻。”

“台湾地区的征信社？”

“美国的，很多国家和地区都有办公室，我们是跟台湾地区的贾斯提斯接洽，他们再和他们瑞士的办公室合作。”吴正非说，“瑞士那家没用，台湾的就很贼，还说他们有办法可以反击假新闻……以毒攻毒就是了。”

路雨晴站定位，液晶屏幕显示“太阳能穿透率与碳排放之实证研究”的简报文件，档案左上角“J.J.Solar”的3D商标格外显眼。

在那一瞬间，我脑中闪过上回与路雨晴晚餐后，那个疾奔出地铁站的黑衣人。

还有从新店跟踪黑色休旅车回信义区时，两次出现的丰田Yaris。

我又想起那天在小帆公寓中无意看见的简讯，是“贾斯提斯”传来的，那时不明就里，只记得几个无意义的词汇，现在前因后果贯串，简讯内容竟完整地浮现出来：“本公司将针对目标路女士搜集材料，并依顾客指示的投放范围，进行最大的打击。”

我起身往讲台跑去，大喊道：“不要放！”

然而已经太迟，屏幕上的简报文件突然转成影片，一辆黑色的休旅车在画面中行驶，车内一男一女背影明显。现场一片哗然。

“快关掉！”我吼着，只见路雨晴慌乱地按着遥控器，影片却仍继续播放。

我回头往会场后方跑，冲进音控室，只见光头经理与技术人员正手忙脚乱地操作系统。

“这是黑进来的，停不下来。”技术人员说。

“关掉屏幕。”我说。

“没有办法只关屏幕啊。”技术人员说。

影片中休旅车靠路边停下，驾驶员下车，镜头拉近，是菜头学长。

接下来就是路雨晴了，而她正站在台上持续按着遥控器，一副要哭出来的样子。

“经理，总开关！”我大吼，光头经理这才大梦初醒，手指向电箱，我一个箭步上前，打开电箱，扳下开关，会场顿时陷入一阵黑暗，尖叫声此起彼伏。

我长长呼了口气，问：“可以再打开了吗？”

“应该可以，系统关机了。”技术人员说。我将开关上推，液晶屏幕电源恢复，但呈关机状态；会场中灯光陆续点亮，所有人均是表情错愕，委员会负责人周围围绕着一圈幕僚。

我略略调整呼吸，对着麦克风说：“各位来宾，由于场地系统遭黑客入侵，我们刚刚切断电源，造成各位惊吓相当抱歉。目前场地需要时间调整系统，我们先暂时休息，等系统修复后立即开始，造成各位不便，我们相当抱歉。”

我说话的同时，瞥见徐千帆起身，带着包包快步离开会场，我放下麦克风追出音控室却不见人影，我快步走过走廊转角，只见裸粉色的衣裙消失在关上的电梯门后；我走逃生出口向下，来到一楼大厅仍没见着她，我回头继续爬楼梯下到地下二楼停车场，只见那粉红色的身影正走在空荡荡的车道上。

“徐千帆！”

她停下脚步，回头，表情淡然，然后继续往前走。

“你知道你在做什么吗？”我追上去，大声说，“你有没有想过那影片放出来会害死多少人？你要他们以后怎么工作？尤其那个女孩子，她才几岁，才开始工作，你这样搞，是要逼人上绝路，你知不知道？”

“我给他们机会了。”她冷冷地说，“我给他们警告了，我说我会毁了他们，我说到做到。”

“你可以跟菜头要钱，要几千万，甚至几亿，把他搞到破产，我都帮你打！但不能用这种方法，你把他们逼死也不能挽回你的婚姻啊，也不能弥补你受到的伤害！”

“对，但是能让我心里比较爽！”她突然向我吼道，“我就是要毁掉他们，我就是要看到那对狗男女痛苦的样子，这样会让我开心！明白吗？对，我就是人格扭曲！我就是变态！这样你满意了吗？”

她的脸部表情扭曲，双眼因激动而布满血丝，我从没见过这样的徐千帆，我不自觉地退了一步，说：“那你有想过我吗？我花了多少的心力在这场研讨会上，我好心请你来当讲者，你把这里当成复仇舞台？你知道这场研讨会砸了对我影响多大吗？”

“反正你也和那个女的有一腿，不是吗？”徐千帆说着，我起了一身的鸡皮疙瘩，“你为什么不把那部影片放完呢？那样你就会看见自己了。”

我倏地抬起右手。

我并没有下手，我看着小帆紧闭双眼，嘴唇紧抿而颤抖，霎时间，那个十八岁、在池塘畔问我和她在一起的少女的影子与她重叠，是那个纯真、快乐、善于交朋友的温暖的徐千帆。我心底涌出一股巨大的悲哀，吞没了我与她，吞没了这停车场中的几百辆车，乃至吞没了这三十层楼高的豪华饭店。我伸手捧住她的脸，带着悲伤吻上她的唇。

“你疯了！”她将我推开，一巴掌打在我的脸上。

我抚着脸颊退后，苦笑说：“你知道吗，徐千帆，你搞错了……完全搞错。那个女孩子不是你要找的人，她不可能是你们婚姻的第三者。”

“什么？”

我继续说：“小帆，菜头学长他害怕碰女人，更别说和女人上床了。大学的时候他就和我坦白了，他也说过，因为家里的压力，所以不能公开，只是我没想到你们会结婚。我听到你们结婚的消息的时候，感觉整个世界都崩塌了，我觉得是我的错，是我逼走了你，是我让你认识菜头，是我促成了你们错误的婚姻。

所以当你来找我说要离婚的时候，我觉得我有义务要帮忙，不只是因为……因为我对你的感情，也是为了菜头学长，我有义务更正我所造成的错误。”

“你为什么不告诉我？”小帆说，声音颤抖。

我告诉她我所观察到菜头学长的改变。

“我真的不确定，我真的以为他变了，我甚至跟你一样，怀疑那个女生是第三者，所以我才去接近她。你和他结婚那么久，你也没对他产生过怀疑吧？我和他十年没见了，再见到的是一个这么不一样的菜头，而且还有小孩，我……我也不知道怎么办，所以才瞒着你，更何况我不……”

“我不知道你会做出这样的事”，我将这句话硬生生地咽了下去。

小帆手抚额头，大力地喘着气，我上前一步，担心她会突然昏过去。

“但那个女的是怎么一回事？他们在那个房子里待到很晚……”

“我只能靠猜的。”我说，“菜头帮她补习，那女孩在准备公考。我看过她的参考书，上面有两种字迹，一个是那女生的，另一个很像是菜头学长的。”

“我不相信。”

“但我相信。”我说，“其实菜头学长一直都没变过，J.J. 法务长‘麦可’只是他在社会上行走时必要的伪装，他依旧是那个温柔、善感、富有同情心的‘菜头’，他遇见一个勤奋上进却不断受挫折的年轻女孩，他会愿意压下内心的煎熬去帮忙。不是我们这种男人带有不良企图的帮忙，可能比较像对妹妹的照顾吧。”

小帆没有说话。

我扶住小帆的手臂，轻声说：“小帆，不管之前怎么样，现在是个机会。我帮你跟他们好好谈，然后我们重新开始。小帆，我相信菜头学长和你结婚是有他不得已的苦衷，他曾经向我坦言自己的痛苦，他只能独自扛着秘密，久而久之就会变成一个变态，所以我想他会这样，也是挣扎过的吧，只要放过彼此，你们都可以重新开始。最近我去看了一部电影，男女主角有点像你们的情况，或许你可以去看看，可能感觉会……”

“怎么重新开始？”小帆用力甩开我的手，大声说，“不关你的事，你才会说得那么轻松！杨艾伦，你觉得我在演电影吗？导演喊‘卡’就重来？你有没有想过，我已经放了多少东西在这段婚姻里面？七年的时间……是七年啊，怎么重新开始？我能够假装我还是二十五岁的徐千帆吗？我能假装我没结过婚、假装我家庭没有破裂？艾登呢？我是不是要告诉他，他其实是个谎言的产物？”

她提到孩子，我只能闭嘴。那些大人的事情或许可以抹去，但孩子不行。

“我需要想一想。”小帆呼了口气，说，“我需要时间想一想。

哦，有一件事我现在就可以做决定……你不是我的律师了。”

我站在原地，看着红色本田缓缓消失在车道的彼方，感觉像是心头卸下一块大石，随即又压上另一块一般。

我回头走过停车场的转角，只见路雨晴站在那儿，双颊苍白。

11

你为什么一直交不到男朋友？因为『FP dilemma』

“你知道你为什么一直交不到男朋友吗？”

“因为我不想交。”

“不，是因为‘FP dilemma’。”

“都说了我不想交啊！什么 FP 的？”

“‘FP dilemma’，全称是‘Female Professional Dilemma’，即‘女性专业人士困局’。”

“这是哪里的研究？”

“台湾的，精确来说是我的研究。”

“我不想听。”

“根据我多年实证研究，女性专业人士——简称 FP，之所以很难找到对象，有以下三个原因：

“第一，所谓‘专业’就是违背‘常识’的东西，‘专业人士’就是脑袋塞满‘反常识’的怪胎，所以 FP 们经常没有办法和正常男人进行正常的互动。例如一个男生跟你说他订了巴厘岛五天四夜游，正常的女生会尖叫然后舌吻，女律师就会问有没有读清楚违约金条款，怎么会笨到签名放弃契约审阅期……遇到这种，火马上熄一半。

“第二，FP 们收入高，见多识广，眼界也高，择偶的范围就小。例如，长相和个性都很好的小学男老师……你要不要？根据我的调查，几乎所有的 FP 都会露出为难的表情。小学老师明明就是很好的工作，收入稳定、工时稳定、工作环境单纯还有寒暑假，为什么 FP 就是不考虑和男老师在一起？

“第三，为了端出专业人士的架子，FP 大多很矜持；害怕投入感情而显得笨，害怕感情挫折而显得脆弱，FP 会尽量保护自己，掩饰好感，你不追我，我就是冷冰冰的，你来追我……我还是冷的，因为你追得不够用力啊。问题是，你又不是诸葛亮，非要三顾茅庐，其他女士一顾就出山，你只好在山上等到天荒地老了……

“而你就是 FP 的经典款，FP 指数破万，所以注定要单身。我说得准不准？”

“你就是沙文主义者啊！还准不准……你也是专业人士啊，你是 MP（Male Professional，男性专业人士）啊，还不是一样脑袋不正常。”

“不一样。MP 和 NMP（Non-male Professional，非男性专业人士）没有太大的差别，都是只要对方年轻貌美就好。”

“沙文主义者中的沙文主义者。”蒋恩拿筷子射向冯二马。

元旦连假的最后一天，我们约在吴正非位于大直的家中吃晚餐，身为“准”女主人的蒋恩掌勺，准备几道下饭菜：烧酒鸡、三杯中卷、樱花虾高丽菜、干煎虱目鱼肚；我从台中带了“台中肉员”；冯二马准备了干酪、乌鱼子拼盘当前菜；张阿本与安娜则带了安娜自己做的柠檬塔当甜点。

是的，就是医检师安娜，我后来才知道她与张阿本已经偷偷交往了好几个月，她是个个头娇小、打扮日系、说话却很豪爽的女孩。她说张阿本追她的方式就是陪她去做瑜伽，明明是初学者硬要上进阶班课程，搞到自己全身酸痛，再撒娇要安娜帮他按摩。我们都说这招很高明，张阿本则努力辩护自己的核心其实很强，实在是那个瑜伽老师要求太高。

“那你们是怎么认识的？”蒋恩问。

“二马约唱歌认识的。”安娜说着指向我，“艾伦也在啊。”

蒋恩投来犀利的眼神，我马上说：“我只是去助兴，他们两个才是主角啦。”

然后话题转到吴正非与蒋恩身上，安娜得悉他们大学时就认识、直到最近才交往后，露出夸张的表情，吴正非说：“其实我们以前不熟啦，只是知道有这一个学妹而已。”

“而且学长那时候根本不缺女朋友，蒋恩是交不到男朋友。”冯二马补充说。

然后蒋恩和冯二马就吵了起来，冯二马说蒋恩是“FP”，蒋恩骂冯二马“物化女性”“再会喇妹不还是交不到女朋友”。

吴正非牵起蒋恩的手，笑着说：“这次我和蒋恩去瑞士出差，一路上我们聊了很多，我才发现，有这么好的女孩子一直在身边，我却没有发现……我决定这次要好好把握，不会再让她溜走了。”

“是不是？宝贝，你最好了。”蒋恩笑得心花怒放。

“那么，是哪一个‘点’让你觉得，蒋恩就是你的天命真女呢？”安娜问。

“哪一个‘点’吗？”吴正非想了一下，说，“应该是她说她曾经差点为了虫子去杀人吧。”

“虫子？什么虫？”

“精虫。”冯二马说。

“甲虫啦。”

我看安娜一脸迷惑的样子，便解释说：“蒋恩从小到大的嗜好就是饲养昆虫。以前她的衣柜打开可是会吓死人的，里头全是一盒盒的兜虫、锹形虫、金龟子，甚至还有蜈蚣，她差点就去念昆虫系。随着年纪渐长、工作渐忙，蒋恩没办法再照顾那么庞大的虫虫大军，只能养几只好养的姬兜或扁锹做伴，我之前还会在她出差时去充当虫虫保姆。”

“都送人了。”蒋恩说，“实在没时间照顾它们。”

“但为什么学长你会因为蒋恩说为虫杀人就爱上她？”张阿本问。

“因为我也有一样的经验啊。”吴正非说，“我爸一直讨厌我养虫子，觉得晦气，我妈妈就觉得，都是因为我养虫，我爸才不和她结婚的。我高中的时候，有一天，我妈不知道受到什么刺激，把我的虫子全扔进香炉烧了……那时候我差点把我妈掐死。”

吴正非看我们所有人都不说话，马上笑着说：“你们不要这样，我妈是第三者这件事八卦杂志早报道到烂了，我也不忌讳。他们上一辈的恩恩怨怨我是管不着，但动到我的虫子上面，我就真的受不了。”

“所以学长，你现在还养吗？”

“养啊，要看吗？”

吴正非带我们来到二楼后头的房间，三面墙上钉了铁架，摆满了玻璃缸、饲育盒与菌丝瓶。吴正非指着其中一个玻璃缸，骄傲地说：“这只是我家的镇山之宝，赫克力斯长戟大兜虫，体长十七厘米。”

我不养虫，也算不上甲虫爱好者，只是从小到大跟着蒋恩抓虫子，也算有些常识。我知道“赫克力斯”是世界上最大的甲虫，但要养到十七厘米也绝非易事，从上一代育种选择、幼虫照顾以及蛹期、蛰伏期每一阶段的管理，都得花上大量时间心力，才有机会养出这么大、这么漂亮的成虫，更何况这间“虫室”里头大概不下一百只虫吧，我很难相信一家上市公司的法务长有那么多时间花在这休闲嗜好上。

吴正非陆续展示了几只得意之作，像奇异果的毛象大兜、有着独特大颚的长颈鹿锯锹、五彩斑斓的彩虹锹等，每一只都让冯二马与安娜啧啧称奇。张阿本说：“学长，我们以前只知道你会打球，从来不知道你那么会养昆虫。”

吴正非将手上的兜虫放回饲育盒中，笑着说："有过我妈发疯的经验，我几乎不再让人家知道我在养虫子，蒋恩应该也是吧？只有你们这些好朋友知道，要是我知道她也喜欢虫子，搞不好我们大学就在一起了。"

吴正非将饲育盒小心地放回架子上，继续说："人生不就是这样吗？你得熬过一个阶段，才能光明正大地做自己想要做的事。我也是买了这间房子之后，才能这样大张旗鼓地养虫子，这些设备、耗材、冰箱、全天候的空调、湿度机，以前哪敢想，能有个地方藏幼虫就不错了。所以，蒋恩说'为虫杀人'才会让我感触很深啊，我们都是委屈过的，现在我们终于可以走出来、做自己了。"

蒋恩从头到尾都没说话，只是微笑地看吴正非，一副传统贤内助的模样，我不禁点名问她说："喂，蒋恩，那这台是什么？做腐殖土的机器吗？"

"哦，那只是台洗衣机啦。"吴正非说，"建筑商配的，这间本来是洗衣房嘛，只是我拿来堆耗材而已。"

我们回到一楼继续吃喝，话题转到那天研讨会的"意外"上，我维持一贯说法：就是黑客入侵，系统修复后，研讨会便继续举行，委员会负责人的闭幕致辞与晚宴都很顺利。

"但为什么那个影片中的人是菜头学长呢？"蒋恩问。

"可能那个黑客勒索的对象是菜头学长或 J.J. 啊，'不付钱就把你的私密影片公之于世’。”我说。

“不对。”蒋恩摇头说，“那个影片又不是什么自拍影片，很明显是跟拍的，哪个黑客那么勤奋还去跟拍……而且，那个影片放出来后，徐千帆就走了，应该不单纯哦。”

“你可以直接问小帆啊。”

“我是问了她今天要不要来，她说要带小孩出去。”蒋恩说，“我猜是她找人跟拍菜头，拍到他和小三亲密的画面，然后再找黑客入侵饭店系统，在研讨会上播出来，作为对丈夫外遇的报复。我猜得对不对？”

我耸肩说：“我不知道，我只能说他们在谈离婚，就这样。”

“那她为什么把你开掉了？”蒋恩穷追猛打。

“我又不是第一次被她开。”我自嘲地说，“客户解雇律师需要什么原因吗？徐千帆解雇杨艾伦更不需要原因吧？”

“那那个女的是谁？”蒋恩改将问题抛向众人，“我觉得也是跟那场研讨会有关的人吧，这样在研讨会上播放影片才能达到最大的伤害效果啊。”

“烦死了，什么都不讲，请你们来干吗？”蒋恩抱怨道。

“能讲的都讲了啊。”阿本举杯说，“来，祝各位新年快乐！”

“新年快乐！”

我趁大家酒酣耳热之际，找了一个安静的角落，发信息给小静祝她新年快乐，她回给我一张巴哈马海滩的照片，碧海蓝天，阳光耀眼，她穿着巴西桑巴风格的比基尼，颈上挂着浮潜蛙镜，跪坐在海中，双手交错在头顶，健美的曲线毕露，古铜色的肌肤像是会发光一样。

我打了一行字，问这照片是谁拍的，但想想又删掉。

这时候我的手机响了，是市内电话号码，我依稀在哪里见过这个号码，但一时想不起来。我接起来“喂”了一声，对方没有说话，只是轻微地呼吸着，那呼吸节奏有些急促，还带着一种柔细、宛如婴儿般的喉音。

“喂，是谁？路雨晴吗？”

我只说了这么一句，对方便挂断了电话。

我盯着手机盯了半天，打开通信软件，发了个新年快乐的贴图给路雨晴，她已读未回，我又传了“新年快乐，最近好吗？”的信息给她，她同样已读未回。

新年假期后，所有财经媒体的头版标题都是：“美国 J.J. 光电宣布对台磁收购案达标！”

这消息当然对台磁团队造成相当大的冲击。先前我们厘清了假新闻，台磁股价大涨一波，J.J. 的公开收购理论上达不到门槛。不过 J.J. 是吃了秤锤铁了心，不仅延长收购期限，还将收购价格提高三分之一；据台磁的人说，J.J. 的这个决定让原本气场超强的台磁老董事长都说不出话来，一种“遇到痞仔”的恐惧感抓住了每一个管理层，使经营会议处于极低的气压中。董事长下了甲级动员令，每一个主管都要去游说可以接触到的股东，董事长自己也飞了一趟新加坡与阿联酋阿布扎比，拜会几间最大的机构投资人，强调美国人根本就不懂制造业。

经此一番努力后，年底封关前的评估是“审慎乐观”，殊不知“理想如此丰满，现实如此骨感”。

稍后投审会核准了J.J.的投资案，公平会也宣布不禁止J.J.并购台磁。换言之，公开收购期限届满、股权交割后，J.J.便将持有台磁三分之一的股权，成为台磁第一大股东。

在后续台磁的因应策略会议中，大半时间都花在找战犯（美其名为“检讨”）上，副总指责总监没联络某位股东，总监反击副总没让对方感受到台磁的诚意，一片乌烟瘴气；这时吴正非一拍桌，怒吼道：“敌人都拿刀架在脖子上了，你们还在这边窝里斗？”

我认识吴正非这么多年，这大概是我第一次觉得他“帅气”而不只是“帅”。现场先是一片沉默，然后老董事长有点恼羞成怒地斥责吴正非没规矩，有应对策略再讲话，不要只会大小声。吴正非冷冷地说：“修正的私募计划上个月就呈上去了，我们还在等管理层做决定。”

假新闻事件解决后，吴正非与蒋恩受命与卢森堡的基金重谈私募条件，经过一番往返，最终对方同意以“加价百分之十，减购百分之五股份，指名两席董事”的条件续行私募，不过方案定好，台磁高层却始终没拍板，照蒋恩的说法，就是“嘴上说道义，钱包却很诚实”。

事到如今，也由不得老董事长首鼠两端了。上市公司私募并不是跑个银行就能完成的事，必须先由董事会做出决议，再提交股东会，由三分之二的股东投票通过。董事会与股东会也不是说开就开，召集、通知、表决每一个环节都有严格的法令规定，一个差错就可能使决议无效，几个月台磁保卫战的努力毁于一旦。

我和蒋恩夜以继日地工作，总算顺利使董事会决议通过，并将临时股东会排在农历年后，股份交割期限刚好卡在 J.J. 的公开收购期限前，确保 J.J. 公开收购中取得的股份，无法参与股东会的表决。

J.J. 当然不会善罢甘休，他们以临时股东会损害 J.J. 新股份权利为由，具状向法院申请假处分，禁止该临时股东会的召开；我们这边则表示股东会召开完全合法。

大大小小的事情让整个一月像热锅上的爆米花，哔哔啵啵地爆个没完。我和蒋恩一路忙到大年除夕下午三点，才将手上的工作做个打包，开车往台中去，高速公路上塞得一塌糊涂，我们买了麦当劳，边吃边聊，开了三个小时才到湖口。我交换着踩踏刹车与油门，同时痛骂台湾企业法治落后、立法者怠惰、执法者颟顸，身旁却没了声音，转头只见蒋恩蜷曲在副驾驶座上，睡得像个小女孩似的。

到家的时候已经超过晚上九点，桌上的年夜饭还是热的，我妈妈迫不及待地向我展示刚布置好的新房还有那台星空投影器，开心地说明年这个时候，我们家过年就多一个人了。

大年初二，我照例去蒋恩家吃午饭。她家是四代同堂的大家族，初二嫁出去的三姑六婆全回娘家，更是声势浩大，在三合院的稻埕中摆了八桌，佛跳墙、红蟳米糕、龙虾等大菜川流不息地自厨房中送出来，庄头大醮办桌都不见得有那么丰沛[1]。

饭吃到一半，蒋恩去上厕所，她的爸妈公嬷叔伯姑婶全凑上来，探听他们家蒋恩交往的对象，我说是大学学长，大我们两届，大家就一阵“哦——这样学历不错哦”。我给他们看吴正非的照片，大家又一阵“哦——一表人才，缘投[2]哦”。

然后我跟他们说吴正非是上市公司第二代，现场就有杂音了：“第二代这样好吗”“跟我们家会不会不配啊”“做生意的都比较奸猾啦”；然后又有人说：“咱蒋恩眼光不错啦”“新闻版面看过这个名，应该是正派的啦”，最后的结论就是：“有艾伦替咱看着，不必惊慌啦！”

放长假前我们依例会设定电子邮件的自动答复功能，告诉那些白目[3]的外国人与超白目的本国人：老子正在休假，你写信来我也不会看！不过事实上很少有律师可以做得像自动答复说的那样杀气，至少我不能，我总还是会拿起手机，跟亲友们道

1　丰沛：菜肴丰盛。

2　缘投：英俊。形容男子长相好看。

3　白目：形容那些说话不留心眼，经常说出事实而伤害朋友的人。

声失礼，闪到一边回复消息。

今年过年这种白目的来信暴增，让我几顿饭食不知味。但这也有个好处，那就是长辈总算将我当成年人看待，不会再叫我拿红包说吉祥话，我大伯就说：“咱艾伦是真正有像要成家的查埔人，过年阁嘛在拼事业！唉，看艾伦么遐尔拼势[1]，阿星走也放心了。”

阿星是我爸的名字。

大年初四一大早我动身回台北，蒋恩说想多陪她姐两天，于是我一个人开车先走。原以为提早北上可以避开车潮，想不到一上高速公路车速马上掉到二十公里以下，导航画面上一片红通通，诚是可喜可贺。我自作聪明地下交流道改走省道，结果发现省道更堵，只好又拉回高速公路，就这样来来回回，下建国高架桥时已经是晚上七点了。

我在路边轻松地找到停车位，只见路上人烟稀少，连转角的便当店都没开，不禁怀疑高速公路上那么多车子都跑到哪儿去了。我在背包底层找到大门钥匙，开门，拾级上三楼，脱鞋时瞥见门缝里透出灯光，如果不是我上回离开时忘记关灯，那便表示门后有个天大的问题。

我小心翼翼地打开门，蹑着脚走进去，很多余，苏心静便坐在沙发上，面前摆着一杯茶，腿上横着发热抱枕，面如寒霜。

1　么遐尔拼势：也这么拼命。

“嗨，你回来啦。”她冷冷地说，“你为什么没有告诉我徐千帆的事？”

12

红杏出墙，事所恒有，

果熟自落，亦仅平常

“红杏出墙，事所恒有，果熟自落，亦仅平常。”

“学姐，这是你写的诗吗？”

“不是，这是郑老师对‘果实自落邻地’的解说，这你知道吧？物之所有权及于物之孳息，所以你拥有一棵果树，也就拥有树上长出来的果实，可是如果果实自然地掉落到邻居的土地上，果实就归邻居所有了，你不能说这是我树上长出来的，要人家还给你……重点是要‘自然’掉落哦，人为弄掉的不算，自然掉落的就是别人的。”

“学姐，你是要说……你和你现在的男朋友在一起，就是‘果实自落邻地’吧？”

“原本我以为我和他就是玩玩，是‘澎湖限定’，我以为我玩得起。结果他先上飞机，我在马公机场哭到动弹不得，最后是航空公司的人把我扶上飞机的，丢脸死了！那时候我就知道：完了，根本不是晕船，这是沉船了。”

“好难想象你那么理性的人会突然爱成这样，他有那么好吗？”

“不是好不好的问题，我也不知道怎么形容——其实没人有办法描述这种感觉吧，都是抽象的形容：化学效应、被电到、上辈子欠他的……勉勉强强啦，都没办法真的呈现那种，‘好想要、好想得到他’的冲动。”

据路雨晴说，苏心静说这些话时笑得很开心。

“以前我也很洁癖，会骂人家，现在不敢了，走过一次才知道，什么叫感情来了。红杏出墙，果实自落，都是很平常的事，不是吗？”

台磁临时股东会会前气氛紧绷，我们这边在假处分官司上先赢一道，法院认定临时股东会召开并无不法或不妥之处，驳回 J.J. 申请。J.J. 随即宣布以一般股东身份参加股东会，并将就私募案与公司方面“慎重讨论”，市场传言，J.J. 已经串联了几个大股东要抵制私募案，但公司派人接触后，这些股东又信誓旦旦地保证会支持现在的管理团队，诚是尔虞我诈，谍影重重。

结果股东会进行得比我们想象的要顺利许多，除了 J.J. 的代表念了一篇官样文章外，并没有其他的股东反对私募案。最终私募案便以出席股东七成的赞成比例通过，当老董事长宣布会议结束时，我们所有人都松了一大口气。

菜头学长与路雨晴并没有出席股东会，J.J. 的代表是个年轻的男生，在之前的会议与能源局的研讨会上都见过面，但我不记得他的名字，股东会结束后他很快收拾东西离开，转进男厕。

我心念一动，小跑步进男厕，只见他正站在小便斗前。

我站在他隔壁的小便斗前，拉开拉链，说："嗨，今天辛苦了。"

他似乎吓了一跳，看了我一眼，说："你是台磁的律师？"

"是啊，我们交换过名片吧，但不好意思，我忘记了你的名字。"

"叫我杰瑞就好，我是法务，等一下再补张名片给你。"

听到"法务"我眼睛一亮，说："你们麦可今天怎么不自己来？"

"麦可？"他抖了抖身体，说，"他离职了。"

"离职？什么时候的事？"

"一月初。"杰瑞拉好拉链，说，"很突然，我们都不知道为什么，有人说是去年能源局研讨会上那个影片，说黑客是针对麦可来的，他为了不连累公司，所以就辞了。"

我愣在当场，一滴尿都没有，我听见杰瑞开水龙头洗手的声音，赶紧又问："那路雨晴呢？她也离职了吗？"

"芮妮吗？没有，她没有离职。"杰瑞说，"她把麦可的事都扛下来做了，蛮有一套的，长得又漂亮，公司还说要培养她当发言人呢。"

那天晚上我去河边的便利店，但没见到路雨晴，隔天我又去，依然没见到她人。我打开通信软件，我们之间的对话停留在一月一日、我那则已读未回的“新年快乐，最近好吗？”的信息上。我输了个“在吗？”大约等了一分钟，信息转成已读，但并没有回复，我又等了一会儿，起身收拾东西离开，这时手机传来简讯音，是路雨晴，她传来一张照片，是张贴在墙上的“微笑牛头”贴纸。

我上网以图搜图，发现那是某间连锁漫画店的标志，我再用网络地图搜寻，发现附近街上便有一间店面，标榜二十四小时营业，并且有包厢。我来到漫画店，在开放阅读区没看到路雨晴，我推开第一间包厢的门，一男一女正在接吻，我道声失礼，来到第二间包厢，只见路雨晴盘腿坐在沙发上，面前摆着法律教科书。她瞪了我一眼，背过身去继续念书。

我在她旁边坐下，将卤味与饮料搁在桌上，说：“我听过人家去咖啡厅念书，去庙里面念书，可是在漫画店念书的，我还是第一次见到。”

她没说话。

我又说：“隔壁那么吵你还念得下去哦，你没听到那个声音？很有规律。”

“那什么声音？”她说。

“接吻的声音啊。”我说，她用力推了我一下，又转过头去。

我没说什么，起身去外头架上借了最新的《鬼灭之刃》单行本，回包厢配着啤酒看，看到会旋转的房间时我不禁移动了一下身子，路雨晴转头骂说：“你不要一直动来动去啦，你到底来这边干什么？我又没找你来。”

“关心你啊，我发信息给你你都不回。”

“关心什么？关心我是不是跟我老板搞在一起吗？你就是为了这件事才接近我的，不是吗？大律师！大侦探！”

她说这话时口气凶狠，嘟着嘴的样子又透着委屈。我朝她移了移身子，说：“我总得说给她听吧，她是我的客户。”

“那我怎么知道你现在是不是只是说给我听的？”

“喂，我算是救了你吧，你不谢谢我就算了，还这样对我？我可是差点连自己都赔进去了……你也听到了吧，她说那影片里面也有我。”

这句话产生了效果，路雨晴的眼神瞬间柔和了，她朝椅背一躺，双手交抱胸前，喊说：“好烦哦，你到底来找我干什么？”

“苏心静上个礼拜回来，”我喝了口啤酒，说，“她问我为什么没告诉她徐千帆的事。”

路雨晴愣了一下，说：“你觉得是我跟她讲的，所以你今天是来找我算账的？”

“不是，我知道不是你。”我说，“这世界有多小你知道吗？我们事务所去年走了一个年轻律师，结果他跑去纽约念语言学校，然后就遇到了苏心静，然后不知为什么就聊到我，然后他就跟苏心静说我前女友跑来找我打离婚官司的事。”

“他知道你跟小静学姐在一起吗？”

“不知道，我跟他没那么熟。”我说，“小静也没跟他说。”

“哈，所以学姐就杀回来，教训你这个负心汉。”

“那天我从台中回来，一开门就看见她坐在那里，杀得我措手不及。”

“所以呢？你们分手了吗？你是要告诉我这个？”

“不，我们没事。”我打开一包洋芋片，说，“我那个前同事告诉她我把案子给推掉了。”

“可是你又没有。”

“我曾经推过。”我说，“然后我那个同事就离职了，没机会更新到下半场。”

现在回想起那晚的那个瞬间依然余悸犹存，你以为远在天边的女朋友突然出现在家中，质问你和你前女友的来往，我想当年西泽在元老院见到布鲁图斯、织田信长在本能寺见到明智光秀不外如是。

然而当我闻到电热抱枕散发出来的香气时，我立刻下了判断：一个大老远跑来抓奸、谈分手的女人，是不会有心情去使用这种催情香氛的，若非 q 则非 p，她回来一定不是为了抓奸、谈分手。

基于这个判断，我（自以为）神色自若地告诉小静：徐千帆确实来找过我，但我不是她的律师，我跟我的老板说我不能做这个案子。

小静听完沉默许久，其间我几次差点儿跪下来，将另外一半事实和盘托出，最后她嘴角一扬，笑着说：“算你老实。”

然后她告诉我她遇到布鲁诺的事。她称布鲁诺是“可怜的小帅哥”，想当诉讼律师却一直被抓去做研究计划，还差点被送去当公务机关的秘书，只好落荒逃来纽约。他们在纽约台湾人的聚会上认识，她以朋友的身份询问杨艾伦律师，得到的答复是：没一起工作过所以不熟，只知道杨律师前阵子为前女友的离婚案困扰。

“为前女友打离婚官司”的话题当然引起一些注意，有些人有听过杨艾伦，有些人有听过徐千帆，也有人知道蔡得禄，大家七嘴八舌交换了一堆似是而非的八卦，结论就是“贵圈真乱”。布鲁诺补充说，杨律师人很正派，他并不想接这个案子，是老板死要钱，硬逼他接。

我想起布鲁诺的位置就在汤玛士的门口，老天保佑事务所安排的好位置。

“如果不是因为你的事情，小静学姐回来干什么？”路雨晴问。

“她爸年初二的时候突然昏倒。”我说，“医生说是小中风。”

“那还好吗？中风听起来很可怕。”

“只是小中风啦，微血管阻塞。”我说，“怎么说好不好呢？在医院躺了三天，手脚、说话都正常，只是医生说他血压还是高，要多留意。”

“唉，学姐一定很担心。”路雨晴叹了口气，问，“所以学姐还在台湾吗？”

“没有，她回美国了，她就回来三天而已。”

那三天大多数的时间里，我都和小静待在医院中，不过不只陪病，我们还做了很多事。

小静告诉她爸妈我们暂时还不想买房子的事情，她妈抿着嘴唇没说话，显然心情不大好，她爸躺在病床上还替我们打圆场，说艾伦小静都当律师了，本来就不需要别人操心嘛！又说他们手上这笔钱本来就是闲着的，以后有需要再动用，没需要就留给孙子辈啰。

小静开口，我以为她要讲不生小孩的事，想不到她竟说：虽然现在没有要买，但“内湖山庄”的环境她蛮喜欢的，如果可以的话，可以先租下来，以后再做打算。

听女儿这样一说，苏妈妈眉开眼笑，手机拿起来便打给中介，请他去问屋主的意思，挂了电话后又频频说以她对屋主的了解，成交的机会蛮大的，现在市况不好要卖很难，先租出来不无小补。

接着他们一家三口叽叽喳喳地讨论着以后上班怎么通勤、下班去哪个公园运动、妈妈下课可以顺路帮忙洗衣服准备晚餐之类，我一句话都插不上。

稍后我找了个两人独处的机会质问小静为什么要这样说，她说这是她想很久才想到的两全其美的方法，不用花大钱买房，又能满足她爸妈“有新房、离家近”的要求。我说重点不是这个，重点是她没跟我讨论就直接跟她爸妈说，她沉默片刻，说现在她爸都这样子了，不是讨论这件事的时候。

“真的莫名其妙，”我打开另一罐啤酒，说，“说过多少次我就是不想住在她爸妈附近了，她完全没听进去。”

“学姐是因为爸爸生病吧,她不想让她爸妈难过。”路雨晴说。

“所以牺牲我没关系？”

“也不算牺牲吧。”路雨晴想了一下，说，“我不大懂你在意的地方，学长，你说你不想住离学姐的爸妈太近？可是台北就那么大，住哪里不是都差不多吗？除非你躲到石碇山上去，要不然去哪里还不都是一个小时的车程？”

我一时不知道怎么响应，半晌才说：“我当然知道，但至少要尊重一下我的感受嘛，我好歹是个男人，还是个律师，不要把我当小孩子一样摆布……想住哪里我自己会选。”

路雨晴说：“这就是男人的自尊吗？”

“对，怎么样？”

“没有。”她笑了笑，说，“还可以啦。”

什么东西还可以？就是这有点调皮又神秘的笑容让人无法抗拒。

她挑了颗鸡心放进嘴里，边吃边说：“所以你找我就是要抱怨你的未婚妻？”

“当然不是，我是来关心你的。”

“少来……那你前女友呢？那个……徐教授？”

“我不知道，研讨会之后就没她的消息了。”

路雨晴又挑了个鸽子蛋，她先咬一小口，看我盯着她，便将剩下的一半塞进嘴里。

“我觉得，你应该跟小静学姐分手。”她说。

“为什么？”

“因为我知道小静学姐真的非常爱你。”

“那为什么我们要分手呢？”

“如果你不爱她，就应该快点跟她分手。”路雨晴说，“因为她是真的、真的非常爱你的。”

路雨晴告诉我之前她和小静的那段聊天。她说那回本来是小静要安慰分手的她，结果两人酒喝多了，便掏心掏肺地聊了一整夜。

“学姐那时候和浩然学长分手是下了很大的决心的。”路雨晴说，“他们在一起那么久，所有场合都出双入对，双方家长都吃过好几次饭了，浩然学长又那么优秀，学姐主动提分手是顶着天大的压力吧，学姐说，连司法部门秘书长都打电话给她。这些你知道吗？”

我点点头。我还知道后来那个法官学长（就是路雨晴口中的浩然学长）行为举止大变，与同人冲突，还涉嫌与当事人有不当利益往来，最后辞掉法官职位，跑去越南做生意，让司法界为之震惊。现在偶尔还会听到有人提起这位曾经的法界明日之星，叹息过于早慧、人生没遇过挫折也不是好事。

“而且学姐还不能说出真正原因，她只说在一起太久了，想要一个人试试看，别人都当她脑袋坏掉，浩然学长还一直要带她去看精神科。她为你扛下所有的压力，因为她真的非常爱你。”

我又点了点头。我想起和小静刚在一起的半年，她经常在做爱后，裸着身子，一言不发，清醒至天明。她从不哭，但孤独的背影令人心疼，我为她按摩肩颈，告诉她我有多爱她，那是我仅能支撑她的方式。

“就是因为她那么爱你，如果你不爱她，你应该快点放她走。”路雨晴说，“索要人家的感情，我觉得很糟糕。”

我又打开一罐啤酒，苦笑说：“我当然知道苏心静是爱我的，我也爱她，只是我不懂，为什么有那么多烦人的杂事会跑来干扰我们的爱情？房子、她爸妈……为什么我们就不能安安静静、简简单单地在一起，单纯地爱着对方？”

路雨晴说：“如果你真的爱她，你就不应该再跟你的前女友纠缠不清。”

“我说过了，我跟她只是客户关系，没有什么纠缠……”

“而且你也不应该再来找我。”

我愣了一下，只见路雨晴眼眶红了。

“跟你聊天很有趣，但我不想在你的故事中扮演那样的角色。”她说，“你不应该一直来找我。”

“但你也找过我不是吗？新年假期的时候，你曾打电话给我。”

她摇头说："我从来没有打过电话给你。"

"这个电话……七四二八结尾的号码，不是你家的电话？"

"我住的地方根本没有装市内电话。"她说。

她看着我。她的脸颊雪白，右眼的眼眶下方透出一丝青色的血管，有种令人着迷又心疼的魔力。

"小静学姐对我真的非常好，我落榜、失恋的时候都是她在安慰我的，她还帮我找工作、帮我练习面试、借我鞋子和化妆品，我一直想要有个姐姐，真的很幸运能够遇到她。"

路雨晴说着露出一种若有所思的微笑，她摇摇头，又说："她跟我说了你很多的事，说你很温柔，说你会逗她开心，说要介绍我跟你认识……所以我不能，真的不能这个样子，学长，真的，我觉得很不好。"

"你不应该再来找我了。"她说着深吸口气，然后似下定决心地又说了一次，"你不应该再来找我了。"

我离开漫画店时，天空下起细雨，寒风吹得彻骨生疼，我感觉心头被撕开一道浅浅的口子，随着脚步一拉一扯疼痛着。

我回到家，什么也没做只在窗边坐下，凝视着对面的老旧公寓。许久，我看见路雨晴单薄的身影迎着雨水走来，推门进入公寓，顶楼加盖的灯光亮了，不久又熄了。我想那铁皮屋顶抵挡不了寒流，不知道她有没有电暖器或至少除湿机之类的。

我叹口气，起身脱去又冰又湿的衣服，这时我的电话响了，是那个市内电话、七四二八结尾的那个。

我接起电话，对方一样不说话，只是细细地喘着气。

“你是谁？”我说，只听到对方咽下口水的声音，但仍没有响应。

“你到底是谁？你如果再不说，我就要报警了。”

“我……我……”电话里传来稚嫩的童音，“我是艾登，你可以带我去找我爸爸吗？”

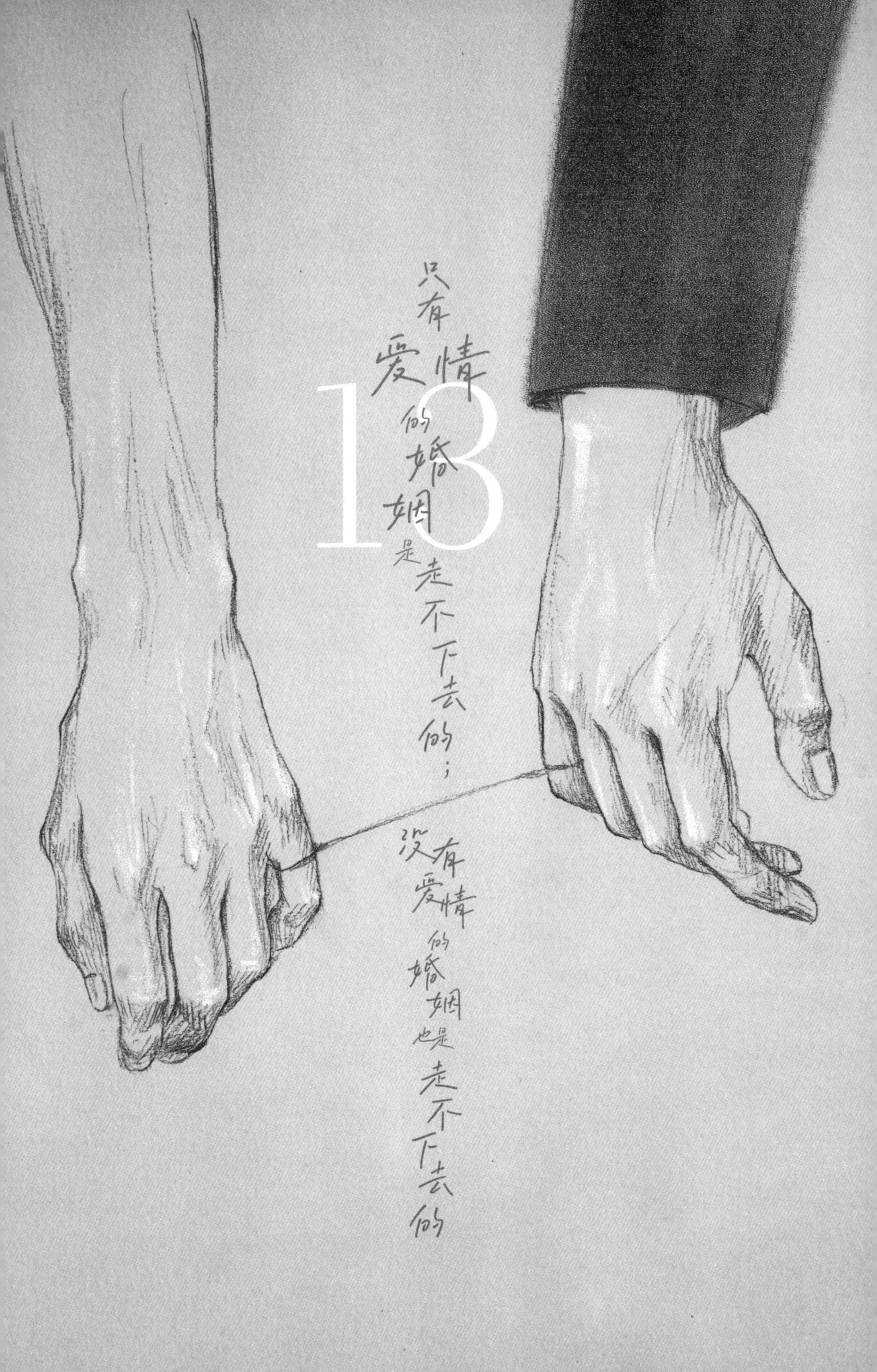
13
只有爱情的婚姻是走不下去的；
没有爱情的婚姻也是走不下去的

“我那时候是真的打算和徐千帆走一辈子的，我以为我可以。她性格很好相处，外向、喜欢往外面跑交朋友，我比较内敛一点，可以帮她处理家务；我们都想要有个家，都想要有小孩，都打算在美国留一阵子然后回台湾。重点是，我们都不那么爱对方，也不会要求对方为彼此付出太多，就是一对伴侣基本的陪伴，建立社会上的门面，其他空间就是自己的。嘿，那时我觉得我们简直是天作之合，但后来我发现太天真了，婚姻比我想象的难太多了。”

菜头学长为茶壶中注入热水，缓缓地说：“以前几任分手经验让我觉得，婚姻要面对的现实困难实在太多了，所以只有爱情的婚姻是无法长久的；但与小帆走过这一回，我也了解，也正因为婚姻要面对太多现实的困难，没有爱情的婚姻，也是走不下去的。学弟，这是学长十年来的人生体悟。”

当我告诉二马与阿本我的“劫孩见父”计划时，两人都露出不可思议的表情。

“这犯法吧？”二马说。

“没有吧，我没有引诱，是他来找我的。”

“绑架？‘儿少法’？反正我觉得不大对啦！”二马说，“为什么要为一个小孩子以身试法？”

“因为我欠他一份冰激凌。”

“什么？”

我告诉他们我之前在攀岩场遇到艾登，给他名片，答应请他吃冰激凌的事。

“那就请他吃冰激凌啊！干吗要做那么危险的事？”

“因为这是男人的承诺。”我说，“不是啦，一个六岁小孩半夜打电话给你，哭着说要找爸爸，你舍得跟人家说不要吗？”

“对女人心软，对女人的小孩也心软，为你点首《心太软》好了。”二马说。

我看向阿本：“怎么样，要不要加入？跟你当事人利益应该没有冲突吧？”

阿本想了一下，说：“但是怎么做得到？我老实说吧，菜头学长之前试过去找他小孩，但都没有办法，徐千帆防得密不透风。你要怎么把一个六岁小孩带走但不让他妈妈知道？”

“只有我们三个臭皮匠当然做不到，”我说，“我们需要特别的帮手。”

“什么特别帮手？”

我清了清喉咙，高声说：“女士们先生们，欢迎特别来宾，郑水澄小姐！”

包厢门推开，穿着长大衣的郑小姐踩着猫步走进来，在屏幕前站定，食指自额间往上一挥，然后向前划个小弧度落下，向包厢内众人说：“感谢您。”

我觉得一阵尴尬，我跟她说我可以用正常方式介绍她给二马阿本认识的，她坚持要学凤飞飞。

“这位是……？”

“徐千帆的妈妈。”

“原来是徐妈妈！”冯二马用夸张的声调说，“太年轻了啦，难怪都认不出来。”

徐妈妈开心得眉开眼笑，直拍着二马说：“你就是彼个[1]二马嘛，若是艾伦嘛像你嘴遐[2]甜，当初就袂[3]给阮家千帆走去[4]了。”

徐妈妈是个充满反差感的女士，不说话的时候是位低调气质贵妇，衣着朴实、妆发平淡，只有银质细链上那颗钻石标志她“百亿郑家长公主”的地位。不过她一说话就是个搞笑谐星，还是很老派的那种。

那天我和艾登打到一半电话就被徐妈妈抢过去，弄清楚我的身份后，她便对我大吐苦水，说艾登每天想爸爸，又不敢跟妈妈说，只有来阿公阿嬷家住时才敢偷偷跟阿嬷哭，只是没想

---

1 彼个：那个。

2 遐：那么。

3 袂：不会，不能。

4 走去：离开，走了。

到他还会偷偷打电话找外援。

“恁拢[1]这么大了，阮老岁仔[2]也不用说什么了。女儿交男朋友，当然嘛好；分手，没关系啦，还会再有；想欲结婚，好啊，管待[3]是啥人；现在讲欲离婚，当然嘛支持。”

徐妈妈喝了口威士忌，叹气说：“恁大人忙就忙，苦都是苦到囡仔……唉，阮看阮艾登是愈看愈不忍心，年纪那么小，又那么懂事，想爸爸不敢讲，自己目屎[4]吞落腹内，阮这做阿嬷的，唉，心痛啊！”

阿本问：“徐妈妈，你为什么不自己带小孩去找他爸爸啊？”

“呃……阮会惊[5]啦！”

“惊徐千帆哦？”

“对啊，恁嘛知影徐千帆那个性，做母的也会惊。”

根据徐妈妈提供的情报，小帆并没有请保姆或陪玩姐姐，艾登每天幼儿园下课，小帆亲自去接，带他去上攀岩、画画之类的才艺课，之后便回家，隔天再亲自送他去幼儿园；周末小帆则会带艾登去动物园、博物馆。简单来说，除了上学时间外，小帆与艾登总是形影不离。

1 恁拢：你们都。

2 阮老岁仔：我们这些老人家。

3 管待：理会、理睬、答理。

4 目屎：眼泪。

5 惊：怕。

至于幼儿园呢？艾登上学的时间是周一到周五每天上午八点半到下午四点半。那是间高档的私立幼儿园，门禁森严，凭证件接送，而且因为人数少，老师都认得家长。

阿本补充说，菜头学长之前就试过去幼儿园见艾登，但被园方挡了回来，说是妈妈特别交代的。

这样看来，确实如阿本所说，想趁小帆不知不觉将艾登带走几个小时，似乎是绝无可能的任务。

“但是哦，囡仔顾久也是会疲劳啦。”徐妈妈说。

小帆照顾艾登虽然力求亲力亲为，但她总是有工作的人，时间没有办法永远安排得刚刚好，先前一个月大概有几天，小帆会因为其他事情请徐妈妈去接艾登下课，至于留艾登在阿公阿嬷家过夜则是极少数的例外（艾登就是趁那几个晚上打电话给我的）。这个月开始，每隔周星期四晚上五点到八点，小帆要去上 EMBA 课，因此将由徐妈妈去接艾登下课，晚上八九点再送艾登回小帆家。

“阮也讲艾登会使在阮家困啊，伊嘛会当稍休一下，伊就毋爱，讲隔天还要上幼儿园，一定爱转去厝里。[1]”徐妈妈说。

因此现在艾登可以去见爸爸的时间，就只有周四下午四点半到七点半，大约三个小时而已。

1　阮也讲艾登会使在阮家困啊，伊嘛会当稍休一下，伊就毋爱，讲隔天还要上幼儿园，一定爱转去厝里：我也说艾登可以在我家睡啊，他也可以稍微休息一下，但他就不要，说隔天还要上幼儿园，一定要回家。

最简单的方法就是请菜头学长到幼儿园附近，徐妈妈先将艾登接出来，送去给爸爸，他们父子俩就可以享受三小时的二人时光。

“不行，这样会违反保护令。”阿本说。

阿本说，大概是受到菜头擅自去幼儿园找艾登的刺激，小帆拿先前的验伤单跑去申请了暂时保护令，正式命令还要等法院决定。根据保护令内容，菜头学长不得接近艾登的住所与幼儿园，也不能与艾登为“非必要之联络”。

因此菜头学长不能出现在幼儿园方圆一百米以内，就算在禁制范围外，只要菜头学长出现的目的是要和艾登见面，也可能被认为违反保护令。

阿本说，菜头学长唯一合法见儿子的方法，就是艾登主动去找他，而菜头学长在事前不知情的情况下与儿子“巧遇”。身为菜头学长的律师，阿本能做的最多就是在行动当时帮我们确定菜头学长的所在地点而已，再多做都会陷菜头学长于不法。

喝完三瓶威士忌后，“劫孩见父”的行动纲领总算成形。行动当天由二马开车，停在一条街以外的黄线区，避免引起园方注意；我则等在幼儿园围墙转角处，避开接送室视线。徐妈妈接出艾登后，带到转角交给我，我再带艾登上二马的车，这时阿本传来菜头学长所在的地点，我们就可以带艾登去看爸爸了。

我们又讨论了很多突发状况，例如下大雨、突然要跑步、二马车抛锚之类，讨论到徐妈妈都说难怪我们会是律师，要是用我们这种方法做生意，大概一颗螺丝都卖不出去。

行动当天我特地请了半天的假，提早来到幼儿园附近熟悉地形，只见二马那辆 BMW 大七已经停在黄线区，二马坐在里头啃着热狗堡。我隔着车窗跟他指了指头顶的蓝天，比了个大拇指；他让引擎空转几声，回我一个大拇指。

下午四点十五分，我在围墙转角处就定位，看见徐妈妈下出租车，与我交换个大拇指后便往接送室方向走去。我在原地耐心等待，但直到四点四十分仍不见徐妈妈与艾登过来。我开始焦虑，心想是不是出什么意外了。我又等了五分钟，终于忍不住，将身体偷偷探出墙角，只见徐妈妈牵着艾登，一旁跟着显然是幼儿园老师的女人，正有说有笑地朝我的方向走过来。

我心里呐喊：计划不是这样的啊！老师要是怀疑我是爸爸而联络小帆怎么办？

我正要缩回墙角，却见吴正非大步地从幼儿园大门方向走来，他超过徐妈妈与艾登，与我正好打个照面。吴正非满脸意外与尴尬（我猜我也是），顿了一下才向我打招呼说："艾伦，真巧，你也来接小孩啊？"

吴正非这一招呼，事情就毁了，艾登看到我立刻向我跑来，边跑边说："要去找爸爸吗？"我打手势要他小声已经来不及，我看到那位老师一脸怀疑地看向我这儿，然后不理会一旁拼命解释的徐妈妈，拿起手机便打。

"艾登，我们走！"我拉起艾登的手便走，身后却响起老师高声呼叫保安的声音，我回头一看，只见一名一百九十厘米、肩宽至少六十厘米、身穿黑皮衣、脸戴黑墨镜的彪形大汉从幼儿园中冲出，直线向我跑来。我二话不说抱起艾登便往前跑，心中庆幸之前有沙盘推演到“跑步”的环节，所以我现在穿的是轻便的运动服运动鞋。

我没命地往前跑，跨过一个路口，二马的车已近在眼前，我大喊要他发动，同时也感觉后方追兵的手指已经碰到我的背。我身体往前挺，再加快脚步，但毕竟手上扛了个二十多公斤的孩子，加速有限，才没两步，那保安的大手已经搭上我的肩，一个粗豪的声音说：“不要跑！”

就在我感到绝望的时候，那手松开了，粗豪的声音喊着：“喂……你在干什么……放开我。”我回头一看，只见徐妈妈整个人跳到保安身上，双手遮住他的墨镜，同时用一种电影慢动作的表情喊着：“快——走——”

我没有停下脚步，甚至没有半分犹疑，我抱着艾登跳上车，在二马踩下油门之际，关上车门。我挣扎着爬起身，看向后车窗，对着被保安扣住双手的徐妈妈做了个凤飞飞“感谢您”的敬礼。

车子钻进车流中，我们二大一小仍惊魂未定，二马惊恐地问刚刚那个是谁，我说是幼儿园保安，他问为什么幼儿园要请个魔鬼终结者来当保安。

我叫二马废话少说，问他阿本有没有确认菜头学长的所在地，他说有，在北投的某个公园，阿本还说他叫菜头学长别问原因，在原地至少停留三十分钟，这是阿本能做的极限了。

“三十分钟够吗？”我说。

“都够我们吃顿下午茶了。”二马说着油门一踩，车子如子弹般射出，在新生高架上一“马”绝尘。

我稍稍放下了心，瘫在椅背上重重地喘着气，艾登递给我他的手帕和水壶，霎时间我觉得为这孩子上刀山下油锅都值得。

这时我的手机响了，是小帆打来的，我二话不说直接挂掉，她又打来一次，我依然拒绝接听。过了一会儿，手机又响了，是蒋恩打来的，我接起来。听见蒋恩用高八度的声音喊：“杨艾伦你是不是把徐千帆的小孩带走了？你是有什么毛病吗？绑架人家小孩干吗？小帆吓死了，她问我你是不是恋童癖，还说你是要报复她把你解除委任。”

“我只是要带小孩子去见他爸爸。”

“蔡得禄叫你弄的？”

“不是，是小孩子找我的。”

“找爸爸跟他妈妈说不就好了？”

“说得通就不是徐千帆了！”

我们很快地来到温泉旅馆林立的北投区，根据导航，离目的地公园只剩下五分钟车程。然而就在这个时候，一辆警车在我们车后拉响警笛，并用扩音器念出车号，要我们靠边停车。

“哇，是警车耶！”艾登趴在座位上兴奋地说。

二马显然更兴奋：“这样就被警察吓倒，要怎么当律师？全部给我坐好！”

车子陡然转弯，我和艾登随惯性向左边倒，然后向右边倒，再向左边倒，再向左边倒得更低一点。

“好了，甩掉了。”二马说，“想追上我‘蟾蜍山的藤原拓海’，还早得很嘞！”

“叔叔好厉害，好会开车，我爸爸都开得慢慢的。”艾登开心地说。

我只能说小孩确实是复杂的生物，温良恭俭让的艾登对于我们的“速度与激情”情节显然乐在其中。

“喂，二马，还是小心一点啦，我们又不是重大要犯，不要搞得……”

“又来了，坐稳！”

一阵贴背感，然后又是如云霄飞车般的左摇右晃，二马显然是豁出去了，开着大七在北投街头喋血飙速，但这回警笛声并未消失，更糟的是还多了另一辆警车。

“没办法了，出绝招。”二马方向盘一转，车子驶进一条较小的街道，我的身子还没回正，又是一个急转弯，车子已开进一条狭窄的暗巷中，并且贴着墙边停下。二马快速地关灯熄火，并要我们趴下。我听见警笛声掠过巷口，慢慢远离。

“从成龙电影里学的，帅吧？”

“叔叔超帅的！”

二马又自吹自擂一番，然后重新启动引擎，缓缓往巷口驶去。

此时，一辆警车堵在巷口，扭开远光灯。

虽然是现实生活,但我想我和二马当时的心中都响起了“噔、噔”的音效。

二马切动排挡，沿巷子倒车，但另一端巷口也出现警车，并同样以远光灯锁定我们。

两辆警车自两端慢慢逼近，二马前前后后试探几回后，下决心似的拉起手刹，指着一旁阴暗的防火巷，以悲壮的语气说：“这条巷子走到底就是公园了，你们快走，这边我来扛！”

我将车门推开一条细缝，与艾登尽可能压低身子下了车，并往暗巷内没命地跑。我偶然回头，只见二马高举双手下车，脸上带着平静的微笑，一名警察冲上来将他压制在车上，进行盘查。

我没有停下脚步，唯有以更快的步伐，向光荣牺牲的战友致以最高的敬意。

我和艾登沿着防火巷跑着，他的速度比我所想象的六岁男孩要快许多，我几乎是要全力奔跑才跟得上他。防火巷不仅阴暗，而且堆放杂物，我们得停下来搬开挡路的馊水桶才能继续前进。就这样跑了一阵子，前方天空渐渐开阔，天光洒下，虫鸟渐闻，人声渐响，然后就是……一道两米多的砖墙封住防火巷口。

而后头警察追赶的吆喝声正快速逼近中。

我跳起来试着攀上墙头，但跳了两次都不成功，只好去将刚刚那个挡路的馊水桶拖过来，一抬头只见艾登已经蹲在墙头上，我问他怎么上去的，他说他会攀岩，又说警察追过来，要我快一点。我赶紧将馊水桶推至墙边，站上馊水桶，双手刚攀上墙，左脚已经被人抓住。

“快跳！”我向艾登大吼，同时两脚乱踢，趁着警察松手，我一鼓作气攀上墙，然后纵身一跳，在柔软的公园草地上打了个滚，正要起身，只感觉背上一阵沉重的压力，左手被人抓住往后一扭，巨大的疼痛与绝望令我惨叫出声。

“爸爸！”

“艾登！”

我从土壤与草丛中挣扎着抬起头，只见艾登与菜头学长抱在一起，一旁站着 J.J. 那个高高瘦瘦的 CFO。

“我那时候是真的打算和徐千帆走一辈子的，我以为我可以。”菜头学长苦笑着说，同时将第一泡茶水倒掉。

现在的菜头学长已恢复成当年我所认识的那个菜头学长，原本坚硬的肌肉线条全松软了下来，语气也回到原先的温柔和缓，双眼水汪汪的，似乎随时含着泪。他慢条斯理地沏茶，印度尼西亚裔 CFO 阿玛德则在一旁将凤眼糕盛入小盘分送给大家，一切是如此宁静与和谐，好像今天下午的一场闹剧从未发生过一样。

“婚姻中有太多的现实困难，没有爱情的婚姻是走不下去的。”

菜头学长饮下第一杯茶，长长地呼了口气，如吟唱俳句般做出他的人生体悟总结。

我们所在的是间老旧的平房，斑驳的木门开向一条车子开不进来的蜿蜒小巷，庭院窄仄，只容得下几株山茶，外墙瓷砖剥落，铁窗锈蚀，室内倒收拾得窗明几净，一尘不染，老旧的木制家具在细心磨洗后映出温暖的光泽，果然是菜头学长的风格。

我们坐在开向庭院的和室中，外头庭院飘起山边特有的细雨，空气中混合着濡湿泥土与榻榻米的气味，矮几上开水咕嘟咕嘟滚着，艾登则躺在房间一角，早累得睡着了。

菜头学长看着我说：“我哥过世了，车祸意外走的。走的时候他才刚结婚，在科学园区工作几年，计划生小孩，结果一个酒驾的浑蛋就这样带走了他。”

学长低头擤了擤鼻子，说：“我帮我哥守灵的时候一直痛骂自己，我发现……我比较难过的竟然不是我哥走了，而是我这辈子再也没有做自己的机会了。很丢脸吧？艾伦，那时候我还跟你说什么要真诚面对自己，结果那么多年过去，我还在指望我哥生小孩……我真的很没用。

“那时候我告诉自己：我要自立自强，我靠我哥一辈子了，不能再靠别人了，我要成为一个真正的男人。”

水沸腾了，学长缓缓地注水、沏茶、出汤、斟茶，同时向阿玛德用英文翻译他刚刚说的话。阿玛德轻拍着学长的后背，像在安慰他的丧兄之痛。

“我到美国的第二年遇到阿玛德。”菜头学长为艾登加了件毯子，说，“阿玛德读管理学院，我们是滑雪认识的。因着同样的困扰和遭遇，我们成为挚友。”

“相当痛苦的经验，幸好当时有阿玛德在身边，我差点儿想杀了自己。”学长说，“那时候我只是学着当一个有‘男子气概’的男人而已，我和不同的女生约会，最后会跟徐千帆在一起，就像我刚刚说的，就是客观条件符合做的理性决定而已。

“刚开始一切都很好，我和徐千帆处得不错，艾登出生，我很高兴，我们彼此都有事忙，就没太多时间去想东想西，反而是小孩慢慢长大，我们开始需要真正地面对彼此，才发现我们之间的隔阂比想象的还要难跨越……一切就是这样了。”

“你回台湾是计划好的？”阿本问。

“对，那时候觉得很完美，隔着太平洋大家就可以互不打扰，‘我老婆带着小孩在美国’，超完美的挡箭牌，只是我没想到徐千帆也找了台湾的工作。嘿，世事难料，早知道应该去马达加斯加的。”

我在心中比较着菜头学长与小帆的说法，怎么说呢？像两个人共乘一艘原本就破了底的船，只是比谁先跳船而已。

“学长，”二马突然说，“杨艾伦说你在工作的时候很挑剔，他上次开会差点儿要揍你，有这回事吗？”

我抗议说："我没有说要揍人。"

学长笑着说："真的吗？其实我是学你的耶，艾伦。我是有意识地学你说话走路的方式，学你挖苦别人的口气，还有你那种笑起来很嚣张的样子……不像吗？"

"我？我讲话哪里有那么油？"

二马说："你就是那么油。"

阿本说："有时候更油。"

学长继续说："我以为我学得还不错嘞，我一直觉得……徐千帆会接近我，是因为在我身上感觉到你的影子。她没有跟我提起过你，但我知道她心中一直有你。"

"你怎么知道？"

"第六感吧……哦，还有这个……"学长从一旁的包包中拿出一支钢笔摆在桌上，是上面刻有"L & F"的那支。

"这是你和徐千帆的对笔，对吧？其实我完全可以理解徐千帆今天的愤怒，因为当我发现她将这支笔送去维修的时候，我也非常生气。那家店离我们家一百多公里，她来回跑了两趟，一趟还下着大雪——平常下雪她几乎是不出门的。那时候艾登才几个月，她骗我说是去跟教授开会，结果是花一整天去修理这支几千台币的钢笔。"

菜头学长在指间转动着钢笔，继续说："我是在垃圾堆中翻到收据才知道这件事的，当时我非常火大，火大到……我做了很幼稚的事。我假装在她的书桌上发现这支笔，惊喜这是她要送给我的礼物，上面还刻了我们名字的缩写！我看她一脸心虚，想解释又不敢解释的样子，就觉得自己赢了！……蠢吧？我觉得蠢透了，根本不知道在气什么，也不知道赢在哪里。那时候我自己也搞不懂，我和徐千帆又不是‘那种关系’，她心里有别人我没理由生气，或是说……我有什么资格生气。

“一直到那天阿本告诉我，你跟他说，婚姻是承诺，我才豁然开朗。”他摇摇头，苦笑说，“所以这么多年，我其实根本没把这段婚姻当一回事，是我对不起徐千帆，她要从我这边讨走什么，我都无话可说。”

“但你还是不同意公开道歉。”

“我可以公开道歉。”学长说，“我会想办法安抚我妈妈，虽然我还没想好什么方法，但总会有方法的。我需要时间，只要一点时间就好，我会尽力满足徐千帆的要求。”

“男人。”

一个女声从我背后传来，我转身，只见徐千帆拉开和室拉门走了进来，她身后跟着蒋恩。

“天啊，这房间里关系超乱的。”二马低声说，我笑不出来。

小帆没有理会起身相迎的菜头学长，她直接跪坐在艾登身边，端详孩子的睡颜，然后像松了口气般笑了笑，亲亲孩子的额头。

“对不起，帆，是我叫他们把艾登带来……”菜头学长说。

“不要乱道歉，这样会让道歉变得很廉价。”徐千帆抬头说，

“我妈都跟我说了，如果艾登真怎么样，要杀我也是杀杨艾伦。”

我抖了一下，只差没磕头大叫“娘娘饶命”。

“抱歉。”菜头学长低头说道。

小帆站起身，肩膀发颤，脸部表情痛苦，我看得出来她有意思殴打眼前这个人，但不知道怎么下手。许久，她才用一种勉强平稳的声调说：“这房子哪里找的啊？”

“租屋网站。”菜头学长说，“空了很多年了，租金很便宜。”

“怎么会找这种地方？我们刚刚找了半天都找不到门口。”

“比较清静吧。”学长说，“现在这种老房子也不多，很宝贵的。”

“你应该帮艾登包尿布，他尿床会毁了你的榻榻米。”

“他不是早就不包了吗？去年就停掉了。”

“对，可是最近又开始尿床，可能是因为压力太大。”说到这里小帆突然“哇”的一声哭了出来，菜头想去抱她，她将菜头推开，瘫坐在地上，越哭越大声。

“帆，对不起，一切都是我的错，我一定会尽全力弥补你……”菜头学长跪在小帆身边拼命道歉，但止不住她的崩溃，她趴在地上，哭到全身抽搐。菜头学长着急地看向我，二马与阿本也看向我，甚至连蒋恩也看向我。

我走上前去，轻声说……

“妈妈不要哭。”

艾登不知道什么时候醒来，他爬过来，抱住小帆的头，说：

“妈妈，对不起，我不应该自己跑出来的，害你担心，对不起。我只是很想很想爸爸，艾伦叔叔很保护我，我们很安全的。妈妈，你不要生他的气啦，你也可以跟喜欢的人在一起啊，像……你可以跟二马叔叔结婚啊，他开车很厉害耶，我想再坐他的车……妈妈，不管你跟谁结婚，我都不会离开你的，我会一直跟你在一起，我真的很爱你。”

小帆抬起头来，抱着艾登又哭了一会儿，然后说：“谢谢你，艾登，但可以不是冯二马吗？他车开得超烂的。”

那天我们留到很晚，将离婚协议书签妥。一群律师一起拟一份离婚协议书超没效率，七嘴八舌，连要签名还是盖印章都有不同意见。最终小帆与菜头签了名，二马与蒋恩则签了见证人。之后还得去户政事务所办登记，那是后话了。

小帆离开的时候，在我面前停下脚步，轻轻说了声“谢谢”，我以为她会给我一个拥抱——友情的或爱情的，但她没有，她跨进驾驶座，和大家再说一次再见，红色本田发动引擎，两盏车尾灯缓缓地消失在雨雾之中。

我想，以后大概不大有机会再见到小帆了吧。

第二天天气晴朗，上班尖峰时刻车潮汹涌，行人脚步匆促，都市生活一样忙碌而平凡，昨天的冒险好像只是梦一场。

我进办公室，财务人员跑来找我，说收到一笔二十万元的汇款，汇款人是徐千帆，标注的是我的名字，问这笔钱是什么原因。我告诉他案件编号，然后将关于这个案子的文书、电子文件整理一番，连同银行汇入汇款通知转寄给汤玛士、廖培西与秘书，表示案子结束，可以办理结案。

廖培西三分钟不到就跑来我办公室，关上门问案子怎么结的。我将来龙去脉告诉他，听得他惊呼连连，直说我们胆大包天，他又问警察那边怎么摆平，我说哪有什么方法，当然是排成一排拼命道歉，徐千帆又在电话里说不追究才没事……其实有事啦，二马超速、蛇行被罚了七千元。

汤玛士接近中午的时候才回了个“做得好”，也不知是在指什么。

汤玛士的回信倒让我想到升合伙人的事。依惯例，事务所调整人事的时间固定在五月左右，如果今年真的要升一个受雇律师上去，那现在应该要有动作，至少知道候选人有谁，甚至候选人应该已经面谈过了，但目前连个风声都没有。

我借着拿文件给汤玛士的秘书时探了探她的口风，她说农历年前好像有开过一次会，但也没交代秘书准备什么。

我直接跑去问布兰达，她也说农历年前合伙人们有开会，但好像在人选问题上卡住了，可能之后会再开会讨论吧，但也有可能今年就不升合伙人了。

“会担心吗？”布兰达问。

“还好啦，”我耸肩说，“领到钱就好，合伙人就是个头衔而已。”

当然，我们都知道这是违心之言，除非接案状况太差，要不然合伙人领的钱还是多出受雇律师一截，而且还能参与事务所的管理；当然有些人习惯当闲云野鹤，钱赚够就好，专心做案子，不想掺和政治，那就不会积极争取升职，但我觉得既然有升上去的机会，就应该拼看看。

前年做非讼的一个合伙人离职，艾瑞克便问过我有没有升上去的意思；这年我接进来台磁这件大案,按说“业绩”是够了，但布兰达却说升职人选难产，难道说真的是……

这问题一直盘旋在我脑子里，乃至于我吃饭超过午休结束时间才回办公室，一进门秘书就喊说艾瑞克找我。我心头一喜，进了艾瑞克的办公室，却见蒋恩、布兰达都在。

“跑到哪里去了？一直在找你。”蒋恩说，“台磁说 J.J. 美国总公司的 CEO 下个星期到台湾，要找台磁谈。”

14
你读过张爱玲的《红玫瑰与白玫瑰》吗?

“你读过张爱玲的《红玫瑰与白玫瑰》吗？”

“没有，讲的是什么？”

“就是在讲佟振保……算了，主要是说，每个男人都会有两个女人：情妇与妻子，情妇是红玫瑰，热情如火，风花雪月，胡扯瞎搞；妻子是白玫瑰，清白纯洁，衣食住行，维护社会体面。结论就是：男人得到一个就会想着另外一个，总是不会快乐。”

“学长，我觉得结论是你自己加的。”

“或许吧，但这是真的，你没听过很多故事吗？已婚男人整天在外面搞七捻三，偏房、小三、饭局妹，一个换过一个，但就是不离婚，原配说要离，男人还会哭着求她留下来。”

“应该因为是商业巨鳄的女儿吧。”

“不是，因为男人需要原配，和一个女人在一起太久的男人就会变得无能，只有原配才能帮他处理财产、讨论怎么照顾年迈父母、讨论过节要送什么礼物，外面那些女人可能很聪明很漂亮，可以讨论尼采，可以弹琴吟诗，但不能讨论真正重要的事情。”

“听起来就是要个老妈子，男人只是担心自己没有老妈子就活不下去。”

“简单来说，情妇给的，妻子给不了，所以男人会外遇；但反过来说，妻子给的，情妇也给不了。站在男人的角度，没了红玫瑰会很痛苦，但红玫瑰想扶正，男人也不会同意。”

路雨晴说：“所以我是那朵白玫瑰吗？”

“你是你前男友的白玫瑰吧。”我说。

关于“台磁—J.J.”高峰会，J.J. 建议的地点是位于台湾中部山区的康堤纽斯大饭店。台磁方面的第一反应是：选那么偏远的地点必然有诈，老董事长还说这是“鸟鼠仔入牛角”，瓮中捉鳖的意思。

J.J. 的人随后解释，他们老板主要是去视察康堤湖边三百公顷的“光电园区”预定地，J.J. 已经有九成的概率标到这个案子，预计完工后发电容量一百七十兆瓦（MW），超越彰滨工业区电厂成为台湾最大的太阳能发电计划。J.J. 还顺便发了个询价单过来，问一百兆瓦以上的太阳能模块怎么卖，老董事长马上指示应邀赴会，还说这是“明知山有虎，偏向虎山行”；我觉得“有钱能使鬼推磨”比较贴切。

台磁包了两辆游览车，二十几位同人浩浩荡荡地来到饭店。这是间相当高档的山区度假饭店，饭店建筑主体位于悬崖上，一览群山环绕的康堤湖；饭店还有广大的休闲园区，提供各式各样的游憩设施。在阴雨绵绵的都市丛林中待久了，见到青山绿水令人心神畅快，大家拿出手机照相照个不停，当然，这也是 J.J. 的谈判策略，心情好一切都好谈，即便是最艰困的条件也一样。

虽然很琐碎，但我觉得值得一提。这场“高峰会”的排场是我见过最假俳[1]的，J.J. 租了饭店最大间的宴会厅，摆上两排长长的会议桌，二十几名主管成排站在面湖的落地窗前，J.J. 美国总公司的 CEO 唐纳森则单独站在会场中央，他是个一百九十厘米、眉发都是金色、胸肌鼓胀、手臂比我大腿还粗的白人，他的双手合握于裆前，双脚张开与肩同宽，脸上微笑带点轻蔑的神情，活像个准备将来人痛揍一顿的摔跤选手。

不过台磁这边气势也不输，老董事长一身上白下黑的唐装，颈戴菩萨手挂佛珠，脚踩外八大步走进会议室，脸上表情似笑非笑，眼皮半合，仿佛功力深不可测，令人忍不住想喊一句：“董事长，切他中路。”他身后一众台磁的干部也是个个精神抖擞，面目狰狞。

我们进场时，喇叭里播放着贝多芬第九交响曲第四乐章，仿佛暗示将为这场长达半年的战斗画下句号。

其实早在公开收购结束之后，J.J. 便透露出想谈的意思，毕竟 J.J. 虽然买到足够的股份，但台磁澄清假新闻后股价回升，J.J. 最终收购成本较原先预计的高出四成，据说已相当程度影响

1　假俳：装模作样。

你读过张爱玲的《红玫瑰与白玫瑰》吗?

J.J. 的财务周转。台磁私募又将 J.J. 持股稀释到三成以下，等于丧失原先收购的目的。简单来说,这是场互换“七伤拳”的大战，换到现在双方均是内伤沉重，不得不握手言和。

会议进行两天，所讨论的策略合作架构相当复杂，原则上，J.J. 放弃并购台磁，双方转为策略伙伴，签订数个商业与技术合作协议，J.J. 锁台磁的产能，台磁锁 J.J. 的通路，双方并同意合资成立数间小公司来促进策略联盟的进行。

J.J. 抛出最大的诚意便是邀请台磁到美国设厂。唐纳森亲自解释说，美国新政府大行贸易保护主义，自外国进口太阳能产品成本越来越高，不如直接在美国设厂生产，如此不但可以享受美国政府的优惠，还能就近支持 J.J. 在拉丁美洲的扩张。

唐纳森秀出一张工厂照片，说这是威斯康星州某老牌太阳能电池厂，已经被 J.J. 百分之百买下来，J.J. 同意让台磁技术出资占三成股份，并将经营权交给台磁团队，条件是一年后产量增加三成，但成本要减少三成。

我看得出来这个提案使台磁的人心动不已，这等于不花一毛钱就多了间美国厂，还能打开台磁产品在拉丁美洲的市场，简直是天上掉下来的礼物。至于增产降成本的目标……这有什么问题，这是台湾人最在行的，拿皮鞭抽打工程师就可以了。

谈判过程中卡得最久的还是台磁本身经营权的结构，唐纳森先是开口要九席董事中的四席，遭到老董事长严词拒绝，唐纳森于是退一步要三席董事加一席监事，老董事长仍拒绝。唐纳森表示 J.J. 现在身为台磁第一大股东，这样的安排应不算过分，老董事长则戗声说要不就真开场股东会选选看，看 J.J. 是不是真能拿那么多席。

意外的是，出来排解僵局的竟然是卢森堡基金的白胖总经理。卢森堡基金在峰会前便表示想通过视频参加会议，台磁与 J.J. 也都同意。在前面的讨论中，白胖总经理总是一箍槌槌[1]地坐在屏幕彼端，除了自我介绍外不发一语，这时两位主角相持不下，白胖总经理突然跳进来打圆场。他表示依照之前的私募协议，基金这边应该分到“二董一监”的席次，为维持平衡，基金可以放弃那席监事，J.J. 与基金各取两席董事位置，吴家占四席，剩下一席留给少数股东。

不过白胖总经理还开出一个相当耐人寻味的附带条件：他希望看到他的老朋友彼德——也就是吴正非——进入董事会。

会议为此中断数次，在台磁这边无数次沙盘推演、在其他领域多要到一些好处后，双方终于达成协议。双方随即借酒店场地举行在线记者会，在镜头前签名画押并开香槟；这是艾瑞克给台磁的建议，之前吃过美国人出尔反尔的亏，这次添加些“仪式感”，将交易敲得扎实些。

待一切告一段落，老板们便勾肩搭背地去餐厅开庆功宴（听说菜式有 A5 和牛排、黑鲔鱼腹肉三明治与一人一只波士顿龙虾，

1　一箍槌槌：形容肥胖、傻头傻脑的样子。

搭配82年拉菲，全部J.J.买单），我和蒋恩则留在会议室整理文件。吴正非本来要拉蒋恩一起去参加庆功宴的，但总算蒋恩敬业（而且有义气），留下来陪我做手工。

J.J.那边留下来工作的是法务部的杰瑞与他们聘请的外部律师，路雨晴则不见人影。两天会议过程中，路雨晴一直坐在唐纳森的后面，为第一排的老板们递文件，偶尔交头接耳一番。杰瑞之前说路雨晴实际上接了菜头学长法务长的工作，她去庆功宴而不是跟我们这些“贱民”做手工艺也是相当合理的。

所有资料整理、核对完毕后已是晚上九点，杰瑞热情地邀请大家去喝一杯，不过醉醺醺的吴正非很快就过来把蒋恩拉走了，我觉得只有我一个人没趣，也就婉拒了杰瑞的邀请。

我回房间洗澡换衣服，想吃东西又不想去酒吧或餐厅与其他人碰着，客房服务菜单上的食物也不甚吸引人，我于是打电话询问柜台附近有没有步行能到的餐厅，便利店也可以。柜台小姐细声细气地说这边地处山区，这个时间几乎找不到营业的店家，唯一的可能是从饭店侧门出去，沿悬崖顶端步道走约十分钟有间小吃店，通常会开到比较晚，但也不保证现在一定还开着。

我道声谢，正要挂电话时心念一动，又问柜台J.J.公司的路雨晴小姐房号几号。电话那头传来敲打键盘的声音，那小姐困惑地说，订房数据上没有路雨晴的名字。

可能是与同事合住一间吧，我想，做法务长的工作却要跟人家分双人房，美商还是讲究年资的嘛。还是有可能，与她同住的不是女性，而是……想到这里我拿起手机便想传信息给她，但想想还是算了，都说了不要再见面，又何必呢？

我起程前往那神秘的小吃店。这是个晴朗的初春夜晚，山区气温偏低，但并不难受，山风湖风中带着城市里连想象都是奢侈的清新气息，令人精神振奋。远离饭店不过数分钟，四周便已陷入黑暗，黑夜高山湖泊的绮丽也越显震撼，星空如穹，自环湖的山棱线延伸至天顶，中心是一轮皓月，正对着她水中的倒影，夜风吹起，风鸣树响涟漪万起，我只感觉自己无比渺小，不知道整天在文辞句读上争执所为何来。

这时候我的手机响了，是苏心静打来的。我接起手机但拒绝视频，她问为什么，我说不想要手机的光线破坏湖上的夜。

“哦，黑暗、寂静的湖边吗？”小静说，“你该不会旁边也有个刚认识还喝得烂醉的女生吧？你还把人家的手机丢到湖里。”

我说如果是个高高的、黑黑的女生就好了。她说我没礼貌，什么叫“黑黑的”，是“健康”。

我们边走边聊，她说她刚看到台磁的新闻，想说找找看有没有她未婚夫英俊的身影，可惜只看到吴正非。她说吴正非好像越来越帅了，我告诉她吴正非与蒋恩在交往的八卦，她惊呼连连，怪我竟没早点告诉她。

我告诉她我后来送燕窝给她爸爸，苏爸爸看起来恢复得很好，我还陪他去公园走了一圈。她称赞我很乖，还说就因为那盒燕窝，她妈已经在小区把我宣传成人类史上最佳准女婿。

我们又讨论了上次她回来去看的那间饭店，她说后来她又和那个经理谈了几次，就决定订下去了，时间是十二月，桌数就简单抓他们家亲友几桌。“你那边的话……就看你什么时候能搞定。”

“还有那间房子。”她接着说，“屋主同意租了，而且同意从六月开始租，还要改装潢。我妈说在我回去之前，租金她出。”

“你妈到底多爱出钱？”

“你不要这样啦。”她柔声说，“我们就先住住看嘛，反正是租的，不喜欢再换。”

这时我看到了那间小吃店，位于悬崖下方、两山之间，紧临湖水，大概为了适应地形吧，房子的格局很怪，从上往下看呈“W”形，而且邻近一带就它一栋房子，周遭人烟全无。

我这才打开手机视频、分享我的视角，小静说：“你确定那间是餐厅？你确定老板不会把你做成叉烧包？”

“所以要开镜头让你帮我做证啊，等一下要是镜头关了，你就……好好再找一个男人吧。”

店门口的招牌写着“名产、饮料”，没有店名，透过玻璃门，店里头空无一人，昏暗的灯光中隐约夹杂着电视屏幕闪烁的光线。我推门进去，一男一女同时回过头来。

“请问还可以吃饭吗？”我问。

“随便坐。”那女士面无表情地说。她是位瘦小的中年女性，一身素白，五官算是漂亮，但神情语气淡漠，动作轻飘飘的，仿佛红尘俗事皆与她无关。我总觉得她有些面熟，但又想不到任何我会见过这位绝尘女鬼……不是，绝尘仙姑的可能性。

“吃什么？”她递来菜单，依旧没有表情。我点了白饭、山猪肉、过猫[1]，又问有没有湖鱼。她说只剩一尾，我说我要，她就把菜单收走，坐回去看电视。这时一旁的男士起身，缓缓走向后方的厨房，他的身材高大，肩膀厚实，穿着吊仔[2]，似乎没将山区低温当一回事。

“那个老板左手是义肢。”小静低声说，“我知道了，他们是……杨过和小龙女！”

我笑出声来，老板与老板娘同时回头瞪向我，我赶紧收住笑，点头示意。

“我真觉得你会被宰了吃掉。”小静说。

“那至少先让我饱餐一顿吧。”我说，“我闻到麻油的味道了，麻油过猫超下饭。”

“麻油也可能是为你准备的。”

“最好是。”

“我爸不喜欢用麻油炒肉。”路雨晴说。我转过身，只见她

1　过猫：一种蕨类植物。——编注

2　吊仔：无袖背心、男性内衣。

穿着帽T运动裤站在那儿，头发还沾着水汽，“欢迎来我家啊，学长……嗨，学姐，好久不见。”

“我爸之前在湖管处工作。”路雨晴指着湖对岸一处光点说，“前几年饭店这边发生命案……你知道吗？他们董事长被枪杀那个案件，我爸的下属被卷进去了，最后被判刑，跟他没有关系，他还是觉得自己有责任，就申请退休了……你说他的左手吗？那没有关系，那是更久以前处理湖上船只事故发生的意外，那时候我才……小学还是幼儿园吧？我记得我抱着我爸的断手哭了好久，想说爸爸再也不能抱我了。”

我和路雨晴坐在小吃店后方门廊上的“贵宾席”，听着湖涛有节奏地刷洗着前方的鹅卵石滩，涛声平缓，我的呼吸也跟着慢了下来。

刚刚小静与路雨晴聊了好久，两个女孩叽叽喳喳聊着纽约生活、台北工作种种，赞美食物，消遣男人，像真正的姐妹淘一般。我们也跟路爸爸和路妈妈打招呼，但他们只是浅浅微笑响应，没多说什么。

“然后我爸就开了这间店……呵，我跟他们说，在这地方开店根本不会有客人吧，而且我爸妈那种闭思[1]的个性，你也看到……我很担心店会倒。”

1　闭思：指内向害羞。

“所以你说你要去工作。”

“对啊……结果我考试考不上，他们这间店反而开了好几年，生意还不错嘞，网络上有人说这里是‘绝情谷’秘境，老板夫妇是‘神雕侠侣’。”

“所以你是那只大雕。”

“你才是大雕嘞。”她笑着说。我本来想开玩笑，但看她没意识到自己说的话，我便止住了。

“所以你和小静学姐……和好了？”路雨晴远眺湖面，端起小米酒喝了一口，看似不经意地说。

我同样喝了口小米酒，香甜，没啥酒味。

“也没什么和不和好……两个人在一起就这样，高高低低的，只是有时候话不好说开而已。”

路雨晴没马上回答。我偷偷观察她的表情，是感伤或不甘心吗？她轻轻噘了噘嘴。

“前几天我前男友给我发消息了。”路雨晴说。

“干吗？找你复合？”

“他说东莞一间公司出钱挖他，问我应不应该过去。”

“他要你跟他过去？”

“没有。”路雨晴说，“他就问他自己的事。”

“你给他什么建议？”

“我说如果能学到东西、工作有前景的话，那就去啊，我们这年纪，钱应该是次要的。他就说那他不去了，那间公司是游资堆起来的，钱很多，但前景没有。”

我笑着说：“就这样？不是要找你复合？他有女朋友吗？”

“有啊，他还问我应不应该带他现在这个女朋友过去，我说拿这种问题问前女友也未免太过分了吧。”

我喝了口酒，说：“你还喜欢他？”

路雨晴想了一下，说：“之前还有点舍不得吧。这次聊下来，我觉得好像……好像比较好了，好像真的可以当朋友，只是我不知道……跳槽这种事干吗问我，干吗不问他现在的女朋友。”

“你没问他？”

“有啊，他说他女朋友就是……比较会玩那种，只知道包包和香水。而我在工作，对这方面比较了解一点。”路雨晴说，“我和他在一起那么久，他根本就没有送过包包给我。”

我说：“你读过张爱玲的《红玫瑰与白玫瑰》吗？”

我们聊了一会儿关于男人如何将女人分门别类的话题，其实我是想说，她或许是她前男友的白玫瑰，但她是我的红玫瑰，不过这么大胆的告白我终归没说出口，话题到了一个段落便无以为继，我们只是安静地吃饭喝酒。菜肴均盛在有酒精蜡烛的磁盘上保温，因此即便户外气温低，仍不会吃到冷菜，我想路爸爸和路妈妈经营餐馆仍有其细腻之处，不是只靠特立独行当招牌。

“你从小就住在这里吗？”我换个话题问。

“对啊，我的房间就是那间，想看吗？”

“那你怎么上学？这走出去到公路还有一段距离吧？”

“搭船啊。”路雨晴指着湖畔一艘船筏说，“以前有交通船，一天三四班，我爸早上就和我们三个小孩搭船到对岸码头，他上班，我们搭校车去上课。后来交通船的船东过世了，我爸就把船买下来，你想搭船可以找他。”

“天气不好怎么办？”

“没差吧，浪大一点而已……枯水期才可怕，船不开的话，要提早一个小时起床搭公交车。”路雨晴说，“对你们都市人来说，这种生活很稀奇。”

“我不算都市人吧，我家那边也都是田啊，还有很多虫子，只是不像你家那么特别。”

“我超怕虫子的！”

“我以为山里面小孩不会怕虫子。”

“我弟我妹都不怕，但就我超怕，看到蝉都尖叫，他们都觉得很烦。”路雨晴说，“就是不喜欢嘛，我觉得昆虫和异形差不多，都会咔吱咔吱响，还黏黏的。”

“那你小时候都在干吗？看电视？”

“游泳啊，在湖里面游泳。”路雨晴指着悬崖上方说，“我会从上面跳下来，就像跳向一整片天空一样，超过瘾的，离开这里，什么游泳池的跳水台都没意思了。”

路雨晴说得兴高采烈，喝了杯酒继续说：“不是有什么泳渡康第纽斯湖的活动吗？一堆人挤破头要报名，我中学就在泳渡的……交通船开到湖中央，制服脱了就跳下去，一路游回家，我爸还开我罚单，然后自己缴罚款，哈。”

我想象少女路雨晴脱去尼龙材质的制服、穿着棉质小可爱、在湖中自在游泳戏水的画面。我想在场男同学应该都会一起跳下去，借戏水之名趁机揩油，然后说这就是青春。

“学长，要游泳吗？”路雨晴说着站起身，向湖边走去。

“现在？”

“对啊，要不然明天吗？”她回眸一笑，跟着脱去帽T与运动裤，姣好的身段令人不敢逼视，她纵身跃入湖中，向我招手说，“来嘛，学长，快点来。”

我快速地脱去衣物，穿着四角裤奔进湖中，湖水冰冻，我全身一阵痉挛，忽然间一道温软的躯体滑入我的怀中，路雨晴的大腿缠上我的腰，双手勾住我的脖子，微笑着说：“学长，喜欢吗？”

“喜欢。”我说。

“喜欢什么啊，学长？”我回过头，只见路雨晴一脸狐疑地看着我，我赶忙说没事，喝酒吃菜掩饰窘态。

我们又聊了一阵，时间不早，我帮忙简单收拾一下便告辞回饭店，走到前厅只见路爸爸和路妈妈还是坐在那边看电视，餐桌旁却多了个客人，正大口地扒着白饭，是个高大的外国人，是J.J.的CEO唐纳森。

我和路雨晴惊叫出声，路雨晴上前问唐纳森怎么会在这里。唐纳森倒是一派冷静，手上筷子不停，只说他来吃饭，还问路雨晴这是不是她家。路雨晴惊讶远在美国的大老板竟连台湾一个小员工的住家地址都一清二楚，唐纳森说没这回事，他只是刚刚跟老板聊了一下。

“你会说中文吗？”路雨晴问。

“谢谢，就这样……这样算会说吧？”

“那你怎么跟我父母说话的？”

“我们说克林贡语……开玩笑的，当然是说英文。”

“我不知道我父母会说英文。”

“孩子通常都不知道父母会什么。”唐纳森动了动手上的筷子说，“我儿子带我去中国餐厅，他就是不肯相信我会用筷子，吩咐餐厅只给我刀叉，我只好把寿司切成一小块一小块地吃。”

“有寿司应该是日本餐厅吧。”

“但我也吃了左宗棠鸡。”唐纳森笑着说，“美国大部分的日本餐厅都是中国人开的，就像你们这边的美式餐厅会供应墨西哥菜一样。”

在整段对话过程中，路爸爸路妈妈只回头看了我们一眼，其余时间均闷不吭声地盯着电视。

唐纳森穿着轻便的T恤，和白天看似上场前的摔跤选手相比，现在的他看起来就是个下了班的摔跤选手。他说饭店餐厅里头那些食物他都吃腻了，公务应酬也不可能真正吃饭，所以他出差总爱三更半夜跑出来吃点当地的食物，像这个鱼，要是他没来这儿，还不知道世界上有那么好吃但刺又那么多的鱼。

我看着桌上那尾吃了一半的湖鱼，心想路妈妈刚刚不是才说只剩一尾吗？果然这间餐厅能生存绝非偶然。

“这是你男朋友？”唐纳森问。

“不是，他是台磁的律师。”

“你好，史密斯先生。”我自我介绍，“我叫艾伦，很荣幸这次有机会与您合作。”

“你们这次做得很好，非常出色的工作。但是我有一个问题，”唐纳森说，“为什么你不喜欢我们家芮妮？她是如此可爱的淑女！”

路雨晴说：“史密斯先生，请不要开那么无聊的玩笑，艾伦有女朋友的，而且在美国。”

唐纳森说：“就是这个精神。”

唐纳森又与我们聊了一些世界趣事。不得不承认，虽然唐纳森看起来像个摔跤选手，但至少是个健谈的摔跤选手，而且没有架子，什么都能聊。路雨晴将刚刚跟我说的“高山湖童年记趣”再说一遍，唐纳森听得相当开心，回报以他在路易斯安那州长大、从炼油厂工人的小孩变成再生能源经理人的故事。

我多数时间都在旁边默默听着。不知道为什么，我发觉自己很难自在地与唐纳森聊天。

“你觉得我是个坏人是吗？艾伦。”唐纳森突然对我说，“邪恶的美帝国主义，要吃掉你们台湾的公司？”

非常敏锐的察觉力。我说：“我是这个案子台磁的主要律师，我做这个案子快八个月了，所以可能我还没从那个角色跳出来。”

“这只是生意。”唐纳森笑着说，“当初我们会做那样的决定，也是看重台磁的潜力，如果是其他公司，可能还不会出像我们这么高的价钱。”

“但他们会用假新闻来压低目标的股价吗？”

话出口我才惊觉我有些醉了，我看见唐纳森收起笑容，严肃地说：“我不喜欢被无端地指控，年轻人。我知道台磁很多人都怀疑是我们J.J.做的，但我可以保证：没有。我们做了内部调查，确定J.J.里面没有人做出这种事。我们是生意人，不是骗子。”

唐纳森恢复了笑容，又说：“但是，做得好，就是这个精神，你是个很好的律师。通过这起案件，我发现你们这边的年轻人都很优秀，例如麦可，我真的很喜欢这个小伙子，可惜他离职了。”

“他现在很好。”我说。

“你认识他吗？他现在在做什么？”

我稍稍提了一下菜头学长的近况，当然只限于能说的部分，唐纳森很欣慰地点点头说：“我希望他一切都好，他曾是我很得力的帮手，非常出色……当然，像你与芮妮都是优秀的年轻人。对了，还有台磁的彼德·吴，他会是个了不起的人物，他是一个很干练的经理人，并且低调，我很喜欢他，他的法文说得比我还好。”

路雨晴笑着说："史密斯先生，你会说法文吗？"

"当然会，"唐纳森说，"你们知道路易斯安那州原本是法国的殖民地、被拿破仑卖给美国的吗？我的父母亲年轻的时候，学校还只用法文上课呢，只是现在年轻人说法文的越来越少了，说西班牙文的变多了，还有说中文的。"

唐纳森与路雨晴又聊了一阵子有关路易斯安那州的历史，但我已经无心参与，我满脑子都在想着吴正非的事情，感觉我搞错了什么很重要的事。

唐纳森离开后，路雨晴也叫我快点回去休息，我坚持帮忙收拾桌面，还帮忙拖地、关灯、关店面。路爸爸和路妈妈面无表情地说了声"谢谢"，就手牵手回房间去了，搞得路雨晴有点尴尬，一直跟我道谢。

"我想请你帮个忙。"我说。

"什么忙？"

"一个很困难的忙，只有你做得到。"

15

不要只想着要教给孩子什么，也要从孩子身上学习

“‘学而幼儿园’的‘学而’，取自《论语》‘学而时习之，不亦说乎？’这句话不只是说给孩子听的，也是说给大人听的。我常常跟我们同人说，从事幼教工作，不要只想着要教给孩子什么，也要从孩子身上学习，你才有机会变成更丰富、更好的大人，然后教给孩子更多，我们‘学而’的办学宗旨就在于‘教学相长’的良性互动。”

“可是可以从这么小的小孩身上学到什么呢？屁屁侦探吗？”

“那是有形的部分，还有很多无形的东西。例如无条件、真正的爱，孩子对你的爱是最纯洁无瑕的，没有任何条件，没有任何保留，他们爱你就是爱你，你只要回应他们，他们就非常快乐。我常常就想，在我们长大的过程中，到底是从什么时候开始，我们丧失了这种爱人的能力？我们爱人必须有各种条件、负担，要用物质、法律、信仰去限制我们的爱，甚至我们爱了却感到痛苦……什么地方出错了，让我们变成一个冷漠的大人呢？我一直在向孩子学，大概就是在学这个。”

“老师，你真的很喜欢小孩。”

“我自己有三个小孩，也都大了。”赵老师微笑说，“现在年轻人不想生，我都理解，带小孩真的辛苦，但我还是鼓励年轻人试试看，并不是说要传宗接代、养儿防老啦，或是什么不生小孩人生有遗憾。我劝大家生小孩的原因是，跟着孩子成长真的挺有趣的，好像自己又活了一次一样。”

赵老师看着我和路雨晴说：“像两位这样就很好，年轻一点生孩子，更有体力带小孩，你们的宝贝一定非常漂亮，我很期待他来我们‘学而’就读。”

台磁与 J.J. 世纪大和解的新闻炒了一个多星期，多数媒体都称这是台磁的大胜利，一间英文媒体更称赞台磁“有如一头刺猬般顽强地抵抗狮群的进攻，直到狮子不得不分享猎物”。但也有媒体认为台磁被引诱至美国生产，可能会落入美国新重商主义的陷阱。

八卦媒体也从政党初选的新闻中挪出若干版面给台磁吴家，老董事长婚外情的新闻被冷饭热炒一番，吴正非与吴明过两兄弟的矛盾也被拿来当话题，有位记者写道：虽然弟弟吴明过稍早被扶正为总经理，但此次对 J.J. 的抗战中，“大阿哥”吴正非立下汗马功劳，台磁的夺嫡之战，好戏恐怕还在后头。为了这篇报道，吴氏兄弟还开了场记者会，现场两人互开玩笑吐槽，最后还来个拥抱，证明兄弟齐心，其利断金。

这些报道倒还没涉入吴氏兄弟的私人生活，蒋恩并没有曝光，也没看到其他花边新闻。

我的工作节奏也稍稍缓了下来，于是我请了几天假，研究幼儿园的事。

我压根儿没想过我会和这间幼儿园再有瓜葛。根据网络数据，“学而幼儿园”是台北市排名前十的幼儿园，具备蒙特梭利方法、双语师资、极低师生比、宽广活动空间，以及整齐的家长素质等诸多优势，因此即使学费不菲，家长们还是挤破头想将小孩送进去。网络普遍说法是入学前一年就要开始排队，有人说两年，还有人说小孩刚生出来就去报名的。

我没想到连幼儿园都有排名，以后可能连托婴中心都有“TOP 10”了。

我请路雨晴伪装成一个一岁小孩的妈妈，打电话给幼儿园预约参观，之所以请她打是因为我觉得由女性出面比较不会引起怀疑。

参观当天，我们先约在离幼儿园两个街区的快餐店碰面。路雨晴穿了素色的长裙与宽松的条纹衬衫，脚上是平底鞋，头发简单绑了个马尾，她在我面前转了一圈，说：“怎么样，这样像有一岁小孩的职业妇女吗？”

我微笑说：“像，而且老公应该会想生第二胎。”

去幼儿园的路上，路雨晴问我为什么要搞这一出，我说是为了吴正非。我告诉她我和吴正非认识的经过，从大学到现在的印象中，吴正非就是个好相处的帅哥，但他球打得很烂、法律不强，靠家族关系当上法务长，当得也只能算平庸。

然而那天湖畔夜谈，唐纳森却给了吴正非“savvy”的评价。据我对英文浅薄的了解，“savvy”指的不仅是精明干练，同时带有狡诈、老谋深算的意思，这和我所认识的吴正非形象搭配不起来。

而且唐纳森说吴正非法语流利，但依据蒋恩的描述，吴正非并不会讲法文。

“吴正非是什么样的人又关你什么事呢？”

“因为他跟蒋恩在交往啊。”我说，“蒋恩家里的人可是千叮咛万嘱咐要我斗看咧[1]。”

“可是……那也没有关系啊，难道你发现吴正非不是草包，是只老狐狸，你就会叫学姐跟他分手吗？”

“他在工作上是草包或老狐狸我才不管，我在乎的是工作以外的事。”我说，“所以我们才要来幼儿园。”

接待我们的是赵老师，她是位四十来岁、身材娇小、态度和蔼的女士，第一眼就给人“把小孩交给她很放心”的感觉。赵老师先带我们到会议室，详细解释幼儿园的历史、办学理念、教学方法、编班制度，等等。听到我们的小孩才一岁，赵老师笑说网络信息有时候太夸张，没必要那么早来排队，上幼儿园

1　斗看咧：帮忙看着。

的一年前报名就可以了。

接着赵老师带我们去参观校园，幼儿园里头比从外面看起来大上许多，两栋教室大楼间夹着一大片的草地，小孩们跑跑跳跳相当热闹。我远远就看到艾登在溜滑梯上，我赶紧戴上口罩，借口说最近咳嗽，怕传染给小孩。

“我们跟吴正非先生是朋友，是吴先生跟我们推荐你们幼儿园的。”路雨晴说，“不知道吴先生的小孩念哪一班，我们想跟他打个招呼。”

“吴正非先生？对不起，我没听过……”赵老师说，“他小孩叫什么名字呢？几岁？”

“名字啊？我们平常就叫他宝宝；几岁嘛……呃，老公你知道宝宝几岁吗？我记得是四岁对不对？比我们家小琳大。”

“五岁吧，还是三岁，我忘了，小孩子看起来都差不多。”我说。不得不说，路雨晴的人妻演得像模像样，投向我的眼神亲昵又不失自然，害我差点伸手去搂她的腰。

赵老师微笑说：“那我就真的不知道了，学校一百多个孩子，我也不会记得每个家长名字的。”

我与路雨晴对看一眼，心中失望。认不得小孩，那只好一直埋伏在幼儿园外等吴正非现身了。又或者，其实是我的猜想错了，吴正非根本没有小孩，我本想请赵老师去查园方留存的家长资料，但想想这样实在太可疑了。

赵老师缓缓转向大门方向，同时补充校车接送、课后才艺班等信息，她说报名表在给我们的书面数据袋中，有问题可以再与她联络，这意味着参访结束，我与路雨晴向赵老师道谢，往大门走去。我低头摘口罩，一位手提大包小包棉被的保育员直撞进我的怀里，她连声道歉，一抬头，我们四目相接。

“咦，你是……？”

我一眼就认出，这位保育员便是“劫孩见父”计划当天，与徐妈妈从幼儿园门口一路聊天过来的那位，也就是她召唤出那只“魔鬼终结者”的。现在她眯着双眼对我上下打量，我不禁全身肌肉紧绷，提防“魔鬼终结者”突然从哪里跳出来，我得朝对的方向跑。

“我记起来了！”保育员说，“你是吴先生的朋友对不对?那天我看到你和他打招呼。”

我松了口气，笑出声来。我介绍我的“妻子”，并说正是吴先生介绍我来参观幼儿园的。

“吴先生真的很客气啦，那天还亲自送点心过来。”保育员说着放低音量对赵老师说，“就是我把小孩家长搞错成坏人的那天啦……还叫阿诺去追人家，记性不好。”

我想这位保育员的记性是真的很不好，可以把同一件事记成两件。

“你们也是要来念‘学而’吗?欢迎欢迎，我们环境真的很好啦，小孩子都很开心，边玩边学，餐厅阿姨准备餐点很用心哦，早餐、午餐、点心，小孩都不会挑食啦，从这边毕业胖一圈……”

“小光。”赵老师打断滔滔不绝的保育员说，“吴先生的小孩在你们班上吗？杨先生杨太太想打个招呼。”

“君君吗？就在那边啊，和同学在溜滑梯。”

我们顺着保育员的手指看过去，一个四五岁大的小女孩正与艾登一前一后从溜滑梯上溜下来。保育员大喊“君君”，两个小孩看过来，我挥了挥手，艾登很高兴，用力地向我挥手，那女孩则是满脸疑惑。

下午四点半，路雨晴销假回去上班，我独自窝在驾驶座，从对街监看着幼儿园大门，我看见菜头学长来接艾登，艾登兴高采烈地说着什么，希望不是在说我。我没去打扰他们。

然后我看见了小女孩君君挽着一位年轻女性的手走出校门，我第一个念头是：应该是保姆吧！那女人素着一张脸，五官虽然不难看，但气色极差，整个人散发出一种卑怯、不自信的气质，我很难相信这是吴正非的女人，不管是正宫或情妇都不可能。然而当女人将女孩抱起时，我又不得不相信她们便是母女，毕竟那相似的眉目是捏造不来的。

所以这对母女与吴正非到底是什么关系呢？

女人带着女孩上了出租车，我发动引擎，尾随在后。约莫十分钟后，出租车停在民生小区的一栋大厦前，女人与女孩下车进门。那是一栋所谓的“电梯华厦”，八到十层楼高，一楼店面开了间美式英语补习班，建筑目测有二十到三十年历史，外墙倒是保养得不错。我戴上帽子与口罩在门边信箱前逡巡数回，没有发现明显线索，我的胆子还没大到敢光天化日之下去翻看信件，只好回到车上等待。

好在不用等很久，五点半左右，那个女人独自走出华厦大门，身上大包小包的，却不见女孩人影。按理说这么小的孩子是不可能单独在家的，难不成家中还有其他大人吗？是吴正非吗？

我还在思索，那女人已拦了辆出租车离开，我继续跟踪，经过这几次经验，我现在跟车驾轻就熟，差不多可以去征信社兼差。出租车在下班的车潮中一进一停，转上复兴北路，过大直桥后来到一间透天别墅前，是吴正非的家，上回我们来吃火锅的地方。那女人提着东西摇晃着爬上台阶，在口袋与包包间掏探着钥匙，我看见其中一个塑料袋装的是台北某名店的草莓蛋糕，另一个纸袋的袋口则露出法国粉红酒的瓶颈。

我突然明白这是怎么一回事。我知道等一下这个女人会离开，吴正非与蒋恩会来，因为今天是蒋恩的生日。

大约六点十五分，吴正非的车开进别墅车库，车上只有他一人。不久后我听见屋内传来吴正非的叫骂声以及物品摔落地面的声音，然后吴正非推门出来，一脸不悦的样子，倚在门廊扶手边抽烟。

我连他会抽烟都不知道。

我下车上前，吴正非吓了一大跳，他丢掉烟蒂，恢复一脸老好人的笑容说：“艾伦，你怎么来了？”

“那个女人是谁？”我问。

“什么女人？没有女人啊。”

“房子里的女人。”我说，“她平常会帮你送换洗衣物过来，她还会帮你养虫子。她现在应该在布置蒋恩的生日派对，你会跟蒋恩说，那是你准备的惊喜。”

吴正非看着我一会儿，突然大笑说：“我还以为你在讲什么……那是我请的阿姨啦……家政妇，帮忙打扫家里的。她每个星期来两次，扫得很不错哦，你也可以请她帮忙……”

“那君君呢？”

吴正非的脸色变了，如电影里演技精湛的演员，一个镜头便从和蔼可亲的好人变成阴沉邪恶的坏人。

“你对我女儿做了什么？”

“什么都没做，”我说，“但我知道她是你和里面那位‘家政妇’的小孩。”

“你如果敢动我女儿一根头发，我会宰了你！”

“我说了我什么都没做。”我说，“我看起来是会对五岁小女孩做什么事的人吗？”

吴正非深吸口气，双手撑在栏杆上，压着嗓子说：“你想要什么？”

“我要你离开蒋恩。”

“你可以不要这样……”

“离开蒋恩，或是我把这一切告诉她。”

吴正非叹了口气，他站直身子，将烟盒递向我，我摇了摇头，他叼了支烟在唇间，打火机点了几次才点燃。他长吸一口，缓缓吐出，烟雾在夜风中飘散。

“我对蒋恩是认真的。”他说，“我说真的，她聪明、漂亮、能干，而且我们都爱虫，你知道这世界上要找到一个跟你有相同嗜好，又聪明、漂亮、能干的女人有多难吗？我从来没有这样爱过一个女人，从来没有，她也爱我。”

“所以你应该离开她，在她还没有受到更大的伤害之前。”我说，“掰个理由，说性格不合什么的跟她分手，她会难过一阵子，但之后就会好。你如果让她发现你……我……”

我突然一股怒气上涌，话接不下去。吴正非又抽了几口烟，说：“艾伦，算我求你，你可不可以……”

“不行！”

“可不可以不要管这件事，我……我会想办法……”

“我说不行！”

“拜托你，艾伦，真的，拜托你。”吴正非面露痛苦表情地说，“我是真的爱着蒋恩……我跟晓琳是个错误，那时候我太年轻，我也是受害者，我一直在想要怎么更正这个错误……艾伦，你也是男人，男人都会犯错，对吧？难道不应该给我一个机会吗？再给我一点时间……再给我一点时间……我会把事情处理好，我不会让蒋恩受到伤害！”

“可以啊。”我说，“你去跟蒋恩说，看她给不给你机会。”

“你这样是要我死。”

我差点要接梁朝伟的经典台词“对不起，我是警察”。

“你知道我跟蒋恩的关系。”我说，“她是我妹妹，她家里要我帮忙看着，你骗她，然后要我袖手旁观？”

“我只是想要多一点时间而已，我保证……一切都会解决的。”

我抢过他手中的烟盒与打火机，点了支烟，尼古丁使我精神一振：“Bonjour, monsieur！ Quelle belle journée.[1]”

“Putain，tu fais chier ou quoi？[2]”

“我听不懂，这是法文的脏话吗？”我呼了口烟，说，“你明明法文很流利，故意装不会，要不然解决假新闻只是一个星期的事情而已。”

吴正非瞪着我，没有说话。

我继续说：“其实早该有人想到的，你们公司产品卖到瑞士的数量很少，外面的人根本不知道你们有瑞士市场，更不可能知道你们的产品装在瓦莱州；那款涂料又是新产品，市场还不熟。能把瑞士瓦莱州、涂料这些细节编成一个新闻的人，只可能是台磁里面的人。”

我想起当初在跟台磁开会时，艾瑞克自言自语说什么“拿破仑”，现在我知道他说的其实是“内部人”。艾瑞克一开始就

1 法文，意为“早安，先生，多美好的一天”。

2 法文，意为“浑蛋，你在找事吗？”

不要只想着要教给孩子什么，也要从孩子身上学习

怀疑是台磁自己人搞的鬼，只是他没深究而已。

“现在是在演什么推理剧吗？‘名侦探杨艾伦’？这跟蒋恩有什么关系？”

“这个假新闻很棒，百分之八十是真的信息，所以很难查证。卢森堡的私募基金也是你事前找好的，你本来计划是趁台磁股价大跌，基金大举进场收购，支持你进董事会，只是你没料到J.J.半途杀出来。绕了这一大圈，结果看起来还不错，你进了董事会，基金还有二席，抓好一个时机把董事长抢过来，台磁就是你的了。”

吴正非将烟蒂丢掉，啐了一口，说：“你说这些到底要干什么？”

“如果他们现在知道了，你的计划就前功尽弃了吧？”我说。

吴正非看着我，眼中流露出凶狠的神色。

“我的条件很简单，”我说，“你跟蒋恩分手，我会帮你保密……如果你需要帮忙，我可以帮你。”

我以为这个要挟可以让吴正非立即就范，但他并没有。他双手抱头，来回踱步一阵，然后苦笑着说：“杨艾伦，你知道整件事最好笑的是什么吗？就是我爸和我弟都不知道我会说法文，他们也没有怀疑过我处理事情的方式，因为我就是个私生子，私生子当个绣花枕头最好。”

“你们吴家怎么搞我不在乎，我只要你离开蒋恩。”

“我办不到。”

“你觉得我不敢把你的事抖出来吗？”

“不是。”吴正非看着我说，“因为我爱她。”

我一时答不上话。

“阿非，是谁啊？”

我转过头去，只见那女人推门走出来，手上提着装满养殖土的饲育箱，她的脸色在灯光下看起来更为苍白，眼神越发不自信。

吴正非大步上前，一巴掌将那女人打倒在地，养殖土与鸡母虫撒了一地。吴正非跟着一脚踹在女人身上，我冲上前将他推开，吼道：“你干吗打人啊？”

吴正非指着那女人吼道：“都是你！都是你！我的人生就是被你毁了！杨艾伦，你知道这女人多可怕吗？趁我喝醉的时候勾引我上床，骗我说要把小孩拿掉结果偷偷生下来！我一辈子活得小心翼翼，就放纵一次，就一次！结果变成这样，你说我不能再去爱我爱的人吗？我就要一辈子跟这个女人这样？”

吴正非冲上来又要打人，我将他拦住，那个女人躲在我身后，边哭边道歉说：“对不起，阿非，我不是故意的……我会改……我会改……”

吴正非吼道：“把幼虫捡起来！死了一只我就打死你！”

那女人颤声说：“我……我不敢碰……”

吴正非吼道：“给我捡起来！要不然我就要你把它们都吃下去……不捡是吗？”说着吴正非捡起一只拇指大小的鸡母虫，

硬往那女人嘴巴里塞去。我试着架开他，他右手一挥将我推开，我重心不稳从阶梯上摔下来，跌坐在一双裹着黑色丝袜的小腿边。

是蒋恩。我不知道她站在那边多久了。

吴正非回过头来，努力恢复笑容说：“蒋恩，你来了，生日快乐！我和艾伦正在讨论要怎么给你一个惊喜……怎么样？这有趣吗？这是我们打扫阿姨……晚餐准备好了，来，进来吧，我帮你拿东西……”

蒋恩没有说话，她双脚并拢站在原地，身体微微发颤，我有种不好的预感，第一时间便跑到她的身后。

“没事吧，蒋恩，你不要……”

“哥哥，接住我。”她带着哭腔说，然后晕倒在我怀里。

我记得蒋恩上回叫我“哥哥”是十五年前的事，那年我们高二。

其实蒋恩叫我哥是再正常不过的，她妈和我妈是手帕交，我大半的童年是在蒋家的四合院里度过的。蒋恩的妈妈利用四合院临街一处厢房开了间服饰店，我妈美其名曰去帮忙，其实就是闲聊，我则与蒋恩、蒋恩她姐与其他蒋家的小孩到处玩。“艾仔”这个小名是蒋恩的阿祖开始叫的，她一直以为我是他哪个孙子的小孩，蒋家逢年过节给小孩准备的礼物红包，也总有我的一份。

蒋恩从小就被人家说“野”，她不大常与姐姐们在院埕里扮家家酒，老是跟我们男生去树林里抓虫、去水圳捞大肚鱼，或是去偷摘人家的龙眼。她年纪小、个头也小，常常一不小心就摔得头破血流，然后我妈就会将我痛打一顿，说我没顾好妹妹。

不过蒋恩不只野，她更是绝顶聪明。她花大把的时间在抓虫与养虫，成绩却永远名列前茅。她家里的人把这一切解释为“蒋恩很会考试”，还一直告诫她“母娘[1]保庇你巧[2]，没保庇懒尸[3]”，要她多花点时间在书本上，但蒋恩依旧我行我素，每天下课拉着我去抓虫，七晚八晚回家，被她爸妈臭骂罚站，下次考试还是第一名。

小学五年级时总算有老师发现蒋恩的特殊之处，他们带蒋恩去做测验，鉴定她是智商一百三十的资优生，于是蒋恩跳过六年级直接上初一，初二念完直接考上第一志愿的高中，于是她从“妹妹”变成了我的“同学”，反倒蒋恩她姐考上高职，断了与我九年同班的缘分。从那时候起蒋恩便不再叫我“哥哥”，改叫“杨艾伦”了。

我这样写好像蒋恩是个怪胎，其实除了不读书一直考第一名和沉迷甲虫以外，蒋恩就是个平凡的少女，铅笔袋里装满可爱但不实用的文具、放假与同学逛街看电影拍大头贴、最喜欢

1　母娘：“瑶池金母”的闽南语昵称。

2　巧：聪明的样子。

3　懒尸：懒洋洋、倦怠、无精打采的样子。

的棒球员是郑兆行、理想男友典型是《玩偶游戏》里的羽山秋人。不过由于跳级的关系，蒋恩必须与年纪较大的孩子相处，这样的差异在高中以后特别明显，当她的同学已经展现“女人”的身段时，蒋恩还是个干瘪的黄毛丫头，有些人会拿这种差异来开玩笑，甚至用某种程度的言语霸凌她，但蒋恩总是一笑置之，我问她为什么不戗回去，她只淡淡地回答说：“因为我很强啊！”

正因蒋恩是这样的女孩，我始终搞不懂她与白雅林是怎么闹翻的。白雅林身高一百七十厘米，仪队旗官、校女排自由球员，蒋恩在班上“第一名”的竞争者。她们原先感情很好，每堂下课总见一高一矮两个女生一起上福利社或去厕所，比赛时，蒋恩也总在场边为白雅林加油，有人说白雅林把蒋恩当妹妹，也有人说她们是亲密挚友。

但不知从何时开始，这对姐妹淘关系决裂，她们不再一起活动，在班上不讲话，甚至路上相遇会互相别过脸去。我问蒋恩原因，她说她不知道，是白雅林先不理她的；有人去问白雅林，得到相同的答案。

高三后，蒋、白两人关系越来越差，白雅林到处说蒋恩是怪胎，说蒋恩房间里都是蛆；蒋恩刚开始还耐心地跟人家解释，后来烦了，她索性在班会上亮出一只手掌大小的鸡母虫（应该是南洋大兜的幼虫），大声说鸡母虫不是蛆。听说当时她们班尖叫声隔着三条街都听得到。蒋恩还将鸡母虫拿到白雅林面前，质问她这跟蛆有一样吗？白雅林当场昏倒，蒋恩被记了个警告。

这件事之后蒋恩正式被女生们列为怪胎，她们把她的位置搬到教室的最角落，收她的作业时戴橡胶手套，过分一点的还会故意捏住鼻子。蒋恩努力装作不以为意，下课时间便独自窝在生物教室里帮昆虫换土——她和生物老师谈好，以科展名义将家里的虫子搬来学校养，有时候我会去陪她，有时候我们班那个喜欢她的王英展也会在那边，她总是有说有笑，绝口不提班上朋友的事。

但显然白雅林并不打算放过蒋恩。

我记得那天晴空万里，蒋恩心情很好，在公交车上滔滔不绝地说着她饲养长臂金龟的经验：幼虫期太长，一整年像养一盆土；蛹期凶险无比，八只结蛹只羽化出四只；蛰伏了好几个月，希望至少有两只能健康醒来。她姐在一旁翻白眼说她已经听金龟子听了一个晚上，可不可以不要再说了；蒋恩扮了个鬼脸，提醒姐姐：学校到了，请准备下车。

我与蒋恩并肩走进校门，她说了声“拜”便蹦蹦跳跳地往生物教室方向走去。我走进教室，只见阿肥与小智在用二十一点赌早餐，我加入赌局，第一把就把我的中冰奶给输掉了，我正要用汉堡蛋翻本，外面突然传来一声尖叫，是蒋恩的声音，我跑向声音的方向，只见蒋恩站在学校鸟园的大铁笼前，疯狂地拉着铁门。

“你在干吗，蒋恩？”

蒋恩继续拉着门，同时用颤抖的声音说：“我……我的虫……救救我的虫……”

我看向笼中，只见一个个饲育箱翻倒在地，笼中的土鸡们发出兴奋的虢虢声，拍动翅膀，争抢啄食着满地的幼虫与成虫。

我将蒋恩推开，试着去拉笼门，但门闩被挂锁锁住，纹丝不动。

“过来！过来！”

一只长臂金龟——大概蛰伏刚醒吧——正尽力突破鸡群的包围，向我们爬过来，蒋恩双手伸进笼中，将鸡群驱散，然后尽可能地伸长手臂，想救下这只来之不易的甲虫，眼看她的指尖要碰到金龟修长的前臂，突然一道华丽的身影从树上降下，一头蓝孔雀落在蒋恩面前，它白色斑纹环绕的眼睛带着万鸟之王的骄傲与不屑，它低头，第一下啄穿金龟的身体，第二下吃掉半只金龟。

我看到蒋恩僵在原地，身体左右摇晃。

“你还好吧，蒋恩？”我跑到她身边说。

她带着哭腔低声说：“哥哥，接住我。”

我开车载蒋恩回家，七手八脚地将她扛上床，为她脱去外套，解开衬衫顶端的两枚扣子。我伸手绕到她的背后，隔着衣服解开内衣背扣；我迟疑了一下，最后仍伸手进她的裙底，将裤袜

不要只想着要教给孩子什么，也要从孩子身上学习

剥下来。蒋恩没有醒来，只是深深地呼了口气。

我自己洗了把脸，然后从浴室抽屉底部翻出卸妆组合，用卸妆油卸除蒋恩的眼影与唇膏，再以卸妆乳清除粉底，最后我拧了条热毛巾，将蒋恩脸上的残妆、泪水与汗水一并擦干净。

素颜的蒋恩看起来格外憔悴，她的双眼周围红肿，一张瓜子脸也更显消瘦了。我原本想打电话给她姐，但想想，蒋思知道了也无济于事，而且对一个怀胎超过三十周的孕妇来说，这事无疑是太刺激了些。

我倒了杯威士忌，坐在床沿慢慢喝着，回想过去那些事情。

蒋恩历来不乏追求者。高中时，我的班上就有两个人在追她，王英展还在朝会上当着全校跟蒋恩告白，结果蒋恩只是笑，没答应，连一点害羞的反应都没有。大学的时候，前仆后继的追求者更多，从大五届的学长到小五届的学弟都有，印象中达阵的只有两个，交往期都不到两个月，蒋恩给的理由是“很烦”。出社会后情况类似，曾有位医生在情人节送了九百九十九朵玫瑰花到办公室给“蒋律师”，连艾瑞克都啧啧称奇，蒋恩也只是笑一笑，请秘书将花分插成几个花瓶，摆在办公室里。

我知道冯二马曾经追过蒋恩，但浅尝辄止，冯二马的结论是：“跟蒋恩不熟很难聊，跟她熟了，她又只把你当哥们儿，一点暧昧空间都没有。”

这大概是二马“FP 困局”的理论基础吧，我常用这段话安慰那些失败的追求者。

不要只想着要教给孩子什么，也要从孩子身上学习

大概就是三十年都这么难追，这回和吴正非在一起，蒋恩是真的陷进去了吧，偏偏碰上这个人渣，就像美洲原住民碰上天花病毒，毫无抗体，致死率九成……什么智商一百三十，谈起恋爱还是个傻瓜。

蒋恩稍稍移动身体，口中呓语不停，我靠近听，她在说："不要打她……不要打她……"我轻抚着她的头发，在她耳边轻声说："恩恩不要怕，哥哥在，没事了……没事了……"

蒋恩睁开眼睛，眼神迷茫，我问她好一点没，她摇摇头，蜷缩进我的怀里。

"我帮你倒杯水。"

"不要走。"

"你先休息，我倒杯水。"

"不要走……抱我……亲我……"

蒋恩抬起头，轻轻吻着我的唇，那吻是苦的，带着眼泪的味道。我的大脑还在思考应不应该这么做，身体却已经有了反应，我翻身将她压在下面，吸吮她的颈侧，她发出悠长的呻吟，如一头受伤的鹿。

上回我听到这样的声音，同样是在那天，虫被鸟屠杀的那天。

我将蒋恩扛进保健室，里头空无一人，我将她平放在床上，解开她制服顶端的两枚扣子，她深吸口气，发白的双唇稍稍恢复血色。我在医材药材间找了半天也不知道该找什么，最后拿

了几枚酒精棉，在蒋恩的人中与太阳穴胡乱涂了几下，蒋恩打了个喷嚏，缓缓睁开眼睛。我才刚说话，她突然翻身下床，拿了办公桌上的剪刀就往外冲，我从后头将她抱住，她尖叫道："放开我！我要去杀了那个贱人！放开我！"

我将她压在地板上，夺下剪刀，她持续挣扎，最后气力放尽，软倒在我怀中，抽抽噎噎地只是哭。我抱紧她，抚摸着她的头发，安慰她一切没事。将她抱上床，然后我听见了从她那稚嫩身体深处发出的悠长而婉转的呻吟。

学校原本打算将"甲虫失窃"一事含糊带过，直到了解那些虫在市场上价值十几万元后，才赶忙报警处理，但警方也没有查出任何结果。蒋恩似乎并不受这些事情的影响，依旧正常上学、养虫，她与白雅林没有再发生冲突，安稳地度过高中最后一年。毕业后，蒋恩以全台湾前二十名的成绩考上法律系，白雅林则考到南部的学校。

我曾暗示她我们是不是应该讨论一下那天的事，她只是装傻，自顾自地聊她的甲虫。于是我再没有提起这件事，甚至努力抹消眼神中仅存的些微的默契，只是我偶尔还是会想，对蒋恩来说，在那燠热的早晨，那弥漫着药水味、狭小又不甚隐秘的保健室那些死去的甲虫，到底有什么样的意义。

我更没想过会再发生同样的事。

第二天我醒来，蒋恩已经不见了，我心中一阵紧张，连忙拨手机给她，手机响了很久，我以为不会有响应，想不到她竟接了起来，语气平淡地问我什么事。我松了口气，问她在哪里。

“在家，我今天不会去办公室。”她淡淡地说，“我不会去自杀，也不会说出去的，你好好过你自己的吧。”

我感觉心里有很多话想说，但又不知该说什么。

最后我听到蒋恩说：“谢谢你。”然后她挂了电话。

蒋恩请了一个星期的假，然后递了辞呈。这事造成全所轰动，艾瑞克、汤玛士、埃玛、布兰达共同把我叫去问话，我告诉他们蒋恩与吴正非分手的事，说蒋恩伤得很深，觉得没有办法再工作下去；汤玛士问我他们分手的原因，我只说是性格不合。

艾瑞克显得相当激动，破例说了一长串的话，大意是他可以去跟吴正非谈，或许有机会让两人复合；埃玛说感情的事别人是插不上手的，只能等蒋恩自己想通，看看有没有机会再回来。

会后，布兰达又把我叫去她的办公室，追问蒋恩离职的真正原因，我心里盘算一阵，告诉她蒋恩他们分手其实是因为吴正非劈腿。布兰达脸上表情半信半疑，她又追加了一些问题，我只说我不清楚细节。

谈话告一段落，我转身离开时，布兰达唤住我。

“喂，恭喜啊。”她脸上表情似笑非笑，“你今年应该可以升合伙人了。”

16
没有一个人喜欢另一半身边有蒋思这种异性

“所以那个布兰达觉得是你把蒋恩弄走的？”

“我没有办法控制别人怎么想，我也不想理他们怎么想，事情发生就发生了，我也不能怎么样。”

“蒋恩后来呢？就留在台中吗？”

“她去圣地亚哥了。”

“来美国？为什么要去圣地亚哥？”

“不是加州的那个圣地亚哥，是南美洲智利首都的那个圣地亚哥，她说要去学西班牙文。”

“哇，真的是天涯海角，台湾在地球上的另一端呢……为什么跑那么远？学西班牙文应该去西班牙啊。”

“比较便宜吧……不要一直问我，我也不知道，我都听她家里说的。”

苏心静喝了一口咖啡，说：“我坦白说好了，蒋恩走了，我很高兴。”

我没有说话。

“没有一个人喜欢另一半身边有蒋恩这种异性的，青梅竹马也好，干妹妹也好，哥们儿也好……纯友谊……我们都知道是假的，只是很难说出来而已。”

“那你跟那个日本人呢？鱼住兄？假的纯友谊？”

“我跟三井可没有你和蒋恩那么靠近。”

“你穿比基尼他帮你拍照的时候，没有很靠近。”

“你想吵架吗？”

“不。”我说，“我只是想说，不要随便以己度人，你和异性没有纯友谊，不代表别人没有。”

苏心静笑了笑，又喝了口咖啡。

“蒋恩走了，你更好处理你的事了。”苏心静微笑着说，那是种胜利者的笑容，令人厌恶，“听你骂吴正非骂成这样……以己度人……你还不会呢！”

蒋恩的离开余波荡漾，我接手了她所有的工作，一时间忙得昏天暗地。我和吴正非仍会在各式各样的工作场合碰到，但我们心照不宣，对蒋恩或另一个女人的事只字不提，艾瑞克与布兰达自然也不会去问他与蒋恩分手的事。

我仍然会时不时收到有关蒋恩的询问，我准备了两个版本的故事。对公司同事、蒋恩家人或其他陌生人，我告诉他们蒋恩与吴正非分手是因为性格不合，不合的原因“据我所知”是两人背景的差异，毕竟一边小家碧玉一边豪门公子，刚在一起没什么问题，深入交往才发现价值观有差异，走不下去，蒋恩感情放太深，受伤很重，所以暂时离开休养一阵子。

大家对这个版本的故事都很满意，多数人会无奈地笑一笑、叹息或耸肩，一如他们听了其他无数个都会爱情故事一般。我妈倒是比较激动，责备我没帮蒋恩看对象，说蒋恩无魂有体的样子看了都心疼；蒋恩的妈妈则为我缓颊，说一切都是命，只怪蒋恩不会斟酌，谈个恋爱把自己搞成这样。

对于冯二马、张阿本这些亲近的朋友，我添加了吴正非劈腿的段落，而且是抓奸在床，所以对蒋恩冲击才那么大，但劈腿的对象是谁我不知道。冯二马说吴正非以前在学校就很花，蒋恩这种纯情女一定吃亏；医检师安娜则说男人有钱有闲就会作怪，没钱没闲也会作怪，女人真命苦!

唯一知道真实版本故事的只有路雨晴。

“我去打听了一下。”路雨晴一边吸着饮料一边说。

“等一下，等一下，你去哪里打听？”

“业界啊！好歹我们现在是关系企业。”路雨晴说，“你不会认为，吴正非在外面养一个小孩这种事，全世界没人知道吧？”

我没说话，确实不可能。

“那女的之前是台磁的员工。”

“欸。”

“本来是业务助理，被吴正非看上就调去当他的秘书，怀孕以后还在台磁待了一阵子，大概是肚子大了瞒不下去才离开的。”

我感觉胸口一股火：“她为什么不去告吴正非？这算是‘利用权势性侵’啊，按规定要关五年。”

“你是有经验的律师吧，学长？”路雨晴冷笑说，“你真的觉得一个秘书敢去告公司的小老板吗？小老板可是可以去请像你这样的律师去对付她的……如果‘利用权势性侵’那么好用，就不会有什么‘MeToo’运动了。”

我答不上话，在这议题上我背负了“男性”与“律师”的双重原罪。

路雨晴又吸了一口饮料，说：“我觉得，她能坚持把孩子生下来已经很勇敢了，听说是她抱小孩去找吴家的长辈哭诉，那个长辈才去劝吴正非的爸爸，说之前拿掉那么多个，损阴德，吴正非他爸才介入。吴正非自己也蛮喜欢女儿的，所以就把那个民生小区的房子给她们住，还请了保姆。”

我摇头说：“我听不懂，那个女的为吴正非拿了很多次小孩吗？”

“是很多女人为吴正非拿了很多小孩。”路雨晴说，“她是第一个敢生下来的。”

我骂了一句很长的脏话：“吴正非的家里知道这件事吗？他爸知道怎么没管一管？要我是他爸，我一定把他的钱都收起来，顺便打死。”

“因为他爸跟他弟更乱啊。”路雨晴说，“听说有个中介专门帮他们找房子放女人呢！”

我感觉头皮发麻，我突然理解为什么台磁公司上下对于吴正非与蒋恩交往这件事的反应那么冷淡，对他们来说，蒋恩也只是吴家父子众多玩具之一而已；我甚至可以想象有人会说：“女律师”也没有比较厉害嘛，还不是见钱腿开，玩玩就可以丢掉。

“我应该早一点提醒蒋恩的。”我双手抓头说，“我明明可以提醒她的。”

“怎么提醒？你现在听我讲你才知道的不是吗？”

“因为洗衣机。”

“什么洗衣机？”

“吴正非把洗衣房拿来当虫室，洗衣机都没在用。”我说，“就算是男人，一个人住，可以不开火煮饭，但不能不洗衣服；衬衫长裤可以送洗，但内衣裤总是要自己动手吧？那个住宅区附近又没有自助洗衣店，这表示一定有人定期帮他将衣服带到别的地方去洗。”

“可以请保姆吧。”

“保姆把你的衣服带回家洗？”我喝了一口啤酒说，“而且，吴正非怎么可能有那么多时间养甲虫？他不是养一两只虫而已，是整个房间的虫！他出差一去就是十天，一定得有人照顾这些虫。”

路雨晴点点头。

我叹口气说：“我有没有告诉你，那个女的其实很怕虫，鸡母虫都不敢摸？吴正非还逼她帮他养虫，够变态的。”

“那个女人还要帮蒋恩学姐准备生日晚餐呢！”路雨晴说，“就像逼死刑犯去埋葬前一个死刑犯的尸体一样。”

16

我感到一阵悚栗，如果继续陷下去，蒋恩是否会成为下一个“那个女的”呢？挨完吴正非的拳脚，还要堆着笑，为另一个女人准备生日晚餐。

“我真应该让你们把台磁买下来的。”我对路雨晴说，“把那些姓吴的变态全都赶出去……这种公司怎么能经营得下去？”

“说得好像你是正义使者一样。”

我们坐在三芝海边的咖啡厅，她点了一杯卡布奇诺，我则是喝啤酒——我本来犹豫要不要点酒，她说她可以开车。沙滩上游客很多，有扶老携幼全家出游的，也有精心装扮的比基尼女郎。夕阳在海面上拉出一道长长的光影，海风凉爽。

我这个星期日早了点回到台北，原本想找路雨晴吃晚餐，没想到她竟然说想去海边，说学习学到头晕，想去透透气。

“你最近书读得怎么样？”我问。

“马马虎虎。”路雨晴伸懒腰说，“大概考不上吧，都要考试了，我下个月还要去美国。”

“去美国？”

“威斯康星啊。”

“哦？你什么时候要去？要一起飞吗？”

“你也要去？”

“总得有个台湾律师在那边吧。”

去威斯康星当然是为了 J.J. 与台磁将合作经营的新太阳能

厂。我们已经帮台磁在芝加哥找了间法律事务所，不过台磁还是希望有个台湾律师帮忙沟通，台磁的技术团队上周已起程赴美，管理团队则预计在台湾股东会结束后出发。

我用手肘顶了顶路雨晴的上臂，半撒娇地说：“一起飞嘛，要不然飞那么久很无聊。”

路雨晴笑说：“不行啦，我还要先去明尼苏达的总部受训一个星期……这样我根本不可能学习啊，还是不去考好了。”

“总部受训？你要升官了？”

“明年啦，明年升‘Director’。”

“中文是什么？处长？”

“中文好像会翻成‘总监’。”

“哇，路总监！总监很大耶，再上去就副总、总经理了。”

“美国人给的头衔都很大啦，‘Director’上去是 VP（副总裁）没错，但还有分什么 Assistant VP（副总裁助理）、Senior VP（高级副总裁）的，还有 Senior Assistant VP（高级副总裁助理）耶，President（总裁）又分很多级，最后才是 CEO……所以……还早。”

“但表示他们很欣赏你吧，进去一年就升官？”我说，“那你真的不用考公考了，待在 J.J. 搞不好赚得比当律师还多。”

“可是，唉……还是不甘心吧。”路雨晴嘟起嘴说。

我付了两杯饮料的钱，然后我们去沙滩上散步。这时太阳已经沉到海平面以下，海风转强，气温瞬间下降，沙滩上的游客一下散了不少。原本躺在礁石旁的两名比基尼女郎也跪坐起身，将毛巾、防晒油等收进背包中。

“喂……喂，不要再看了。”路雨晴贴在我耳边低声说，“你嘴巴都快咧到耳朵了。”

我不禁笑了出来，路雨晴问我为什么笑，我说最初我和蒋恩去 J.J. 开会的时候，蒋恩也是这样跟我说的。

“为什么？你在看谁？”

“你啊，还有谁。”

路雨晴脸上一红，说：“所以你就是个色鬼。”

“我算是色得很有原则的。”我说着，将外套脱下来披在她身上，“有没有突然变暖男？”

“假暖男真色鬼。”

“也不错啊，很强的感觉。”

沙滩走到底是一个广场，一支乐团在广场中央表演，观众零落稀疏，乐团的主唱是个瘦高的短发女孩，用莫名低沉的嗓音唱着琅当六便士的 *Kiss Me*（《亲吻我》），我记得这是我上学时候听的歌了，好像是一部好莱坞电影的配乐，后来在电视上有看过，但我不记得片名。

我不知道路雨晴之前有没有听过这首歌（应该有吧，这首也经典吧），但她显然很喜欢，她停下脚步，专心看表演，身体跟着节奏摆动，模样迷人；当主唱唱到副歌结尾“so kiss me（所以，亲吻我）”时，她看向我笑了笑，这是暗示吗？我还在犹豫，她已经转过头去，闭上眼摇头晃脑。

演唱结束，路雨晴上前将一百元钞票投进吉他盒，然后与主唱叽叽喳喳不知说什么，主唱点点头，乐手们也比出“OK”的手势。

“你跟他们说什么？”

“我点了首歌。”

“什么歌？”

“你喜欢的歌。”

我正要再问，吉他手已经刷起前奏，主唱唱道：

I’m pretty tired, the monkey said to me,（我好累，小猴跟我说，）

I see nothing from your eyes,（我在你眼中什么也看不到，）

cause we know something here is changing and time won’t go back.（因为我们知道这已改变，时光不会倒流。）

I’ll keep that in mind, the donkey said,（我会放在心里的，小驴跟我说，）

I see something from you eyes,（我在你眼中看到了什么，）

cause we know nothing here is changed but you don’t go back.（因为我们知道这什么也没变，但你不会再回去了。）

I’m so worried that why I need some blues,（我如此忧心，因此我需要听一点布鲁斯，）

Oh babe, here is a story about why I need some blues.（哦，

宝贝，这是一个为何我需要听一点布鲁斯的故事。）

Trying to satisfy you, yeah babe that’s my blues.（试着让你开心，是的，宝贝，这就是我的布鲁斯。）

Little monkey rowed a boat and saw the water flow,（小猴划着船看水流，）

It tried some delicious meals as you need it before,（它试了些美味的食物，一如你曾需要的一般，）

Trying to satisfy you, yeah babe that’s my blues.（试着让你开心，是的，宝贝，这就是我的布鲁斯。）

“落日飞车？”我说。

“对啊，*The Little Monkey Rides on the Little Donkey*。喂，明明是你说落日飞车所有歌里面你最喜欢这首的！”

其实我根本就没把落日飞车的歌听完，当时为了跟她有话题，我只是挑了一首比较冷门、名字看起来又怪的歌而已。看着路雨晴愠怒的表情，我忍不住笑着伸手摸摸她的头，她把我的手挥开。

“我第一次遇到我前男友，他就是唱这首歌。”路雨晴说。

“他们的乐团叫‘X and Blues’，我也不知道是什么意思，他是主唱兼节奏吉他手，那一次他们在师大路的一间 pub（酒吧）表演，我同学和鼓手认识，就拉我去看。现场没几个人，都是亲友团吧。他们本来表演的都是一些比较芭乐[1]的流行歌，我没有兴趣，到最后一首，我前男友才唱了这首 *The Little Monkey Rides on the Little Donkey*，他说这是‘友团’的歌。

“他唱这首歌的时候，一直看着我，我就觉得……”

“被电到了吗？”

“对啊，觉得好帅。”路雨晴笑了笑，表情害羞，“表演完他就跑来找我要联系方式。”

“这种乐团主唱不是都蛮花的？”

“他跟我在一起是蛮乖的啦，因为他也不是什么真的音乐人。”路雨晴说，“他那个团就表演那一次……他玩电动比弹吉他厉害多了。”

“他也说 *The Little Monkey Rides on the Little Donkey* 是有点哀伤的胡说八道。”路雨晴又说。她看向我，我只是笑了笑。

乐团表演结束，天色也全黑了。我问她要不要去渔港吃海产，她说人太多又贵，如果我车上可以吃东西的话，我们可以去石门十八王公买肉粽在车上吃。我说开车的人是她，我悉听尊便。

“我前男友最后还是决定去大陆了。”路雨晴握着方向盘说。

“为什么？你不是说他说那家公司没前景吗？”

“好像是他现在这个女朋友叫他去的。”路雨晴说，“说趁年轻要多出去看看，走出舒适圈。”

1　芭乐：番石榴的俗称，台湾地区常用来指某人固执，或某件事流俗、不严肃。

“他女朋友不是只会玩的那种？”

“不是我说的，我又不认识他女朋友。”路雨晴耸了耸肩。

“照片上看起来呢？”

“你怎么知道我有看过她的照片？”

“你男朋友会放在网络上吧。”我一边啃着肉粽一边说，“而且你一定会去偷翻人家的社群网页……你看起来就是会做这种事的人。”

“你很烦！”

“怎么样，漂亮吗？”

“你自己看嘛。”

她念了名字，我在手机上开始查找。是个在网络上蛮活跃的女孩，在社群网站公开许多旅行、美食、小物的照片，不过看起来就是单纯分享生活，还不到“网红”的程度，而且显然顾及最基本的隐私，至少一眼扫过去看不出她的职业或住处，也没有办法直接连到路雨晴前男友的页面。

“我觉得你好看多了。”我说。

“是不是？男人眼睛都瞎了。”

“我没瞎啊，我说你好看。”

路雨晴伸手过来拍拍我的脸说：“是啦是啦，你最好了。”

如果不是手上拿个粽子，我会将她的手抓在手中。

车子上了国道，天色已全暗，路雨晴开车很稳，并不是特别快，但也不温吞。我问她开车是跟她前男友练的吗？她嗤笑一声说她前男友不会开车，她的车是家里教的，住在高山湖边，不会开车怎么活?

“所以你现在聊你前男友心里已经不会有什么波澜了？”

“不会吧，不会。”路雨晴停了一下又说，“波澜吗？有时候想起来还是会觉得有一点……酸酸的吧，就觉得……应该早一点谈恋爱，才不会弱成这样子。”

“这样吧。”我调整坐姿说，“你跟我一起飞去威斯康星，然后我帮你去教训你前男友。”

“你很烦，我都说我要先去明尼苏达了。”

“你可以安排去完威斯康星再去明尼苏达嘛，你那个训练什么的，时间可以改吧？”

“那你为什么不跟我约在威斯康星见完面后，一起飞回来呢？”

我一阵语塞。为什么我喜欢的女人都那么聪明呢?

我们沉默了一会儿，路雨晴踩下油门，一口气超过前面三辆大车。

“而且杰瑞已经订好机票了。”

“杰瑞？哪个杰瑞？你们公司的那个杰瑞？”

“对啊，我们要一起去受训。”

“你怎么没跟我讲？”

“我为什么要跟你讲？”

“喂，你们该不会要节省预算，旅馆只订一个房间吧？”

16

没有一个人喜欢另一半身边有蒋思这种异性

路雨晴笑说：“旅馆是美国公司安排的啦，只有一个房间也没办法。”

“杰瑞该不会在追你吧？”

“没有，他只是跟我告白了而已。”

“你答应了？”

“没有，我说我要想一下。”

“我觉得他太吵了，不适合你。”

“你比较吵吧？”路雨晴说，“从刚刚讲话就没停过。”

车子回到新店的大楼时，我叫她直接开进地下停车场，她流畅地开过狭窄的坡道，一次倒车便停入车位。我称赞她是我见过开车技术最好的女人，她说我这是性别歧视。

我们一同走进电梯，我按了我的楼层，她按一楼，我双按将一楼取消，她笑了笑，又按下一楼。

电梯缓缓向上，我突然期待机械故障，将时间锁在这小小的空间内。但并没有这回事，电梯安稳地抵达一楼，叮的一声门开了，路雨晴向前走两步，似乎想到什么，又回过身来，电梯门因为感应到她的身体而开开合合，她看着我，那眼神与笑容中明显有什么，我上前一步，她退开，电梯门缓缓合上，在我能看见她身影的最后一瞬间，我听见她说：“拜拜，我亲爱的小猴子。”

17

结婚不是美德，但它是美德的象征

我一直很抗拒思考我与路雨晴的关系。

人类总是本能地抗拒困难的问题，特别是那种打从一开始就注定无解的问题。这就是为什么这个社会需要法官这种职业，某些问题总是得有个黑白分明的解答，要有个倒霉鬼来做这个决定。

不过再厉害的法官都无法解决爱情的问题。就像廖培西说的，婚姻诉讼打得再好，法官只能判给你钱，不能判给你爱情。

人类爱情之所以难解，在于那是两个人从完全陌生到建立起人类社会中最亲密关系的过程。你很难说明为什么是他或她，又为什么是你而不是我或他，就算是埃尔温·薛定谔也不行，于是他写了波动方程式，并且将猫关进盒子里（坦白说，我是文科生，完全不懂那是什么）。

路雨晴是个可爱的女孩，青春无敌，但她更迷人的地方在于那千变万化的形象，刚认识时以为她是个漂亮的优等生，不久后发现她忧郁而自溺的那面，然后知道了她是个高山湖中全裸游水的精灵，但也可能是城市中飒爽机灵的女侠。每见一次面便掀开一张脸谱，像搜集宝可梦，令人欲罢不能。

但更触动我的点是：她是个戴着好女人面具的坏女孩。

虽然她从来不提，但她很清楚她的美貌，也毫不吝于使用这项优势。

菜头学长帮她准备考试是一番好意，但我不认为路雨晴也是如此。她在知道菜头学长已婚的情况下，还天天往人家家里跑。

又例如她和小静那么好，却始终没向小静提过我和她的事。

我不知道她的动机，也懒得猜，我只是很吃“坏女孩”这套。看她坏、会玩，却又装着一副乖宝宝的样子，便想将她抓起来，撕下她的伪装。

如果我认真追，应该追得到吧？

都进到我的臂展之内了，她在等我伸手而已吧？

我又想到张爱玲的《红玫瑰与白玫瑰》，故事结尾，睡朋友老婆、家暴、嫖妓的佟振保“改过自新，又变了个好人”。

以前读不懂这结尾，后来懂了，其实故事一开始作者就写了，佟振保是个“出洋得了学位”“真才实学”、半工半读打天下的男人，并在一家“老牌子的外商染织公司做到很高的位置”；他孝顺母亲、提携兄弟、办公用心、对朋友尽义气。他就是个好人。

或许某些人会认为，这社会上坏人比好人吃香。在我看来，那多半是还没出社会或是爬得不够高的“鲁蛇”之见。事实上，我们的社会始终运作在四维八德的伦理纲常上，即使某些观念会随时代改变，但像忠实、同理心、责任感、勤奋工作这些特质，无论古今都是放诸四海皆准的美德，除非你是不世出的天才，真有本事“横眉冷对千夫指”,否则你必须是个定义下的“好人”,才有机会循着社会阶层的梯，一步一步往上爬。

结婚不是美德，但它是美德的象征。

女人抗议结婚的压力，殊不知结婚对男人而言同样是一种压力。某种程度上，婚姻与家庭被视为一个男人的社会成就，有老婆、有小孩，代表你有能力“养家”，是成熟、稳重、成功的象征，更容易在事业上获得升迁。相反，过了一定年纪还没结婚的男人，要不被看作光棍、王老五、“鲁蛇”，要不就是被认为花花公子、太爱玩，无论哪一种，都不能委以重任。

我看过一个名词叫“男性婚姻溢酬”（male marital wage premium）——不是两性专家的瞎扯，是正经的社会统计学研究。简单来说，无论在东西方社会，以统计方法分析男性收入与婚姻的关联性，会发现已婚男性较未婚者收入高而且成长快。

我想最好的例子是在政治界，世界各国的元首中，几乎没有男性未婚者，“第一夫人”甚至是一国的门面，是外交场合不可或缺的角色。

我很难想象如果有一届领导人选举出现一位五十多岁的单身男性候选人，舆论会怎么评论。

我对社会现象没有评论，其他人的选择也与我无关，我只是观察现实，对我的人生做决定。

出差前一周，我参加了我第一次的合伙人会议，会中讨论是不是要再聘个人顶蒋恩的缺，这是汤玛士的提议，他说我现在也要担一些业务开发的责任，工作上有个帮手比较好。

艾瑞克突然提到J.J.台湾那个“年轻的女法务”，说感觉能力不错，或许可以私下打探她的意愿。埃玛说她对那个女生也有印象，然后说我认识她，问我的意见。

当下我仿佛要对往后二十年的人生下判断。

我缓缓地说，根据在这个案子中的观察，路雨晴的能力相当不错，性格也蛮好的，J.J.台湾那个法务长走了之后她担下大部分的工作，以这个年纪来说难能可贵。但要考虑的是，她没有律师牌，因此不能做诉讼案，而且她还在准备考试，配合度上面可能会有点问题。

在场所有合伙人都点头，艾瑞克请大家多留意合适人选，负责人事的合伙人则说会请秘书在人力网站上刊广告。

出差前五天，我跟苏爸爸和苏妈妈去“内湖山庄”交屋，出面对方是一对与我年纪相仿的夫妻，是屋主的儿子与儿媳妇，也就是原本要住这间房子的人。丈夫是个其貌不扬的胖子，在苏州某台资电子厂当工程师；太太则是个高挑的大美人，总觉得有些面熟，但在这场合我也不好意思一直盯着人家看。

“我之前就跟我爸妈说装潢太夸张，我们是要回家，又不是上主题餐厅，可是真的怎么说都说不听，伯伯阿姨能说服他们真是太好了。”工程师丈夫笑着说。

“是我们要谢谢朱先生。”苏妈妈说，“我们也是觉得家里干干净净就好，你们年轻人不是都追求什么简约风吗？改成现在这样清爽多了，简单实用，是不是啊，艾伦？”

我还没应声，高挑的美人太太突然大声说：“你真的是杨艾伦？我还怕我认错人，我是白雅林，你记得我吗？”

“你是蒋恩班上的……”

“对！”白雅林开心地向丈夫说，“我们是高中同学，世界真够小的。”

和高中时相比，白雅林显得丰腴许多，不过她够高，骨架子撑得起肉，反而增添些成熟女性的魅力。当下我第一个念头就是社会现实，如果你爸妈可以帮你在台北买一间六千万的房子，就算你长得像只癞蛤蟆，也能吃到像白雅林这样的天鹅。

白雅林叽叽喳喳说了一阵，然后突然对我说：“恭喜啊，杨艾伦，跟蒋恩那么多年，终于要修成正果了！”

此话一出，苏爸爸和苏妈妈脸色都是一变。我赶紧解释说我没有和蒋恩在一起，我的未婚妻在美国，快要回来了，这两位是我未婚妻的父母。

白雅林连连致歉，说她以为这是我爸妈。我也跟苏爸和苏妈解释说，蒋恩是我和雅林的高中同学，我们以前很要好。

白雅林夫妇与我们共同检查屋况，确认无误后，交给我们磁扣与钥匙便告辞离开。我找个借口送他们下楼，趁她先生去取车的时候，白雅林又向我道歉，她说她之前回家就有听说蒋家的婚讯，直觉以为是我和蒋恩。

“为什么？我和蒋恩又没有怎么样。”我说。

“蒋恩那时候很喜欢你啊。”白雅林说，“我早就看出来了，一直叫她跟你告白，她死不承认，最后还赌气不跟我说话……那时候真的很幼稚。”

我从没有想过蒋恩与白雅林闹翻与我有关，我用半开玩笑的口吻说：“就算这样你也不用把人家的虫都给杀掉吧？蒋恩哭了好久。”

“那件事哦？”白雅林手指点着下巴，说，“那不是我做的，我怕虫怕得要死，怎么可能去碰蒋恩的虫……是你们班的王英展做的。”

“王英展？”

“对啊，他爱蒋恩爱得要死，但蒋恩只爱你，所以……嗯，你也知道，高中男生更幼稚。”

“你怎么知道？”

“我大学跟王英展在一起啊，我们是班对。”白雅林说，“嘘，别让我老公知道……那时候我知道你和蒋恩考上同系，我以为你们会在一起呢，结果没有吗？你对她都没有任何感觉吗？唉，太可惜了，你们根本就是李大仁和程又青……对了，蒋恩最近好吗？”

出差前三天，我将济南路的公寓清空。我的东西没多少，全塞进我的车里绰绰有余，小静的东西就满坑满谷[1]，衣服、鞋子、书本、碗盘、小家具整整装了二十箱。那个发热抱枕让我犹豫了一阵，最后我将它丢进我的后备箱。我将钥匙与磁扣交给搬家公司，请他们直接将物品搬进“内湖山庄”，离开的时候将钥匙与磁扣托给管理室就好了，就说苏小姐之后会来拿，我也会打电话给管理室交代一声。

那天下午与房东顺利办完退租，我感到无事一身轻，便拐到转角的便当店，叫了份排骨饭在店里吃。这是间再寻常不过的便当店，主菜选择有排骨、鸡腿、卤肉、香肠、鱼排，搭配四样配菜一百元，在台北市算是很良心的价格，不过更好的是这间店开得很晚，排骨现炸，而且不禁外食，之前我和小静加班到比较晚时，便会来这边吃不知是晚餐还是夜宵的一顿。我们通常先回家卸去上班的行头，穿着短裤拖鞋去便利店买好啤酒与甜食，再到便当店点两份盒饭，有时候会多切一块排骨。一般那个时间店里只有我们两人，可以毫不忌讳地大声说话，吐槽电视上荒谬的新闻。夜里的便当店的灯光炽白，空调强劲，空气中满溢着汤水油炸的气味，有种丰饶之感，我常有种幻觉，好像这间小店是我与小静的伊甸园，我们可以像这样长长久久坐着、吃着。

想到未来此景不再，不禁有些感伤。

1　满坑满谷：形容东西很多，到处都是。——编注

出差当天，我提早两个小时抵达机场，拨了通电话做最后确认，对方仔细说明后续应执行的步骤，哪份文件应该在哪个时间点寄出，仔仔细细毫无遗漏。工作那么多年，我大概可以从对话判断对方是否可靠，就这几天联络下来的感觉，我会放心把我的人生大事托付在这间公司手上。

我是第一次搭商务舱，凡事透着新鲜，我一开始还傻傻地排队等着办登机手续，排到一半才发现有专属的柜台。我在贵宾室里吃了碗牛肉面，冲了个澡，神清气爽地登机。我检查过夜包，试了试电动控制的座椅，还打算把酒单上的酒全点一轮，不过我随即想到下机后得在时差状态下面临紧凑的工作，最后我只吃了一顿饭，喝了两杯香槟，便请空乘人员铺床，强迫自己睡满十个小时。

台磁的威斯康星厂位于密歇根湖畔，离芝加哥车程约一个小时，台磁在芝加哥洛普区租了间办公室，我下榻的饭店便在隔壁。我抵达芝加哥后每天的行程就是早上七点起床，吃完早餐后步行至隔壁大楼，搭电梯上十六楼办公室，一路工作到晚上十点，回旅馆冲个澡后倒头大睡，隔天重复一样的行程；芝加哥的建筑、美食与公牛队皆与我无关。

吴正非晚了我一个星期抵达，他一到便请团队所有成员去某高级餐厅吃晚餐，席间他问我工作进度，我说股权、公司章程已经搞定，目前正与美国律师进行工作规则的修改，最麻烦的还是劳动契约部分，工会的态度很硬，如果接下来要裁员，恐怕会酿更大冲突。

吴正非笑着拍着我的肩膀说：“放心啦，你一定可以搞定的，美国人就是懒，我们不怕的。”

第二个星期快结束的时候从 J.J. 的明尼苏达总部来了两个人，都是白人，他们和吴正非开了一整天的会，直到晚餐之后我才有机会偷偷问他们明尼苏达那边的消息，其中叫凯莉的女士说：“哦，你一定是艾伦吧，芮妮托我带一样东西给你。”

“东西？那芮妮人呢？”

“她和杰瑞回台湾了。”凯莉说，“我们一起去机场的。”

我打开凯莉交给我的盒子，里头是一双镶了亮片的高跟鞋，是小静的鞋子。我想我明白路雨晴为何要大老远将这双鞋从台湾带到明尼苏达、再请人家带来芝加哥给我。

结束三个星期的工作后，我与台磁的人道别，独自飞往纽约。

我将行李寄放在机场，只提了小静的鞋，搭地铁进入曼哈顿。前年我曾来过纽约出差，不过那时候是冬天，我只记得街边的雪很脏，风很大很冰，太阳穴随时在发痛。夏天的纽约是另一种面貌，大楼的玻璃帷幕闪烁着阳光，五花八门的店家在阳光下显得更为缤纷，第五大道上满是穿着轻松的游客，各种肤色都有，美女比例极高，穿着火辣的更是不少。

我来到第五大道上精品品牌的国际旗舰店，站在巨大石砖砌成的外墙与光彩夺目的橱窗前，有股想咬一口可颂的冲动。我告诉门卫我是来拿预订的婚戒，他告知所在楼层，打趣地说："看来惹上麻烦的男士又多一位了。"

我搭乘电梯上楼，向柜台出示订货证明，柜台小姐取来经典的包装，她将戒指、戒盒、绒布袋一一摊在桌上，仔细说明各式证书与售后服务的内容。我几乎没怎么听，我的注意力全被钻石的七彩光芒吸引，这是我有生以来见过最美丽的事物，想到这么美丽的事物即将属于我，心中不禁一阵雀跃。

我在街边一间汉堡店简单用了午餐，搭上地铁出发往曼哈顿下城。我挟着装戒指的包包，原本笃定的心情却开始忐忑起来。真的有必要这样做吗？是不是不应该冒这个险、在台湾按部就班等小静回来就好呢？如果她的反应不如预期该怎么办？

我做了几次深呼吸，告诉自己非这么做不可，戏要做足，否则苏心静不会放过我的，下半辈子恐怕不得安宁。

我想想又拿出手机，发去了信息，算算时差，原本不期待有回复的，想不到对方立刻来讯，说事情已经办妥，也做了后续追踪，确认一切无误。我松了口气，国际连锁品牌贵是有道理的。

车子到站，站外街上来来往往尽是穿着学士服的毕业生，我问了法学院学生队伍的位置，调整呼吸，穿过人群走去。

以往看好莱坞电影总以为美国大学的毕业典礼很疯，至少该来个重节奏的音乐配上总统人形气球，不过眼前这场毕业典礼与台湾大学的毕业典礼相比也没有什么差异，反而更慎重些。现场的气氛欢乐，但学生的袍服都很整齐，亲友也多有正装者，可能时间还早吧。

我远远便看见那个日本人“鱼住哥”鹤立于众人中，本人比照片更像人猿，活脱脱就是从漫画中走出来的。顺着鱼住的视线我找到小静，她正与几个同学合照，不知是我的错觉或是什么，她脸上的笑容有些僵硬。

我将戒指从包包中取出来，大声呼叫她的名字，她看到我，脸上满是诧异。我刻意用一种缓慢而庄重的步伐走向她，周围的人大概也看到我手上的东西，纷纷聒噪起来，有几个人上来和我击掌，女生们则按着小静的肩，兴奋地叽叽喳喳不知说什么。

我走到她面前，感觉心跳得好快。

“嗨。”

“你怎么在这里？”小静说，声音有些颤抖。

“我……我就是想看看你。”我莫名其妙地回答。

这时候几乎所有的人都围了上来，大声加油叫好，有人用英文说“给她戴上戒指”，有人则大叫“告诉她你愿意娶她”。

我深吸口气，上前一步单膝下跪，她却突然伸手按住戒指盒，我抬头看她，她的脸上是哀伤、愤怒、难堪混合的复杂表情，我想说些什么，她却突然拉起我的手，拨开人群快步往外走，留下身后一片哗然。

她拉着我走过两个街区，我叫她她也不理会，最后我们来到她的宿舍，她将我推进房间，反身锁上门。

“怎么了？”我说。她不发一语站在原地好一阵子，然后从抽屉中拿出一个牛皮纸袋，丢到我的面前，我解开袋口棉绳，头面是一沓洗出来的照片，还有帖子与座位图的复印件。

“认得吗？”她冷冷地说。

“是我……竟然还有我爸……”

“还有那个女人……你们笑得很开心。”

“谁拿给你的？”

“不是给我，是寄给我爸妈的。”苏心静说，声音哽咽。“我妈昨天打电话给我问我知不知道……我……我突然觉得很想死……我妈都要发疯了，她说她不知道辛苦三十年到底是养一个贱货还是傻货，她要我马上回去，要不然断绝亲子关系。”

我默默地翻着那些照片，想象苏妈妈看到照片后发疯的模样。

“你没什么解释吗？杨艾伦，就这样？这就是你说你会办好的事？”苏心静说，她已经很难保持声音稳定，“我要怎么办？我要怎么跟我父母解释我当初做那个决定，我会跟你在一起，我们还要结婚？你说啊！我要怎么办？”

“是谁寄的？”

“问你啊，你知道吧。”

“为什么我会知道？”

“你跟她打得火热不是吗？”苏心静嘴角抽动了一下，像笑又不是，“你不是和路雨晴爱得死去活来吗？”

我完全没预料到这个问题："我和路雨晴？我跟她没有怎么样，我们只是……"

"只是好邻居而已吗？可以深夜做伴的邻居？"

我倒抽一口凉气："她跟你说的？"

"没有，她什么都没有说，可是看来我猜对了。"

眼泪从苏心静的眼角滑落，她抽了张面纸走到窗边，背对我看向窗外。

"我上个星期看到她在明尼苏达，就发信息问她要不要来纽约，她一直都没回。前几天她突然传了一大段话给我，那时候我看不懂，我以为她只是心情不好……她说……算了我不想念，你自己看。"

她将手机递给我。上头 RainySunny 的来讯是这样的：

学姐，你好吗？

你不在的这一年发生了很多事，我好希望可以跟你去喝酒。

你会不会觉得，待在都市的人群中，比一个人住在山上还要寂寞？

我觉得这是因为，在城市里面，你身边的人都有一些什么，你就觉得你也应该要拥有一样的东西，当你没办法得到那些东西的时候，你就会觉得寂寞。

有时候这种寂寞会让你做出一些不应该做的事。

我好想跟你去喝酒。

我会把东西还给你的，祝你和学长幸福快乐。

这串信息发送时间是美国东部时间半夜三点，接下去是一连串苏心静询问“怎么了”“还好吗”的信息，但都未读未回。

“我本来看不懂。”苏心静说，“一直到我看到这些东西才懂，什么叫‘不应该做的事’，什么叫‘把东西还给你’，我真的是蠢到极点，我还……我还关心她有没有人照顾……”

我平静地说：“我跟路雨晴真的没有什么。她说要还东西给你就是这双鞋而已，她还特别带来美国、托人拿给我，因为她知道我会来纽约找你。我们真的没什么，只是工作上往来，偶尔吃个饭聊聊天。”

“那你为什么都没告诉我？”

我本来想阐述“不说并不等于心里有鬼”这逻辑，但想想还是没说出口。

“她也没跟我提，你看，我们还经常聊天呢！”苏心静在我面前快速滑动手机画面，“然后我也是昨天才想到，对，她住新店，就在你那个家的对面，难怪之前打电话给你你都在那里……我的天啊，我真的是蠢爆了，怎么会那么后知后觉？”

“没跟你坦白是我不对，我只是……不想让你担心而已，路雨晴为什么不跟你说，我不知道，可能她也是这样想吧。但我们真的没什么，要不然她干吗要我拿鞋子来给你？她知道我要来跟你求婚。”

“她就是知道你要来啊！”苏心静说，“她叫你拿鞋子给我，然后再寄这些东西给我妈，就是让我像今天这样，当着几百人的面难堪，等一下所有人都会问我拒绝求婚的原因，然后我要跟他们说：因为我未婚夫本来就是个渣男，我就是蠢，所以跟他在一起这样吗？”

“我觉得你想太多了，路雨晴不是这种人。”

“你开始帮她说话了？杨艾伦，我懂她在想什么，因为这些我都想过，我只是不像她那么不要脸而已！”

“你想一下，小静，冷静地想一下。”我冷静地说，“如果我和路雨晴有什么，她不会寄这些东西给你爸妈，她会寄她自己的，而且是寄给你。”

“那是谁？是她吗？”苏心静颓然坐倒，眼泪不停，“是报应吗？杨艾伦，真的是报应对吧？我不应该这样对刘浩然的，我真的是……我做错了吗？但我真的爱你啊，杨艾伦，我真的相信我们可以有好的结果，可是……我不知道……我现在没有办法面对我爸妈，我……”

“我们可以一起努力。”我说。

“努力？你凭什么说这种话？一年了。”她抬头看着我，“我们就这样了，杨艾伦。”

我搭乘地铁回到机场，领取行李并顺利完成报到。移民官对我芝加哥进、纽约出的行程颇有意见，反复追问，我只好拿出戒指，移民官吹了声口哨，将护照掷还给我，说我的女人一定很开心。

我上飞机后开始喝酒，苏心静哭泣的模样不断在我脑海中浮现。我想起与苏心静在澎湖分别的那天，我也是这样一个人搭乘飞机，看着渐行渐远的群岛，回味这场美好的艳遇，但下一秒我便感到有什么东西从身体里硬生生地被抽走，那感觉不是痛，而是无比的空虚。我抵达台中后买了瓶酒，躲进一间汽车旅馆喝得烂醉。

之后一个多月，我的父亲过世，某夜守灵时百般无聊，我滑着手机浏览之前的照片，其中一张是在那片沙滩上拍的，黑色的海面上点缀着夜钓渔船，拍得很模糊，没解释根本看不出那是什么。我将这张照片上传到社群网站，没过多久便收到苏心静的信息。

为什么会走到这个结局？是我自己选的。

一位空乘为我送上热茶，我告诉她我点的是酒不是茶，空乘为难地说不方便再提供酒精饮料给我，因为我的哭声已经影响到了其他乘客。我看向窗户，黑色的玻璃上映出的脸双眼红肿，涕泗纵横，无比狼狈。我告诉空乘我和交往三年的女朋友分手了，她表示遗憾，她说这杯茶可以安定神经，希望我会好过一点。

喝了茶之后我便睡了。我做了一个梦，梦到我和小静的婚礼，有着花朵包围的背板；我们的父母与亲友全都来了，我妈和她妈一见如故，相谈契阔，我爸则准备了一篇闽南语的致辞，幽默的语言逗得全场笑声不断。蒋恩与赖小瑜在前台收礼金，廖培西与冯二马则是招待，张阿本是伴郎，路雨晴则是伴娘，路雨晴的伴娘服是削肩短裙的俏丽款式，当她与阿本相偕出场时，医检师安娜明显露出不悦的神色。

徐千帆也来了，还带来她妈妈包的大红包，她与艾登坐在我们大学同学的那一桌，菜头学长与吴正非则坐在另一桌，阿玛德、吴正非的女儿、女儿的妈妈也在同一桌，大家中英夹杂，相谈甚欢。我本来请艾瑞克当主婚人上台说话，艾瑞克在台下频频摇手，汤玛士和布兰达一起把他拖上台，他只说了“百年好合，早生贵子”八个字便落荒而逃。

我站在场地中央，看着小静挽着她爸爸的手，一步一步地走向我。她的婚纱是方领吊带裙款式，缎面简约，拖摆利落，那是我所见过最简单而纯净的美，像原本便是你生命丢失的那一块，一旦嵌合回来后浑然一体，无缝无隙。我们牵手上台，说话、鞠躬，然后在众人的起哄下拥吻。我们听到台下的掌声与欢笑，不自觉吻得更深一点。

我感觉空乘正摇晃我的身体，提醒我下飞机，但我仍努力滞留在梦中，陪小静送完最后一组客人；我们相偕回到房间，我将她抱起来抛到床上，在她咯咯的笑声中与她道别。

我很想回忆起小静第二套与第三套礼服的款式，但始终想不起来。

回到家时已过午夜，我先刷卡将贾斯提斯的账给结了，这才进房，身体往床上一躺，旧式的弹簧床垫发出“咿呀”的一声。

“艾仔，回来了。”她说，声音中带着睡意。

“嗯。”

“饿吗？帮你煮碗面？”

“不用啦，我在飞机上吃很多了……儿子乖吗？”

“很重，我很难入睡，但总比之前孕吐好多了……真的不用吃吗？还有粽子。”

“我为明天准备了这个。”我将戒指放在她那即将临盆的孕肚上，钻石在灯光下闪闪发光，“喜欢吗？”

她笑逐颜开，如一朵绽放的百合：“都老夫老妻了，干吗还要花钱买这种东西？”

“这是欠你的。”我说，“三年前办得太草率了，明天登记要有点仪式感。而且这一年你也吃太多苦了，刚开始吐成那样，胃食道逆流，还水肿……辛苦你了。”

“有你在身边就很幸福了，可惜我妹不在，她那么想看小孩。”

“她很好的。”

“她还会骂你买这么贵的戒指是脑袋烧坏了。”

“我长大了吧？”我侧过身亲吻她的肚子，“毕竟，一年真长啊。”

后记

薛莉

“你想当小说里的哪个女人？”

“我都不想，谁要跟渣男有关系！”

“怎么可以这么渣！”

看完这本小说只觉得非常不舒服，像咬破酸梅核一样！不，看完这本小说只想把酸梅塞进作者嘴里逼他咬破。

这是李柏青第二本渣男宇宙的作品，从《亲爱的你》的学生渣到《婚前一年》的白领渣，一渣还有一渣渣，只有更渣没有最渣，简直渣到无极限。

但也必须佩服。身为推理作家，从《亲爱的你》的命案，到《婚前一年》的谜团，李柏青坚持推理笔法，读者从主角 / 侦探的视角，一层一层地到达谜底的终点，撇除掩卷后的不适症状，读者多少能对故事中的男女产生同理投射而感叹或愤慨。读完一章又一章，一个女人又一个女人，作者把其身为律师的职场专业描述得极为细致，除了得以一窥律师的职场风貌外，我们也能从沙文主义者（我是说主角不是作者，但也难说是作者的潜意识……）的视角看待每一个角色，每个女人都如此不堪，只能说不愧是沙文主义者，简直性别歧视到爆！身为女性，我会为了每一个女人角色叹息，对主角气愤，愤慨到对李柏青有出拳的冲动（我读完好几章都狂揍作者），李柏青如果有签书会，是否应开放一人一书一拳？

我也很佩服，在上班与有小孩的家庭生活之间，李柏青还是可以把他脑袋中的渣男宇宙想象实体化，看起来是还不够忙？

“或许小说里的女人每一个都是你！”

“真的！我们总是会跟渣男扯上关系！”

请各位别对号入座，如有雷同，对，就是写你。感谢大家阅读这本一个中年已婚男子无限意淫的作品。他说版税都会给我，抚慰我身为沙文主义者妻子的心，特此证明。

（本文作者为本书作者的合法配偶）